RAQUEL VÁSQUEZ GILLILAND

Es una poeta, novelista y pintora mexicano-estadounidense, ganadora del Premio Pura Belpré. Obtuvo un título de Bachelor of Arts en antropología cultural por la University of West Florida y una maestría en poesía (MFA) por la University of Alaska Anchorage. A Raquel la inspiran sobre todo el folclore, las semillas y el linaje de todas las cosas. Cuando no está escribiendo, les cuenta historias a sus plantas y ellas le cuentan historias a ella. *La bruja de lo salvaje* es su tercera novela.

RaquelVasquezGilliland_Poet

La bruja de lo salvaje

Título original: *La bruja de lo salvaje*

Primera edición: mayo de 2025

Publicado por Vintage Español®, marca registrada de
Penguin Random House Grupo Editorial USA, LLC
8950 SW 74th Court, Suite 2010
Miami, FL 33156

Traducción: Renata Somar

Diseño de cubierta: Sarah Oberrender

Impreso en Colombia / *Printed in Colombia*

Información de catalogación de publicaciones disponible
en la Biblioteca del Congreso de los Estados Unidos

ISBN: 979-8-89098-345-9

25 26 27 28 29   10 9 8 7 6 5 4 3 2 1

Raquel Vásquez Gilliland

La bruja de lo salvaje

WITCH OF WILD THINGS

TRADUCCIÓN DE RENATA SOMAR

VINTAGE ESPAÑOL

Para Jagel, mi mejor amigo

Todo lo que necesitamos para sobrevivir y todo lo que nos nutre
proviene de la Tierra, de su suelo, de la atmósfera,
del sol y de las estrellas más allá.
Nosotros somos solo fragmentos caminantes de tierra.
MARY REYNOLDS

Que soy una perra, dicen.
O una bruja, y yo lo afirmo
sin jamás avergonzarme.
SANDRA CISNEROS, "LOOSE WOMAN"

1

NADIA. MI TÍA ABUELA DECÍA QUE RECHAZAR EL REGALO de un fantasma era mala idea.

Lo decía porque los fantasmas no solo vagan por la tierra de los vivos o los muertos: les gusta deslizarse y meterse en todo tipo de mundos. Pueden aparecer y entrometerse en los universos de nuestros sueños, pueden tocar el mundo de las sombras y devorar la luz de tu casa, basta con que succionen el largo y denso oro de las luces nocturnas y las lámparas ornamentales hasta dejarlas como negros huecos muertos. "Pregúntale a tu prima Cleotilde", me decía siempre Nadia agitando frente a mí el dedo con su larga uña color vino tinto. "Una vez ofendió al fantasma de su abuelo y ¡pum! Las lámparas empezaron a descomponerse por donde ella estaba o pasaba. Y eso duró años".

El mundo más aterrador que pueden tocar los fantasmas es el de los dioses, el de los dioses ancestrales. Los antiguos dioses, de los que hemos escuchado hablar y de los muchos más de los que no sabemos nada. Nadia les sirve una taza de expreso a todos cada mañana. Esa mujer preferiría quemar a Santa Teresa antes de dejar de hacerles su ofrenda cotidiana a los dioses.

Para colmo, si un fantasma te persigue, no hay manera de saber si algunos de *esos* dioses lo *protegen*. Entonces, ¿piensas ofender a un fantasma?, ¿vas a rechazar sus regalos?

Podrías estar ofendiendo a un dios.

Al parecer es *muy mala* idea ofender a los dioses, porque así es como terminas con las mujeres de nuestra familia y nuestros *dones*.

Por todo esto, cuando subo a mi camioneta de porquería y veo la taza de café en el tablero… Sí, *esa* taza de café, la que me regaló una de mis antiguas alumnas: moldeada a mano y vidriada, la del color lila que resplandece en el cielo durante las tormentas eléctricas, la que humea con notas de frambuesa y un toque de chocolate, la que estoy segura de *no* haber dejado ahí. Aquella cuyo aroma percibo, porque sí, primero la huelo y luego la veo… Me lanzo a mi asiento y presiono la cara contra el volante.

—Mierda —digo exhalando profundo.

Odio recibir regalos de fantasmas.

Para distraerme del dulce aroma que me envuelve, tomo mi celular y empiezo a oprimir las teclas lo más rápido que puedo mover los dedos.

Laurel contesta incluso antes de que se apague el primer timbrazo.

—¡Ey! ¿Ya estás en camino?

Volteo a mirar la parte trasera de mi camioneta, todos los asientos están abatidos para hacer espacio para unas seis cajas, tres veces esa misma cantidad en plantas y una antigua silla para leer. La mayoría de las cajas contienen libros, desde aquí atisbo *She Had Some Horses* de Joy Harjo asomándose de una caja a la que no me tomé la molestia de ponerle cinta adhesiva para cerrarla. Es mi favorita de todas las colecciones de Harjo porque me recuerda las historias que Nadia solía contarnos cuando Teal,

Sky y yo éramos tan pequeñas que cabíamos apretujadas en una cama individual. Todavía escucho la rasposa voz de Nadia inundando nuestra habitación.

—Al principio solo existían los dioses. Los dioses y esta tierra...

Pero ahora, Teal, Sky y yo *nunca* estaremos juntas de nuevo. Respiro agitada mientras esta realidad barre conmigo por millonésima vez en ocho años, como vientos ciclónicos tan afilados como el zafiro. Vientos presentes y ausentes en solo un instante, pero que dejan tras de sí una dolorosa y devastadora destrucción. Así es como se siente el duelo.

—Sage Flores, ¿me estás ignorando acaso?

Parpadeo y volteo al tablero de la camioneta de un jalón. El café sigue ahí.

—No, claro que no, estoy a punto de ponerme en camino. Ya estoy en la camioneta y todo.

—De acuerdo, es un buen comienzo. Siguiente paso: toma tu llave, ya sabes, el objeto brillante y plateado que tienes en la mano ahora, insértala en la pequeña cavidad al lado del...

—Literalmente te estoy mostrando el dedo medio en este momento —digo riéndome.

—En serio, Sage, puedes con esto.

Volteo y miro mi departamento aunque... bueno, ya no es mío. En el tercer piso, en los barandales del balcón, todavía queda tierra de cuando regué mis plantas de albahaca de una forma un poco violenta. Respiro hondo, con la esperanza de que su aroma me calme.

Pero lo único que huelo es el aroma a chocolate y frambuesas del café fantasma.

—¿Quieres que te distraiga? —pregunta Laurel.

Pongo el celular en altavoz y lo coloco en la base para vasos junto a la taza.

—Inténtalo.

—Nunca adivinarías a quién vi anoche, en Piggly Wiggly, de todos los lugares posibles.

Me reclino en el asiento e inserto la llave en el encendido.

—¿Piggly Wiggly? —pregunto mientras pienso en alguien a quien sería imposible ver en un autoservicio de víveres—. ¿Amá Sonya?

Laurel me responde de forma prolongada.

—Ten-nes-see Re-yes.

Es el último nombre que imaginé escucharla pronunciar. Creo que me habría conmocionado menos si me hubiera dicho que, en efecto, *vio* a Amá Sonya en Piggly Wiggly, desnuda como recién nacida, haciendo malabares con ciruelas en medio de las cajas de verduras.

Mi respiración se torna demasiado superficial, la mano aprieta la llave con tanta fuerza que empieza a cortarme los dedos. Giro el encendido con fuerza, pero mantengo la palanca en *parking* mientras aclaro la garganta.

—¿Tennessee Reyes? —pregunto como si hubiese otro en el planeta—. ¿Estás segura?

—Era él, Sage, créeme.

Cierro los ojos.

—Pero se mudó a Denver y luego desapareció de redes sociales y, o sea…

—¿Desapareció de la faz de la tierra? Ajá, pero supongo que se dignó a caminar sobre el planeta una vez más. Porque está en Piggly Wiggly, en Cranberry, Virginia. O estaba, al menos ayer.

Mi corazón por fin recobra su ritmo normal, así que echo la camioneta en reversa y miro hacia atrás con la cabeza en ángulo.

—¿Cómo se ve? —pregunto sin poder impedírmelo.

—Ay, diablos. De cierta forma, *mejor*.

—¿Mejor? —digo sonando a pato graznando. *Mejor* no me parece posible.

—Se ve… No lo sé. Más alto. Las piernas ya no se le ven taaan largas. Y también tiene una apetitosa barbita que parece empezar a brotar… espera —su voz se escucha distante de pronto—. ¡No, querido, por supuesto que estoy hablando de ti! Es decir, ¡*si* dejaras que te creciera aunque fuera un poco la barba! —exclama Laurel con un suspiro—. Creo que mi esposo me acaba de escuchar saboreando a otro hombre.

En una situación normal, me reiría y entraría en el juego de Laurel y su esposo cuando se molestan entre sí, pero entre mis costillas, el estómago continúa dándome estúpidos giros como una montaña rusa. Y todo porque Tennessee Reyes ha vuelto a Cranberry.

Tenn *volvió* a Cranberry.

—Vaya, eso ya es ganancia —digo al llegar al borde del estacionamiento sin golpear ninguno de los vehículos estacionados a pesar de mi estado emocional. Eso también es ganancia.

—Supongo que eso te distrajo lo suficiente, ¿no? Suenas como zombi —dice Laurel, y cuando le respondo con una vil risa entre dientes, ella añade con un dulce tono—: ¿Te encuentras bien, Sage? —Odio ese tono, solo lo usa cuando estoy a punto de llorar. ¿Y qué implica llorar para mí? Las consecuencias son incluso peores que las de ofender a los dioses.

Parpadeo y parpadeo y finalmente respondo.

—Oh, sí —susurro, tratando de que mi voz se escuche serena, pero es un esfuerzo, tan inútil como planchar sábanas—, es solo que no tengo muchas ganas de ya sabes, mudarme de nuevo con Nadia —*con Teal.*

Laurel escucha lo que callo.

—Tal vez no sea tan malo como lo recuerdas.

La última vez que vi a mi hermana, me rompió el labio y me dejó una herida tan profunda que necesité cuatro puntos. Luego dijo que no lo hizo intencionalmente que solo olvidó que ese día llevaba un anillo demasiado afilado, pero para mí, eso significa que todo lo demás sí lo hizo con intención. Me refiero a todo el asunto de estrellar su puño en mi cara, para empezar.

—Oh, sí, claro —giro a la derecha en la calle principal y, de pronto, alguien empieza a tocar el claxon detrás de mí—, estoy segura de que no será tan malo.

—En cuanto llegues aquí, te voy a preparar un pollo a la plancha —dice y logra hacerme sonreír.

—Eso sí podría convencerme.

—Nada como la consentidora comida cubana para hacerte sentir en casa —afirma Laurel. Al fondo escucho un ruido apagado—. Ay, debo irme.

—Dile a Jorge que dije "hola".

—Conduce con cuidado y envíame un mensaje de texto en cuanto llegues a casa de Nadia, ¿de acuerdo?

—Por supuesto. Te amo.

—Yo te amo más.

Cuando me incorporo a la carretera me atrevo a mirarme por segunda vez en el espejo retrovisor. Tengo los ojos bien abiertos, mis iris cafés se ven casi cetrinos por la luz del sol y el rímel ya se corrió a pesar de que lo apliqué hace menos de una hora. Mi cabello, esa masa de rulos que trencé y acomodé con pasadores, parece que está tratando de romper la banda que impide que se suelte y se extienda sobre el volante y empiece a conducir sin mi ayuda. Tengo la apariencia de una chica de veintinueve años que está sufriendo un colapso nervioso.

Pero *tengo* veintinueve años y *estoy* sufriendo un colapso nervioso.

¿Por qué demonios volvió Tenn a Cranberry?

Respiro profundo y voy hacia la primera salida que debo tomar. No importa. Lo que sucedió entre nosotros pasó hace una década y se siente como a decenas de vidas enteras de distancia. Y ahí es donde permanecerá cualquier cosa que haya sucedido entre Tenn y yo, enterrada en los recuerdos de la chica que era cuando tenía diecisiete, cuando creía que lo peor que le podía suceder a una persona era que le rompieran el corazón.

Ahora tengo cosas más importantes de qué preocuparme, pienso mientras le doy un largo sorbo a mi café, ahora tibio.

Como los fantasmas.

2

2 DE MARZO, 2001
HACE CATORCE AÑOS

silvergurl0917: ¿qué no has notado hoy?

RainOnATennRoof: Vaya

RainOnATennRoof: ¿Qué no dijiste?

silvergurl0917: ¿de qué no te reíste?

RainOnATennRoof: ¿Qué no hiciste?

silvergurl0917: ¿en qué no pensaste?

silvergurl0917: …¿sigues ahí?

RainOnATennRoof: En ti.

RainOnATennRoof: No pensé en ti. Sino hasta ahora. :)

RainOnATennRoof: ¿Quién eres?

silvergurl0917 ha dejado Messenger.

EN EL PRESENTE

Llegar a Catalina Street, en Cranberry, toma exactamente cuatro horas y diecisiete minutos. Sin pensarlo, aminoro la marcha mucho antes de llegar a casa de Nadia y, después de un rato, me detengo frente al estacionamiento con acceso a la calle del Viejo Noemi. Desde aquí veo suficiente. Una hiedra color esmeralda se enrolla sobre la casa de Nadia como una mano de hojas y garras. Levanto el cuello un poco y, a través de las cortinas de tela de margaritas que ella misma confeccionó cuando éramos niñas, alcanzo a ver el resplandor de su cocina.

Desde aquí puedo ver mi nueva vida y pensar en todos los insensatos errores que me condujeron a este momento.

Como acostarme con el jefe del departamento.

O decidir *no* volver a acostarme con el jefe del departamento.

Pienso en todas las estupideces que llevaron a un despido muy conveniente, disimulado bajo la eterna excusa de "recortes presupuestarios".

En mi mente, me encuentro de vuelta en la oficina de Gregory, en el sótano del departamento de arte de la Universidad de Temple. Es un gran cubo sin ventanas y por todos lados hay montículos de objetos al azar. En algún momento, aquel desastre llegó a parecerme encantador, pero ahora solo lo considero basura. Una constelación de Skittles se asoma por debajo de su escritorio y lo que sostiene un altero de biografías de expresionistas abstractos, es una primera edición de *Por quién doblan las campanas* cubierta por una delgada capa de moho, cortesía de un café derramado.

Mi salón de clases se encuentra justo arriba, es el estudio de joyería, mi lugar favorito del campus e incluso de toda la ciudad. Hay más de diez bancas de joyería fabricadas con nudosa madera rústica. Un ventanal ocupa toda la pared noroeste, lo que significa que durante mis clases recibimos la luz dorada más exquisita de la tarde: el escenario perfecto para fotografiar las piezas terminadas. Una turquesa bruta, tan azul como las fotografías del mar profundo, engastada en latón. Un relicario plateado que se abre y revela un zafiro de Montana tan resplandeciente como una linterna fabricada con acianos.

Mis alumnos me sorprenden todos los días, pero lo que más me agrada de enseñar es que me permite ser testigo de la manera en que *ellos* se sorprenden a sí mismos, la forma en que pasan del "puedo hacerlo" al "demonios, ¡lo hice!".

Y Greg me arrebató todo eso.

Lo veo con los brazos cruzados, mirándome y fingiendo un prolongado suspiro.

—Lo intenté todo, Sage, es solo que —y agita las manos—. Ya sabes cómo son estas cosas.

Así fue como me echó de la vida que yo había logrado construir de la nada, la vida por la que dormí en mi camioneta, por la que vendí plantones de albahaca en mercados de granjeros. La vida que hilvané, moldeé y tallé a partir de la nada, con tal de huir del lugar en el que no quería nunca, jamás, volver a vivir.

Y ahora lo tengo frente a mí.

Cranberry.

Los ojos se me llenan de lágrimas sin que pueda evitarlo.

—No —susurro—. No, no, *detente*…

Una lágrima llega a la pestaña y la enjugo con violencia.

Pero es demasiado tarde.

Junto a mí, en el asiento del pasajero, se materializa una figura como los pálidos rizos del vapor del café. Como es solo una lágrima, su contorno permanece borroso, como un sueño. Como es solo una lágrima, el fantasma se va antes de que alguien pueda decir cualquier cosa.

Y de todas maneras, ¿qué le diría? ¿Lamento haberte matado? ¿Gracias por el café? ¿Déjame en paz por favor?

Inhalo lo más profundo que puedo, el mayor tiempo posible, y vuelvo a encender la camioneta.

3

—MIERDA —RESPIRO HUNDIDA EN EL VOLANTE por segunda vez el día de hoy porque, maldita sea, el novio de mi hermana está aquí. Entre el estacionamiento y el tomillo trepador de Nadia, veo su camioneta: larga, color negro mate, con una cama tan pequeña en el interior que no sirve para nada.

Retrocedo sobre la calle y tomo mi bolso. Cuando bajo de mi vieja camioneta, el carácter épico de la casa de Nadia me sobrepasa, aunque no por primera vez en mi vida. Tiene dos pisos y un ático gigantesco, recubrimiento índigo pálido, ilustraciones de vitrales alrededor de las ventanas, sobre todo de flores e insectos. Cuando éramos niñas, rastreábamos a las rosas y las mariposas por todos los pisos de madera sólida, fingíamos que eran reales, incluso les dejábamos palomitas de maíz que seguro terminaba devorando *Vieja*, la gata tricolor de Nadia.

Como detrás de la casa no hay nada, el espacio para el jardín del frente es enorme y va en descenso hasta tornarse en peñasco. Estando en el balcón del ático puedes mirar hacia abajo y a lo lejos, contemplar las hermosas capas: el esmeralda infinito de los árboles, un poco más allá, el perenne lapislázuli del mar y, al final, el incesante zafiro del cielo.

—Somos nosotras —les dije una vez a mis hermanas. Nosotras, juntas, éramos el paisaje: Sage, Teal, Sky.

Pero ya no.

Camino trabajosamente hasta la puerta y, cuando la abro, me embiste el amarillo girasol de la cocina de Nadia. ¿Volvió a pintarla hace poco o solamente olvidé lo brillante que es?

—¡Mija! —exclama Nadia al aparecer de no sé dónde y me abraza con fuerza. Me cubre el rostro de besos y, así nada más, de pronto tengo diez años de nuevo y me es imposible reprimir la sonrisa. Huele a lo mismo de siempre, a libros antiguos y canela, a café expreso y al jardín, todo junto. Desearía poder reunir todos esos aromas en una vela para poder encenderla siempre que me sienta sola. Lo cual, últimamente, pasa todo el tiempo.

—¿Cómo estuvo el trayecto? —pregunta Nadia al tomar de mi brazo mi gran bolsa de tela.

—No muy mal.

Me quita de las manos la maceta de arcilla, les echa un vistazo a las hojas interiores del basílico, la albahaca más aromática de todas y, de pronto, el olor a vainilla y regaliz nos envuelve. Es uno de mis predilectos.

—Pensé que habías renunciado —me dice mirándome muy de cerca.

—Yo... —¿Cómo renunciar a algo de lo que estás hecha?, quisiera preguntarle, pero entonces mi hermana entra a la cocina y vemos una luz parpadear por la ventana y enseguida escuchamos un relámpago que nos sobresalta a mí y a Nadia.

—Guarda eso —dice Nadia señalando la tormenta afuera y Teal pone los ojos en blanco.

No sé por qué le pide algo así, sabe bien que no puede hacer nada al respecto. Teal está molesta porque estoy aquí, por eso los inevitables rayos. Al menos, mi don no revela mi estado emocional todo el tiempo. Antes me sentía mal por ella, pero dejé de hacerlo cuando me golpeó en la cara, ahora solo rezo y porque no ha aprendido aún a controlar y dirigir los relámpagos.

—Hermana —dice y camina alrededor de Nadia para besarme en la mejilla.

—Teal —contesto. Viste un conjunto de moda, licra ajustada color rosado intenso. Trabaja en el gimnasio y su ropa lo evidencia, también los extensos y hermosos músculos que corren a lo largo de sus brazos y hombros.

Nadia exhala profundo: han pasado treinta segundos y Teal y yo no nos hemos liado a golpes. Gracias, dioses ancestrales.

—Llevaré esto arriba —dice Nadia.

—Espera, voy contigo…

—¡Vaya! ¿Esa es Sage? —Johnny Miller, novio de Teal y conductor del símbolo de estatus en forma de camioneta estacionado junto al tomillo trepador de mi tía abuela hace su aparición en la cocina—. Ya dejan entrar a cualquiera aquí, ¿no? —dice riéndose de una manera que hace que la piel se me erice y abrazándome de repente sin notar que no correspondo a su gesto. Me besa en la mejilla y siento la humedad. En verdad tengo que *esforzarme* por no sacar el gel desinfectante de manos y ducharme con él.

—¿Cómo estás, Johnny? —pregunto, a pesar de que no quiero saber. Miro a mi hermana, pero ella está junto a la estufa cocinando algo que huele increíble. No me mira de vuelta, pero sé que ambas pensamos en lo mismo: mi última visita hace tres años. Yo, bajando por las escaleras a medianoche para servirme un vaso de agua fresca antes de chocar con ella y notar que lloraba. *Por Dios, ¿qué pasa, Teal?*, le pregunté entonces y ahora desearía no haberlo hecho. Si me hubiera quedado callada, tal vez no tendría esta cicatriz en el labio.

—¡Ya sabes! —contesta Johnny mi pregunta con un volumen que difícilmente no es un grito y de paso interrumpe mi viaje al mundo de los recuerdos—. Ocupado con el canal. Ya sabes cómo es esto, mi cuenta de seguidores sigue creciendo a brincos, nena.

Johnny hace videos de YouTube en los que reacciona a cosas. En principio, no tengo nada contra eso, pero juro por Dios que lo único que hace este tipo pálido es filmarse a sí mismo gritando "¿QUÉ?" y "¡BRO!" una y otra vez como si fuera el líder de un culto de idiotas que solo quieren coger. Para ser franca, no puedo creer que suficiente gente vea sus videos como para que pueda vivir de ello, pero eso no es ni siquiera lo peor.

No, lo peor es que su movida carrera como YouTuber le ha hecho creer que cada uno de sus pensamientos y revelaciones de su cerebro son valiosísimos. Basta con verlo ahora mismo. Camina y se queda de pie junto a Teal, sí, apoyado en la pared con las piernas cruzadas, mirándola cocinar con una sonrisa de tonto. Apostaría lo que fuera a que…

—¡Adivinen qué! Encontré a una *mecánica* y la contraté *de inmediato*. ¿Saben cuántas mujeres mecánicas hay? ¿Y lo importante que es que haya una en Cranberry, Virginia? —dice riéndose y negando con la cabeza—. ¿Saben cuántos hombres *confiarían* en una mujer? ¿En *una* mecánica? —agrega. Poco le falta para empezar a golpearse el pecho con los puños y gritar: *Mí ser buen hombre. Mí confiar gran camioneta a señora mecánica.*

Porque, en efecto, Johnny Miller, estrella de los videos de reacciones de YouTube, descubrió hace varios años el feminismo. Y desde entonces, su pasatiempo favorito, además de sacar de quicio a cualquiera que se le acerque, es darles conferencias completas a Teal y a Nadia, y a mí si corro con esa malísima suerte, respecto a lo innovador que es su feminismo.

—¡Genial, cariño! —exclama Teal como una de esas hipnotizadas *Stepford wifes*, pero un sutil relámpago a lo lejos me revela lo que en verdad piensa.

Si Johnny tuviera un ápice de conciencia más allá de sí mismo, ya habría notado para este momento que las tormentas siguen a Teal como las abejas a las dalias que solo florecen una vez al año. Pero como no se da cuenta, supongo que nada más cree que desde que empezó la relación entre ellos, Cranberry solo se volvió un lugar sombrío por azares del destino.

Johnny me mira como esperando una reacción. Claro, quiere que aplauda y vitoree porque contrató a una *señora mecánica* para que arreglara su símbolo de estatus. Pero yo no puedo seguir haciendo esto, no puedo darle palmaditas en el hombro a este hombre-niño solo porque hace poco descubrió que las mujeres también son seres humanos. *Y en especial*, porque ni siquiera es cierto. Si Johnny en verdad creyera eso, yo no habría encontrado a mi hermana sollozando en las escaleras hace tres años.

—Debo ayudar a Nadia —digo rápido antes de salir apresurada de la cocina y subir por las escaleras.

4

LA CASA DE NADIA FLORES FUE CONSTRUIDA EN ALGÚN momento en la década de los veinte. Todo en ella cruje y rechina, y a mí me resulta imposible no imaginar que cada sonido es una historia que se cuela por entre la madera del suelo. Subo las escaleras rápido, tratando de huir de las historias encerradas entre estos muros, pero de todas maneras, ellas vienen a mí a toda velocidad. Ahí veo a Ramón, el novio de Sky, que nos ayudó a colocar las repisas. Luego los veo a ambos apilando centenares de libros mientras yo estudiaba para un examen en el piso de abajo y los escuchaba flirtear y reir. Recuerdo que hace poco me enteré, a través de redes sociales, que Ramón y su esposa esperaban un bebé. Entonces pienso en mi hermanita menor, que ahora tendría edad suficiente para ser madre y en lo injusto que es que no haya tenido oportunidad para hacerlo y que la vida continúe sin ella.

Paso apresurada por el segundo piso y continúo hasta llegar a la puerta del ático. Ahí encuentro a Nadia sacando un edredón con estampado de siemprevivas de un viejo y diminuto armario como de los Hobbits.

—Las noches pueden ser muy frías en Cranberry —dice sonriendo en cuanto me ve—. Olvidé las cobijas.

—Lo sé, solía vivir aquí, ¿recuerdas?

—Ay, Sage, por favor, compláceme un poco, permite que esta anciana señora cuide a su sobrina.

Al escucharla me recorre un enojo que viene acompañado de una respuesta casi grosera como: *un poco tarde para eso, ¿no?*

En lugar de decir lo que pienso, solo inhalo lento hasta que siento que el resentimiento ya no está tan cerca de la superficie y luego miro alrededor.

—No ha cambiado nada —murmuro. Las paredes aún tienen esa gruesa capa de pintura blanca que se descarapela y revela el color verde bosque debajo. Nadia dejó colgada mi colección de ilustraciones botánicas *vintage* en la pared sobre la cama, en marcos distintos que no combinan y de colores que van del dorado al turquesa mate. La cama es más bien baja y la encuadran la cabecera y la piecera de barras de bronce. A lo largo de la pared suroeste hay varias ventanas diminutas con repisas bajo el marco. Ahí fue donde empecé a plantar cuando era adolescente. El balcón está al otro lado de la cama, pero no tengo valor para caminar hacia allá.

—Sabía que volverías —responde Nadia encogiendo los hombros.

Me quedo paralizada porque, ¿a quién le gusta escuchar *Te lo dije*, sin importar cómo lo disfracen?, y porque suena a que piensa que me voy a quedar. Pero no es así. Los relámpagos que nos rodean me recuerdan todas las razones que tengo para largarme.

En esta ocasión, Nadia me salva de decir lo que en verdad pienso.

—Ven, mija, veamos si logro que me ayude a traer tus cosas nuestro amigable vecino, el asombroso hombre a favor del feminismo.

Mi risa hace eco en el hueco de la escalera mientras bajamos, pero creo que soy la única que nota lo apagada que suena.

5

TEAL COCINÓ PECHUGAS DE POLLO RELLENAS DE QUESO y tomates deshidratados al sol con salsa de vino blanco y champiñones, como guarnición sirve una ensalada desbordante de nueces y arándanos rojos. Rebana su pollo en una serie de cuadros, sumerge un poco el tenedor con ensalada en la vinagreta que tiene al lado, y yo pienso en las *popcorn parties* que organizábamos de niñas, en cómo sumergíamos las tibias y *archirecontrasúper* mantequillosas palomitas de maíz en cosas que iban de la salsa ultra picante al jarabe de chocolate, en cómo las devorábamos para ver quién podía comer más sin dejar caer los granos por toda la mesa de la cocina, y en que Teal siempre ganaba.

La tormenta se disipa un poco, pero ella continúa con la penetrante mirada fija en su plato y ahogándome con su resentimiento por el solo hecho de que existo. Nadia también se comporta con mucha reserva, pero claro, de todas formas ninguna de las tres puede decir ni pío.

—... Entonces di un paso atrás, extendí las manos y dije: "¡Vaya! ¡No! Eso es *robar*. Lleve los audífonos al frente para que pueda pagar, por favor" —nos cuenta Johnny negando con la cabeza antes de cerrar un instante los ojos y sonreír—. Debieron ver el rostro de la empleada, es decir, estaba a punto de llorar, se los juro. No creo que ningún *influencer* haya rechazado sus productos gratis como... o sea, nunca. En serio. A pesar de que eso es robar —termina de decir y mira alrededor de la mesa para asegurarse de que las tres asentimos con la cabeza mientras ondeamos grandes hojas de palma para abanicarlo, y, tal vez, que ya estamos arrodilladas venerando ese nivel de moralidad en un simple ser humano. Pero entonces se queda consternado al ver lo calladas que estamos—. Insisto, o sea, eso es *robar* —repite mientras, literalmente, acuchilla su pollo con aire teatral.

—Pero es Best Buy —dice Teal finalmente—, pueden darse el lujo de tener una pérdida así, eran solo unos audífonos.

—Nena —responde él casi sin dejarla terminar de hablar—, de todas formas eso es robo.

—¡Ah! Entonces estás como *súper* en contra de robar, ¿cierto, Johnny? —digo.

—Claro, por supuesto, es...

—Sí, sí, robar, ya sé, uno de los diez mandamientos y todo eso —interrumpo con tono sarcástico, pero Johnny no lo nota en mi voz. Nadia y Teal sí, y por eso Nadia me lanza una mirada como implorando: no *empieces una riña, Sage*, y Teal ahora me fulmina con la mirada a mí en lugar de su plato como diciendo: anda, *continúa, veamos qué sucede*.

Aclaro la garganta y bajo la vista. Las palabras que en verdad quiero pronunciar son tan crujientes y angulosas como la hiedra, pero luego se secan en un instante, se marchitan y caen al suelo a mi alrededor. Y lo único que sale de mi boca es la sombra de las hojas.

—Me preguntaba a qué grupo activista de LandBack perteneces, Johnny. Ya sabes, ¿a cuál de las asociaciones que insisten en devolverles a los pueblos indígenas y a los nativos las tierras que les fueron robadas?

Johnny se me queda mirando cinco segundos completos con la boca un poco abierta.

—Eh, bueno, eso, ya sabes, eso es algo que pasó hace demasiado tiempo y…

—Pero sería muy fácil ver los mapas en Internet e identificar, por ejemplo, a qué tribu pertenecía la tierra donde ahora está tu propiedad —digo antes de meterme a la boca el último trozo de pollo.

—Bueno, es decir, yo pagué por mi propiedad. O sea, es *mía* —explica Johnny resoplando—. ¿Qué vamos a empezar a tomar en cuenta ahora? En serio, ¿que los hombres no pueden decir nada respecto al abort…

Teal toma mi plato tan rápido que casi vuelca el vaso con agua.

—Vaya, qué cosa, miren la hora que es, tengo que cubrir un turno —dice.

Johnny mira su reloj.

—Mierda, nena, yo también tengo que llegar temprano a casa para filmar.

Johnny me deja su plato en las manos antes de darle a mi hermana un asqueroso beso con el que, más bien, parece que la está lamiendo.

—¿Vienes más tarde? —pregunta Teal.

—Seguro.

Se va sin siquiera ofrecerse a recoger la mesa y limpiar.

—Cuídense, chicas —nos dice a las tres antes de cerrar la puerta.

Mi hermana ha estado con este hombre seis años. Seis *años*. ¿Por qué se odiará tanto a sí misma? Ni siquiera es guapo, es decir, no hay *nada* que pueda redimir esa porquería de personalidad.

En cuanto se va, Teal voltea a verme.

—¿Qué diablos fue todo eso?

—¿De qué hablas? —contesto haciéndome la tonta—. Estábamos… ¿conversando?

—No, ¿por qué lo menospreciaste como siempre?

Resoplo y respondo mientras camino al fregadero para dejar el plato *de Johnny*.

—No quiero faltarte al respeto ni nada de eso, Teal, pero Johnny se menosprecia solo, no necesita ayuda mía.

—Sage —dice Nadia con un denso tono de advertencia en la voz. Ah, claro, ahora sí quiere hacer un comentario, pero no a Johnny ni a Teal, sino a mí. Siempre a mí.

—No lo puedo creer. Llevas apenas hora y media aquí y ya estás de nuevo haciendo las mismas tonterías —dice Teal y da un paso hacia mí. Yo retrocedo y lucho contra mis deseos de tocar la cicatriz que me dejó en el labio. En el cielo aparecen relámpagos tan densos como un río, de un blanco amarillento como las margaritas, y en un instante se apagan todas las lámparas en la casa. La única luz que queda es la de la anaranjada línea del atardecer en el horizonte, pero sucede algo de lo más peculiar: a todo lo cubren distintas tonalidades de azul. Es como si hubiéramos entrado a una pintura de las primeras etapas de Picasso.

—Mierda —dice Nadia oprimiendo de un lado y del otro el interruptor de la luz—. No hay electricidad.

—¿Ya viste lo que me hiciste hacer? —me pregunta Teal a gritos. Lanza al fregadero los cubiertos que trae en la mano y, al chocar, producen un agudo ruido metálico con eco. Entonces se quita el delantal. Por alguna razón, no lo había yo notado: es rosado y tiene bordada una tortuguita.

—Qué lindo delantal —le digo.

—¡Jódete, Sage! —dice antes de tomar sus llaves y salir de la casa.

Nadia y yo hacemos un gesto de dolor en cuanto la puerta se azota. Ella suspira muy, muy profundo.

—Pudimos evitar eso —dice con voz dulce, pero su tono es tan punzante como los cubiertos que Teal acaba de lanzar al fregadero.

—Es que no lo soporto —*ni a ella*, pienso. Teal podría tener algo mucho mejor, se lo dije a medianoche en las escaleras hace tres largos años, mientras le enjugaba suavemente las lágrimas con mis propios dedos.

Ha pasado por mucho. Perder a Sky la dejó muerta, mija.

Lo que Nadia pronuncia no son palabras sino navajas que me atraviesan el centro de las entrañas. ¿Cuántas veces escuché casi esa misma frase cuando era niña? "Teal ha pasado por mucho, Sage, en especial desde que tu mamá se fue". ¿Cuándo diablos entenderá Nadia que yo también perdí a mi madre? ¿Que también perdí a mi hermana? ¿Que esos sucesos *también me mataron a mí* de una forma tan irreversible que ni siquiera recuerdo quién era antes de eso?

—Lo lamento —digo, pero sin acabar la frase… *lamento que todavía me veas como la estúpida culpable*—. Voy a lavar los trastes, es tarde, ¿por qué no te das un baño?

—Ay, no, no deberías…

—Ve, Nadia. Te vi frotándote el hombro durante toda la cena, sé que te duele.

—Pero la electricidad…

—Yo llamo a la empresa, descuida, hay bastante agua caliente —Lo sé porque hace algún tiempo, tras haber vivido con chicas adolescentes que se daban duchas y baños muy prolongados, Nadia se cansó del agua helada e invirtió en un calentador del tamaño de uno de los montes Apalaches, y creo que desde entonces nunca se ha vuelto a quedar sin agua caliente.

Nadia asiente y da media vuelta. Con cada paso, la madera cruje bajo sus pies y empieza a contar más historias. De pronto viajo ocho años al pasado. Verano, el denso bosque desborda ácidas y dulces bayas, las hojas de los árboles se empecinan en su verdura. Sky me rodea con el brazo y me besa en la mejilla. ¿Estás segura de que no quieres venir con nosotras?

Pienso mucho en la pregunta, en que mi respuesta habría podido cambiar nuestras vidas, en que una simple decisión cavó profundos y sangrientos huecos, y nos sacó del corazón enormes trozos que nunca volveríamos a ver. Sin importar cuántos cafés expreso les sirva Nadia a los dioses ancestrales, nunca volveremos a reunir esas piezas.

Si hubiera dicho "sí", Sky aún estaría aquí, estaría viva. Pero dije "no".

Únicamente necesito tres respiros para forzar a mis lágrimas a replegarse. Sumerjo las manos en el agua jabonosa y, en cuanto lo hago, las luces vuelven a encenderse como en un sueño, como si estuviera en otra historia que desciende a mí en esta casa en un acantilado con vista al mar en Cranberry, Virginia. Los últimos ocho años he conservado en mis iracundos puños la narrativa de mi vida, con las manos, los brazos y todo el cuerpo ornamentado y protegido por una armadura de bronce. Para que no me vuelvan a herir.

Y ahora, por primera vez en mucho tiempo, no sé qué es lo que sigue.

6

LA MAÑANA SIGUIENTE BAJO DEL ÁTICO Y, COMO NO LA encuentro por ningún lado, supongo que Teal pasó la noche en casa de su novio, el fanático de Best Buy. Nadia está vestida y lista para el trabajo, es anfitriona en el Centro de bienvenida del parque estatal Cranberry.

—El café todavía está caliente —dice señalando la cafetera color verde menta sobre la estufa.

—Gracias —contesto. Tomo una taza de la alacena y me quedo helada en cuanto veo que es *mi* taza. La taza fantasma. Pero las únicas cosas que desempaqué anoche fueron mi cepillo de dientes, la pasta dental y una camiseta, así que no sé cómo diablos llegó aquí.

—¿Estás bien? —me pregunta Nadia, que se ha quedado paralizada a medio ritual de ponerse el saco, mirándome con los ojos delineados con una franja de bronce y frunciendo el perfectamente depilado entrecejo.

Asiento con la cabeza y giro para servirme el café en la taza.

—Estoy bien —contesto. Nunca le he dicho ni a Nadia ni a Teal respecto a mi fantasma. A nadie, de hecho. Sé que me creerían, así que no, ese no es el problema. Supongo que solo tengo miedo. Sé lo que diría Sky, o su fantasma, si alguna vez le diera la oportunidad de expresarse, y no quiero escuchar la horrible verdad, no quiero que nadie más la escuche. Teal ya me culpa lo suficiente con las cosas como son.

—Ay, Sage, casi lo olvido —Nadia gira, tiene la enorme bolsa negra de plástico imitación piel colgada al hombro—. Le dije a Dale Bowen que estabas de vuelta, tal vez te llame pronto.

Como si se tratara de una señal, mi teléfono celular suena sobre la mesa en ese momento. Por supuesto, en la pantalla aparece el nombre *Dale Bowen*.

—Contesta, quiere contratarte y *sé* que necesitas dinero —dice Nadia antes de lanzarme un beso en el aire—. ¡Ten un buen día! —agrega y cierra la puerta al salir.

Suspiro. Vaya, el don de Nadia: *saber* cosas. No todas, pero suficientes para entrometerse. Si dice que Dale quiere contratarme, está bien, lo más seguro es que tenga razón. Por un instante me pregunto si *sabrá* que en realidad necesito el dinero para largarme de Cranberry lo antes posible.

Acepto la llamada y me pongo el teléfono en la oreja.

—¡Dale! ¿Cómo estás?

—Sage Flores. Un pajarito me dijo que habías vuelto y que estarías en el pueblo algún tiempo —dice Dale justo con la voz que recuerdo, resonante y estallando de alegría.

No puedo evitar sonreír.

—Sí, bueno, no diría que estaré de visita algún tiempo, tal vez sea un período muy breve.

—Ah, lamento escuchar eso. Desde hace algún tiempo necesitamos un par de manos extras en la granja.

—¿Ah, sí? —activo el altavoz del teléfono y vierto crema en la taza—. Pero el festival no es sino hasta julio, ¿cierto? —ahí era donde solía trabajar la mayor parte del tiempo, antes.

—Oh, sí, claro, pero de todas formas necesitamos ayuda para atender los sembradíos de verduras… ¿Recuerdas? ¡Solías quitar la maleza y fertilizarlos con los mejores del equipo! ¿Por qué no pasas por aquí y hacemos el papeleo hoy mismo? ¿Puedes?

Casi me ahogo con el café. Todo esto parece tan… *rápido*. Me pregunto cuánto habrá tenido que ver Nadia. Durante años su jardín ha sido el respaldo para montones de las populares rosas de la granja de Dale en caso de que, no lo permitan los dioses ancestrales, algún hongo o virus destroce los campos de rosas. Seguro llamó a la granja para cobrarse un favor… o tal vez veinte, y eso me parece perturbador.

—Ah, verás, Dale, la cuestión es que… había pensado buscar primero un empleo, ¿sabes? No sé qué te habrá dicho Nadia, pero no es necesario que…

—¡Tonterías! Mira, nos encantaría que volvieras. Pasa a la granja en cuanto puedas.

Suspiro en silencio.

—¿Cuándo te parece conveniente que pase?

—¿A mí? —exclama entre risas—. ¿No te contó Nadia? Me retiré hace unos seis meses. Nate se hace cargo ahora.

Al escuchar su respuesta, me pongo demasiado nerviosa para señalar que, dado que me está reclutando, técnicamente sigue trabajando.

—¿Te refieres a Nathaniel?

—Oh, sí. Está muy emocionado de que trabajes con el equipo. Le diré que te espere, que podrías ir en cualquier momento, ¿te parece? ¡Debo irme! ¡Cuídate, Sage!

Me siento lentamente en la silla y bebo un sorbo de café. Ya está frío, pero apenas si lo noto.

Esta es la cuestión.

Digamos que, Nathaniel Bowen me ha gustado por algún tiempo…

Como unos once años.

Tres veranos consecutivos, entre los diecisiete y los diecinueve, trabajé en el Festival Heritage Rose que ofrece Cranberry Rose Company, la empresa que Dale y sus hermanos fundaron hace como mil años. El primer verano ayudé a montar las mesas y la señalización, alineé hileras de rosas y plantones de vegetales para convencer a los visitantes de que, en efecto, necesitaban beber una segunda taza de té inglés y que tal o cual calabaza era resistente a los bichos. El segundo verano hice más o menos lo mismo, pero en esa ocasión, Joan, la coordinadora del festival, digamos que tuvo una especie de ataque nervioso porque no encontró las etiquetas de los esquejes de rosas.

Los esquejes eran muy jóvenes, es decir, todavía eran ramitas de color café verdoso insertadas en lodo de Virginia en macetas de plástico. Algunos no tenían ni siquiera hojas todavía, ninguno estaba floreciendo, es decir, nadie tenía manera de identificarlos.

Excepto yo, claro.

En un instante me encuentro de vuelta ahí, viajando en el tiempo más rápido de lo que los fantasmas despreciados succionan la luz. Estoy al borde del granero donde se encuentran las rosas, el equipo está a punto de subirlas al camión que las llevará al centro del pueblo. Es temprano por la mañana, la luz es densa y pálida, como la que aparece cuando el cielo devora los rosados y los anaranjados del amanecer. Joan está a punto de estallar en llanto.

—No podemos vender esto —dice—. Nadie querrá comprar rosas misteriosas.

—Permíteme —le digo. Levanto una de las macetas que tiene en los brazos y deslizo las puntas de mis dedos a lo largo del tallo. Finjo que estoy examinando las hojas, pero en realidad... estoy *escuchando*. Es como si esas ramitas, como si esos esquejes se volvieran una extensión de mi cuerpo; las células que me constituyen giran alrededor de ellos y las células de las plantas me envuelven en espiral hasta que nada nos separa. Hasta que identificar las variedades me resulta tan natural como menear los pies o señalar con mis propios dedos.

—Esta es la rosa de híbrido almizcleño —afirmo.

—¿Oh, sí? —pregunta Joan. Suena escéptica, pero no puede ocultar la esperanza que comienza a formarse en sus ojos color cardo marino.

—Ajá. Y esa... —digo señalando la que tiene en sus brazos—. Es rosa grandiflora, reina Isabel. Y detrás de ti hay tres... no, cuatro rosas salvajes espinosas. De color rosa pálido.

De pronto Joan está escribiendo todo en pequeñas tarjetas y enterrándolas en la tierra. El papel absorbe la humedad del lodo de Virginia, pero ella no lo nota o , si lo nota, no parece importarle demasiado.

Entonces entra Dale. Alto, con el cabello plateado y su overol manchado de lodo.

—¿Qué pasa aquí? —pregunta. Joan le explica y él se ríe entre dientes—. Oh, ¿no te dijo Susan? Este año pusimos las etiquetas en el fondo de las macetas, ¿recuerdas? Nos quedamos sin las estaquitas para las etiquetas, no había ni de plástico ni de madera... —dice gruñendo al tiempo que levanta algunas macetas para mostrarle.

A Dale le toma algunos segundos ver que los nombres escritos en las tarjetas que acaba de hacer Joan coinciden con los de las etiquetas. Todos son precisos.

—Vaya… —voltea a verme—. ¿Cómo diablos pudiste identificar los esquejes, Sage?

Me encojo de hombros y siento mis mejillas sonrojarse.

—Yo… estudio las plantas.

—¡Ah! —exclama Dale con varias ideas brillantes en la mirada.

Y casi enseguida, me encuentro sentada en mi propia mesa en el festival. Sobre mí hay un letrero con grandes letras verdes que dicen: la *encantadora de plantas*. La gente me trae sus esquejes sin etiquetas, plantones de vegetales e incluso semillas, y a todos les digo qué es. Si me equivoco, a ellos les regalan un esqueje de rosa.

Pero nunca me equivoco.

De hecho, es divertido hasta que varios hombres, todos del tipo Johnny Miller, tratan de engañarme. Ni siquiera ocultan el hecho de que cambiaron las etiquetas de las macetas de cuatro pulgadas que traen con ellos y que me pasan frente a la cara. Pero me basta con mirarlas.

—Este es un tomate Kumato, el otro es jitomate común.

—¡Te equivocas! —dicen arrastrando las palabras. Están ebrios, es obvio que pasaron demasiado tiempo en el *stand* de la cervecería local. No dejan de reírse—. Danos nuestro regalo —exclama uno señalando el letrero sobre mí—: nos lo debes.

—Cambiaron las etiquetas —les digo aburrida.

—¿Me estás llamando mentiroso? —grita el más musculoso. Nunca olvidaré el amenazante gruñido en su voz. Cuando veo la forma en que flexiona sus carnosos puños, comprendo que podría estar en graves aprietos.

—¿Qué sucede aquí?

De la nada aparece otro hombre. Lo reconozco enseguida por las fotografías que he visto en la oficina. Es tan alto que no lo creo, mide más de seis pies y es muy esbelto. Tiene el cabello color caoba, sus ojos son tan verdes como hojas de tomate y su sonrisa lo bastante bella para hacer que el estómago se me voltee de solo verla en una fotografía. Es Nathaniel Bowen, el único nieto de Dale. Estudia en la universidad, pero por el momento está de vuelta en Cranberry y, a diferencia de la fotografía, ahora no sonríe.

Los tipos tratan de explicarle que traté de engañarlos, pero Nate examina las plantas.

—Las puntas de las hojas del tomate Kumato se vuelven azules —dice— y el cereza tipo *bumblebee* es un tomate tipo uva. Es más pequeño y por eso sus hojas también son pequeñas —explica mientras cambia las etiquetas y las coloca en las macetas correctas—. Buen intento amigos, pero si los vuelvo a ver acosando a alguien esta noche, haré que el guardia de seguridad los acompañe a la salida —les advierte. Gruñendo y fulminándolos con la mirada se ve incluso más alto. Los tipos desaparecen enseguida.

Cuando voltea a mirarme de nuevo, su expresión cambia, se ve amable. La sonrisa se extiende en su rostro.

—Ey, ¿te encuentras bien?

Asiento.

—Bien. Si vuelven a molestarte, avísame a mí o a cualquiera del equipo, ¿de acuerdo?

Vuelvo a asentir.

—Claro. Sí, está bien.

Sale del lugar y lo veo desaparecer entre la multitud extasiada por las plantas. Juro que he pensado en la sonrisa de ese hombre por lo menos una vez al mes en la última década.

Parpadeo y estoy de nuevo aquí, en la cocina de Nadia. Entre las paredes color girasol, los enseres domésticos de un suave blanco y el sol de media mañana que baña la taza de café en mis manos con la suavidad de la creación de Adán.

Ese verano tenía dieciocho años y, por desgracia, fue la última vez que vi a Nathaniel Bowen.

Hasta hoy, supongo.

7

9 DE MARZO, 2001
HACE CATORCE AÑOS

RainOnATennRoof: Hola, Silvergurl.

RainOnATennRoof: ¿Si acaso ese es tu verdadero nombre?

silvergurl0917: yo podría preguntarte lo mismo.

RainOnATennRoof: ¿Ah sí? Bueno, pero creo que me conoces.

silvergurl0917: …entonces ¿qué no has notado hoy, tennessee reyes?

RainOnATennRoof: ¡Ah! ¡Me conoces!

RainOnATennRoof: ¿Eres Kayla?

silvergurl0917: :(

RainOnATennRoof: ¿Swati?

silvergurl0917: :'(

RainOnATennRoof: Hmm.

silvergurl0917: responde la pregunta y te daré una pista de mi identidad ;)

RainOnATennRoof: Está bien, okey. Qué no he notado.

Vaya, es difícil. Porque tengo en la memoria

todo lo que *sí* he notado

silvergurl0917: creo que eso es lo que este señor filósofo

(el que hizo la pregunta, la leí en un libro) estaba buscando, ¿creo?

o sea, me parece que quería que la gente empezara

a estar consciente de lo que no notaba.

RainOnATennRoof: Suena a que tengo tarea entonces.

EN EL PRESENTE

La Cranberry Rose Company for Heritage Roses se encuentra del lado de una colina azul, como las Apalache, que tal vez se ha deteriorado a lo largo de mil millones de años y que, de medir decenas de miles de pies, pasó a ser solo esto: un montículo plano rodeado de arces, fresnos y moreras blancas con vista a las nubladas colinas ondulantes y al trozo blanco de carretera que las atraviesa como vidrio opalino quebrado.

Giro en *Rosy Lane*, un camino de terracería con un nombre muy apropiado, pero que no es rosado. Mi camioneta salta y ruge hasta que llego a un reducido estacionamiento de grava lleno de maleza corta. Hay un pequeño granero restaurado y pintado de color amarillo ocre y una diminuta casa blanca con vivo azul marino que, además de albergar las oficinas, tiene una cocina y un baño con una ventana alta con un vidrio tan antiguo y grueso, que mirar a través de él transforma el paisaje en una auténtica pintura de Monet.

Alrededor del granero y la casa hay enormes invernaderos tipo túnel, son cinco en total y de cada uno desbordan sobre todo... ¡sorpresa! Sí, ¡rosas! Detrás de la casa hay un campo con hileras de... ¡sorpresa otra vez! Más rosas. Es un desordenado laberinto de rosas que giran y se enroscan entre cebollas, ajo y plantas que sirven como fijadores de nitrógeno como el añil bastardo de Cayena y el altramuz perenne que se extienden con su rubor violeta hacia las nubes que en el cielo forman malvaviscos.

Junto al lugar donde me estacioné hay una espiral de aromáticas construida con piedras que Dale y su hermano encontraron al cavar en sus terrenos cuando fundaron la empresa. Mide diez pies y ha estado abandonada desde que trabajé aquí la última vez, me sorprende verla desbordante de maleza y tierra seca y triste.

—Diablos —exclamo al bajar de la camioneta y pasar la palma sobre los costados de las ásperas piedras de la espiral. Fue mi creación. Mi manera de convencer a Dale de vender hierbas además de verduras, en especial albahaca. No sé cómo pude olvidarlo. Casi.

Escucho una profunda risita entre dientes detrás de mí y, cuando volteo, el estómago casi se me desploma al ver ahí a Nate. Se ve igual que antes, aunque, bueno, un poco más grande. Alrededor de su boca hay sutiles líneas que, supongo, son producto de esa sonrisa suya que parece amanecer. Los lentes que enmarcan sus ojos combinan a la perfección con la parra virgen que nos envuelve. Viste muy casual, camiseta delgada y *jeans*, las manos en los bolsillos.

—Mi abuelo me dijo que trató de mantener la espiral en pie cuando te fuiste, pero... —dice levantando los brazos y señalando el desastre que ha creado la maleza—. Me preguntaba si estarías dispuesta a trabajar en ella para que se vuelva a ver hermosa. Sería tu primera tarea en cuanto te añadamos a la nómina.

—Sí —contesto y trato de ignorar lo mucho que me cuesta trabajo respirar solo porque Nate pronunció la palabra *hermosa* mientras me miraba, aunque solo se refería a mi vieja espiral de aromáticas—. Me encantaría.

Nate señala el caserío. No veo un aro de matrimonio en su dedo.

—Tenemos bastantes semillas ahí si quisieras comenzar.

—Claro, enseguida.

Nate sonríe.

—¿Ah, sí? Es decir, si estás tan entusiasmada, podrías empezar hoy mismo. Le diré a Olivia que te asigne tus horas —me dice. Pero entonces nota mi delicado atuendo y frunce el entrecejo—. O tal vez... ¿no?

Admito que me vestí demasiado bien para mi primera aparición en una granja. Mi vestido veraniego es de manta blanca con estampado de rosas azules. Pensé que le gustaría porque, las azules, son el sueño húmedo de todo coleccionista de rosas: anheladas y buscadas a pesar de que no existen en el planeta tierra. Sin embargo, solo se ve preocupado.

—Sí, es decir, o sea, bueno... estoy *bien*, puedo hacerlo vestida así —respondo levantándome la falda un centímetro antes de dejarla caer enseguida—. Seguro. Sí. Puedo trabajar hoy. En la espiral, quiero decir—insisto.

Nate inclina la cabeza.

—De acuerdo. Vamos a organizar tus horas.

No sé, tal vez tiene que ver con cómo se ve Nate, guapo y feliz bajo la dorada luz del sol, pero de repente, haberse mudado de vuelta a Cranberry ya no me parece la decisión más estúpida que he tomado en tiempos recientes.

Como ya trabajé para ellos, el papeleo no toma mucho tiempo, pero por desgracia, Olivia, la gerente de la oficina, no logra que la impresora funcione para imprimir el formato fiscal que tengo que llenar.

—Ay, no, esta impresora es una basura —dice mientras sigue intentando todo para hacerla funcionar, menos darle patadas—. Te diré qué: pasa de nuevo a la oficina antes de irte hoy, ¿de acuerdo? Para ese momento debería tenerlos listos.

Una hora después estoy maldiciendo a la Sage del pasado por no pensar bien las cosas y haber aceptado hacer esto hoy mismo. En primer lugar, hace mucho calor, es decir, el clima está caliente, tipo: *no queda ni una nube en este cielo de verano del sur*, y en segundo, es calor húmedo, tipo: *sostén un vaso al viento y se llenará enseguida con agua tibia y pegajosa*.

Ya van cuatro carretillas que traigo desde el granero llenas de oscura composta con olor dulzón. Intento mezclarla con la tierra que ya está en la espiral, pero la descuidaron tanto tiempo que es como cortar trozos de cerámica seca. Riego todo para tratar de suavizar la tierra, y solo así puedo tomar una pala y empezar a hacer el verdadero trabajo sucio.

Cuando termino de preparar la tierra de la espiral, estoy bañada en sudor. La composta dejó una pintura abstracta de manchas negras en mi vestido y la arcilla le ha añadido algunos realces rojo anaranjado. Mis *Converse* blancos también están ennegrecidos sin posibilidad de salvación, y estoy segura de que tengo tierra en toda la cara y, sin duda, en el cabello. Además de uno o dos escarabajos.

Aunque estoy muy incómoda, mi cuerpo se siente bien de una manera muy extraña. Como los últimos ocho años solo he estado haciendo jardinería en pequeños contenedores, tomar una pala y enterrarla en la tierra removió algo en mi interior, en un sitio donde ni siquiera sabía que lo necesitaba.

Creo que mucha gente ve la tierra y piensa que solo es una sustancia inerte sobre la que tenemos que caminar, pero desde que se manifestó mi don, sé, hasta los huesos, que está *viva*. Una sola cucharada de tierra puede contener pies y más pies de hebras microscópicas de hongos y mil millones de bacterias. Juro que a veces puedo poner mi oreja sobre ella y escuchar lo ruidosas que son las cosas ahí abajo. La tierra suena como una canción, pero compuesta con bellotas y tallos rotos, con huesos y piedras, con las delgadas y furtivas migraciones de invertebrados, algunas veces puntiagudos y otras lisos.

Gracias a mi don, siempre me ha sido fácil conectarme con la tierra, tal vez porque ahí es donde crece la mayoría de las plantas. Solo cierro mis ojos y escucho. Paso la mano por encima de la espiral y percibo su nuevo cuerpo, siento cómo la composta va suavizando la arcilla con la materia orgánica. Entonces me detengo porque mi mano "ve" las raíces de la maleza, de violetas y algarroba. Ambas son hermosas, pero se propagan demasiado rápido y no dejan crecer casi nada más cerca de ellas.

—Váyanse de aquí —murmuro y raspo hasta que las semillas se reúnen en la palma de mi mano izquierda, entonces las mando con un soplido hacia los árboles como si fueran velas en un pastel de cumpleaños.

Sumerjo la mano en el agua de mi cubeta y trazo mi nombre en la mezcla lodosa. *S-A-G-E*. Mary Reynolds una de mis paisajistas favoritas escribió: "Nuestros cuerpos están hechos de la Tierra y, tarde o temprano, vuelven a ella. Pero la tierra siempre permanecerá viva". El hecho de que vengamos de la tierra y con el tiempo nos convirtamos en ella es espeluznante pero increíble al mismo tiempo. Para este momento, lo más seguro es que mi hermana sea tierra, también todos nuestros antepasados. Eso debe de haberla vuelto sagrada, lo suficiente para que los dioses ancestrales caminen sobre ella de vez en cuando, lo suficiente para que Nadia les ofrezca una pequeña taza de café expreso todas las mañanas.

Cuando Olivia entra, yo me encuentro viendo todos los paquetes de semillas que tienen guardados en grandes cubetas.

—Aquí tienes, cariño —dice y me da el formulario sin siquiera parpadear al ver mi mano embadurnada de lodo seco al tomarla—. Nate me dijo que quiere verte en su oficina cuando tengas oportunidad.

—Por supuesto —contesto y siento el estómago darme vueltas de solo pensar en ver de nuevo a Nate. Tomo agua del refrigerador y la bebo para tratar de apaciguarlo. *Es imposible que Nate no sea casado*, pienso, *anillo o no anillo, es imposible.*

Como doy por hecho que se instaló en la antigua oficina de Dale, toco a la puerta.

—Pasa —dice Nate en su amigable tono. Sonrío de inmediato, abro la puerta, entro y encuentro su feliz rostro detrás del escritorio. Por desgracia, cuando la puerta se abre un poco más, me revela a la otra persona que está ahí, la única otra persona en el mundo que podría hacer que el corazón se me encoja y las rodillas se me debiliten al verla.

Tennessee Reyes.

8

CUANDO TENÍA QUINCE AÑOS, ME ENAMORÉ DE TENN A primera vista.

Él estaba en la zona de espera de la escuela, con los audífonos en las orejas, mirando a lo lejos. Era un hermoso y taciturno adolescente. Tenía el cabello oscuro, un poco largo y rizado, ojos oscuros e intensos, piel morena y suave. Su mandíbula… bueno, sé que es un lugar común decir que la mandíbula de un chico es capaz de cortar vidrio, pero la de Tenn era así. Podía cortar zafiros de Montana, diamantes grises, negros y blancos. A diferencia de la mayoría de los chicos de la escuela, que eran desgarbados e inseguros y tenían torpes cuerpos adolescentes, él se veía sólido y voluminoso.

Los hombros de Tenn eran tan amplios y robustos que, un segundo después de enamorarme de él, imaginé cómo sería que me abrazara; cómo sería sentir ese profundo calor envolviéndome como el sol cuando ilumina las montañas y las estrecha firmemente con su luz.

Dile algo, pienso. En ese momento estaba esperando que Nadia fuera a recogerme y Dios bien sabe que eso podía significar mucho tiempo.

El amor a primera vista no es algo que se deba tomar a la ligera. He leído todo tipo de anécdotas de gente que no reaccionó y luego se arrepintió. Bueno, de acuerdo, solo he leído *una* anécdota. Fue uno de los romances de Nadia y, con el tiempo, la pareja se reunió y tuvo su: *y fueron felices para siempre*, pero como sea. Yo *sabía* que este era uno de esos momentos tipo: "Solo una vez en la vida", así que me acerqué caminando, con el corazón latiendo a toda velocidad, y dije lo primero que se me ocurrió: "linda mochila".

Él jaló el cable de sus audífonos para sacárselos de las orejas.

—¿Cómo dijiste?

—Dije que me gusta tu mochila.

Frunció el entrecejo y noté algo en verdad injusto: lo gruesas que eran sus pestañas. Habría podido anunciar rímel. También pestañas postizas. Miró detrás de su hombro y veo la ordinaria mochila negra Jansport.

—Ah. Mmm. ¿Gracias…?

—De nada —dije y continué caminando como si fuera a algún lugar en particular. Entonces sentí las mejillas arder. ¿Qué linda mochila? ¿Me gusta tu mochila? ¡Dah!

Ese fue mi momento tipo: "Solo una vez en la vida" y lo arruiné con mi ineptitud para conversar.

Entonces me juré a mí misma que arreglaría mi desacierto, que encontraría la manera de impresionar a Tennessee Reyes.

Desafortunadamente, yo no era la única. Siempre que lo veía a la hora del almuerzo o después de clases, por lo menos dos o tres chicas estaban interactuando con él como si se tratara de un concurso de flirteo. Chicas que estaban en el mismo grado que él y, por lo tanto, más grandes que yo y, por lo tanto, infinitamente más *cool* que yo. Chicas que tal vez no pasaban todo su tiempo libre cuidando a sus hermanitas.

Por eso mi oportunidad no llegó sino hasta el año siguiente, cuando me tocó participar en la creación del anuario escolar. Verán, eso nos daba acceso a la información de contacto de los estudiantes, incluyendo su dirección de correo electrónico, y en aquel entonces, en la era de piedra del internet, la mayoría de la gente tenía contrato con American Online. Una de las mejores cosas de AOL era la mensajería instantánea o IM, y que los nombres de usuario de IM siempre coincidieran con los correos electrónicos. Por eso, cuando vi RainOnATennRoof, el usuario de Tenn —porque, claro que lo busqué desde el primer día de clases y lo memoricé—, volví a casa y pasé dos meses viéndolo ingresar y salir del sitio, casi siempre los viernes por la noche.

Laurel tomaba la clase de historia con él y estaba enterada de mi enamoramiento, pero hasta cierto punto. Es decir, sabía que, para mí, Tenn era la cosa más candente desde que se inventaron las tortillas enmantequilladas, pero no sabía que estaba loca por él ni que me preguntaba a qué olía, ni que me extraviaba todas las noches en la ensoñación de que lo besaba aparatosamente en la boca.

Como sabía que eso me hacía feliz a un punto ridículo, Laurel me contaba cositas sobre Tenn. Cosas como: "Hoy imitó a la señora St. Clair e hizo reír a todos" o "Después del examen sorpresa metió al salón un vaso con crema de cacahuate". Y un día dijo: "Creo que en verdad le gusta mucho la filosofía".

—¿La filosofía? —repetí. Estábamos en el comedor, apretujadas al final de una mesa muy larga. Laurel había traído comida de más para compartir conmigo porque en la mañana yo preparaba los almuerzos de Teal y Sky, y rara vez me quedaba tiempo para hacer algo para mí. Además, la mamá de Laurel era la *mejor* cocinera.

—Sí, hoy trajo un altero de libros y, cuando la clase empezó, estaba debatiendo con otro estudiante sobre, no sé, ¿el significado de la vida?

Por alguna razón, supe que esa era la clave.

Fui a la biblioteca de la escuela y saqué todo libro que encontré sobre introducción a la filosofía. Por desgracia, empecé a perder la fe rápido porque todos eran aburridos a morir. Hasta que, de pronto, mientras hojeaba uno al azar, encontré una pregunta.

¿Qué no has notado hoy?

Creo que ni siquiera anoté cuál de todos los filósofos ancianos, blancos y estirados la formuló, solo recuerdo que se me quedó en la mente y, una noche de viernes, cuando ya todos estaban acostados, vi que RainOnATennRoof entraba a la mensajería. Respiré hondo, abrí una ventana de IM y escribí esa pregunta con las mismas palabras: *¿Qué no has notado hoy?*

¿Cuál fue el resultado?

Todo lo que había estado esperando. Tenn y yo nos hicimos amigos, confidentes. Compartimos secretos, esperanzas, sueños y miedos. Con el tiempo, también empezó a sentir algo por mí. Hacia el final, creí que mi objetivo de hacer que Tenn en verdad me amara como yo a él era una posibilidad real.

¿Pero qué sucedió un año más tarde, cuando tenía diecisiete? Me rompió el corazón en cientos de miles de trozos. A veces me parece escuchar todavía todos los fragmentos golpeando el suelo como cuarzos rosados tan delgados como el papel. También me pregunto si aún habrá trozos de mi corazón rajando el piso, si la historia de la forma en que me rompieron el corazón no estará oculta entre el entarimado.

La última vez que vi a Tenn Reyes, yo tenía diecinueve años y estaba trabajando, una vez más, como la Encantadora de plantas del Festival Heritage Rose, y él, por su parte, se comportó como un canalla conmigo. No tanto como los Johnny Miller que me acosaron el primer año, pero casi.

Por eso me obligué a dejar de amar a Tennessee Reyes o, más bien, a quien equivocadamente creí que era.

Y lo superé. Hablo en serio. Bueno, eso era lo que creía.

Hasta ahora, que lo veo en la oficina de Nate. Tengo dieciséis años de nuevo, toda la ansiedad y la inseguridad de aquel entonces, todo el cabello encrespado que aún no sé cómo peinar, estoy cansada de cuidar a mis hermanas todo el tiempo y enamorada como loca de un tipo que flirtea con chicas perfectas que, literalmente, son lo opuesto a lo que soy. Con un tipo que ni siquiera sabe mi verdadero nombre.

Y esta es la manera en que, una vez más, Cranberry, Virginia, vuelve a joderme.

LAUREL TENÍA RAZÓN. ES LO PRIMERO QUE PIENSO TRAS sujetarme de la manija de la puerta para evitar caer. Tenn se ve mejor. Aunque es imposible, se ve mejor.

Todavía es fornido, pero Laurel estaba en lo cierto, tal vez creció unas dos o tres pulgadas más. Creo que mide un poco menos de seis pies. Su cabello continúa siendo del mismo tono café cálido, como corteza de árbol tras la lluvia, con sutilísimas luces cobrizas, y su mandíbula sigue tan afilada como una daga. Los ojos aún son oscuros como noches de invierno. Las pestañas conservan su grosor y siguen siendo lo bastante largas para hacer berrear a los ejecutivos de Cover Girl. Tiene la sexy barba de algunos días que Laurel mencionó. Mi mirada vaga hasta el punto donde su camisa manga larga deja de estar abotonada y revela en su pecho un fragmento de vello…

Que no recuerdo que estuviera ahí en la preparatoria.

Tampoco recuerdo a Tenn mirándome de *esa* manera y, de acuerdo, para ser justos, no estoy segura de que en verdad me haya mirado otra vez después del incidente "¡Qué linda mochila!". Ahora, sin embargo, mientras Nate ríe y dice, "¡Sage! Quiero que conozcas a alguien", Tennessee Reyes me cubre con su mirada con la rapidez con que la miel se desliza para, quizá, primero apreciar la tierra, el lodo y la arcilla en mi estúpido vestido blanco y, luego, fijarse en mis ojos. Y cuando el contacto visual ocurre, siento que recorre mi columna hasta llegar a la punta de mis pies, como si Teal hubiera aprendido a dirigir relámpagos y me hubiera lanzado uno en ese momento solo por diversión.

Tenn me sonríe a medias y cruza los brazos.

—Vaya, vaya, pero si es la Encantadora de plantas.

9

16 DE MARZO, 2001
HACE CATORCE AÑOS

RainOnATennRoof: ¿Sabes? He estado pensando...

en la tarea que me dejaste y todo eso.

silvergurl0917: ¿ah, sí?

RainOnATennRoof: Hoy no noté cómo se veía la lluvia en las ventanas de la escuela. Pero hace un momento la estaba observando, aquí en mi habitación, ¿comprendes? Las pequeñas gotas. Y vi que, como que... cada una refleja al mundo. No había notado eso antes.

silvergurl0917: eso es... vaya. es en verdad hermoso.

RainOnATennRoof: ¿Y tú?

RainOnATennRoof: ¿Qué no notaste?

silvergurl0917: hmm.

RainOnATennRoof: Estoy esperando :)

silvergurl0917: ¡estoy mirando alrededor! dame un minuto, ¡¿quieres?!

RainOnATennRoof: ;)

silvergurl0917: okey… no había notado que el poste de luz frente a mi casa… que su luz naranja… que un gran fragmento de esa luz entra a través de las cortinas.

RainOnATennRoof: Suena hermoso.

silvergurl0917: sí, es muy hermoso.

RainOnATennRoof: Como tú :)

silvergurl0917: lol. yo no soy hermosa.

RainOnATennRoof: Pruébamelo. Almorcemos juntos mañana.

silvergurl0917: lo siento… creo que se despertó mi tía. debo irme.

silvergurl0917 ha dejado Messenger.

EN EL PRESENTE

Vaya, vaya, pero si es la Encantadora de plantas. Al escuchar sus palabras, otra historia me succiona, otro recuerdo. Ahí estoy, a los diecinueve, tengo mi empleo en el festival como la Encantadora de plantas por segundo año consecutivo. A pesar de que han pasado dos años completos desde que me rompió el corazón en mil pedazos usando solo las manos, apenas ha dejado de dolerme cuando pienso en él. Se mudó a Denver, así que esa parte de mi vida llegó a su fin.

Y luego, de la nada, *aparece* caminando tan tranquilo, con las manos en los bolsillos y ese brillo en sus ojos color café oscuro.

—*What is a plant whisperer?* —me pregunta Tennessee Reyes con una sonrisa insinuada en sus labios.

La boca se me abre de golpe, pero de ella no sale ningún sonido. Él arquea las cejas.

—Oh, ahhh… —susurra.

Se pasa la mano entre el cabello y solo despeina más sus rizos.

— ¿Qué es una encantadora de plantas? —repite en español…

La cólera me recorre el cuerpo, venosa y candente, picoteando todos los lugares del corazón que pensé que ya habían sanado. Pero qué equivocada estaba.

—Por Dios, te escuché la primera vez que preguntaste —digo en un tono mucho más agresivo de lo que planeaba.

Él parpadea sorprendido, el estómago me da vueltas. En realidad es amable de su parte que trate de hablar en español al ver que me lo quedo mirando como si no tuviera idea de qué me preguntó. Tal vez no fue justo de mi parte ser grosera con él. Después de todo, nunca supo quién era silvergurl10917.

—*Sorry*, tuve un mal día —dije, encogiéndome de dolor. El hecho de disculparme con él después de lo que me hizo… no me viene nada bien.

Él recompensa mi disculpa con una sonrisa. No quiero notar lo hermosa e impresionante que es, pero no lo logro. Mala suerte, supongo.

—Descuida. Entonces… —dice juntando las manos de golpe como si aplaudiera una vez—. *What is a plant whisperer?*

Cierro los ojos por un instante y señalo el letrero.

—Puedo identificar cualquier tallo, retoño, hierbajo o semilla. Si me equivoco, te regalamos un esqueje de rosa.

Cuando vuelvo a mirar su rostro, se ve fascinado.

—Ah, okey, espera —dice señalándome con el dedo antes de desaparecer entre la gente del festival.

Pasan quince insoportables minutos antes de que regrese con una variedad de plantas en las manos y deje caer con fuerza una pequeña maceta en mi mesa.

—Esa es una rosa blanca de York, digo casi sin mirarla.

—Sí —admite antes de empezar a poner otras macetas. Le doy el nombre de todo lo que hay en ellas. Rosa de Provenza en amarillo, rosa de té en rosa mexicano, rosa mosqueta del color de la sangre.

Después de que identifico la última, se me queda mirando un minuto.

—Hay un truco, ¿no es cierto? —pregunta mientras levanta una maceta y la mira por todos lados—. Están marcadas, tienen muescas o algo.

No es la primera vez que me acusan de hacer trampa. El problema es que, que lo haga *él* y que me acuse de mentir es tan antitético a la persona que pensé que era Tenn Reyes, que no puedo evitar que la ira se agite en mi interior una vez más. Y la siento ardiente, viscosa y demasiado pegajosa alrededor de toda la zona del corazón roto.

Entonces mete las manos a sus bolsillos y saca semillas. Todas dentro de bolsas *Ziploc* muy arrugadas, como si llevaran semanas apretujadas contra sus tibias piernas.

—Estas no son del festival —dice con un guiño—. Vamos, inténtalo.

Le quito las bolsas de las manos sin dejar de fulminarlo con la mirada. Al parecer, no solo piensa que sea una mentirosa, ahora *también* está tratando de engañarme. ¡A mí! Bien, veamos qué sucede.

Sin romper el contacto visual, levanto la primera bolsa.

—Esta es una calabaza silvestre que encontraste aquí, en Cranberry, en el sur, cerca de la costa. Es amarga. Incomible, si acaso lo estabas considerando —afirmo. Luego levanto la segunda bolsa y la dejo suspendida en el aire—. Estas son amapolas rosadas, recolectadas al lado de la carretera, cerca del sendero de los Apalaches —digo. Para cuando llego a la tercera bolsa, tiene los ojos abiertos como platos y las pestañas, desplegadas como abanicos, los enmarcan como agujas de pino. Pero no puedo detenerme—. Este es un melón. *Cucumis melo.* No crecen mucho, pero son dulces. Y, finalmente… —digo al levantar la última bolsa—. Otra calabaza, esta variedad es de los seminoles, de las tiendas de turistas a lo largo del Mango de Florida. Son casi inviables. Si fuera tú, las plantaría lo antes posible —le advierto antes de lanzarle las bolsas al pecho y verlo tropezar hacia atrás—. Levanta la mano y, en lugar de tomar las semillas, me envuelve la mano y la muñeca con ella. Siento sus dedos tibios, callosos, grandes.

—Ni siquiera las miraste, ¿cómo supiste…? —habla en un tono grave, casi en un susurro. Me mira de arriba abajo—. ¿Cómo dijiste que te llamabas?

—Encantadora de plantas —contesto de mala gana—. Y acerté respecto a las semillas porque siempre acierto, así que no te toca esqueje de rosa—agrego, aunque sé que es una forma un poco triste de dar fin a mi exabrupto de ego: *Nananana, no te toca esqueje de rosa*. Vaya, ni que tuviera tres años.

—Muy bien, Encantadora de plantas —dice, pareciendo recobrar la cordura. Me suelta la mano y mete las bolsas de semillas en su bolsillo. Asiente a modo de despedida y se da la media vuelta. Quiero decirle que se detenga. *Era yo. Yo soy silvergurl0917*, quiero decirle. *Alguna vez me amaste o, al menos, sentiste que te gustaba mucho.*

Pero titubeo y, de pronto, se ha ido. Se ha ido, ido, ido. Diez años, hasta ahora. Ahora que, sin explicación alguna, aparece. Hace dos días en el Piggly Wiggly de Cranberry y ahora aquí, mirándome con asombro mientras Nate continúa hablando sin notar que en el aire, entre nosotros, la electricidad crepita y cruje como un cedro ardiendo.

10

¡ENTONCES SE CONOCEN! SUPUSE QUE ASÍ ERA, SI NO de la preparatoria, de algún otro lugar —exclama Nate, muy animado por la revelación.

—Yo no diría que nos conocemos —digo al mismo tiempo que Tenn afirma—: "No estuvimos juntos en la preparatoria".

—Eh, claro que sí —digo refunfuñando.

—Estoy seguro de que te recordaría —termina la frase con un guiño que me hace volver a sentir que tengo las rodillas de melaza.

Y en ese momento, así nada más, la ira que por trillonésima, por *chorrocentésima* vez pensé que se había terminado... vuelve. Empieza a ascender por mi cuerpo como miles de cuervos que deciden elevarse a los cielos al mismo tiempo mientras van picoteando todas las zonas vulnerables, todas las cicatrices. *Estoy seguro de que te recordaría.*

No es que necesite que recuerde algo que nunca supo, más bien, su frase es como un recordatorio de que nunca valoró lo que teníamos. Y en aquel tiempo, lo que teníamos era *todo* para mí.

Ambos esperan mi respuesta por un momento, pero entonces me dirijo a Nate.

—Olivia me dijo que querías verme —le comento con la esperanza de que, sin importar lo que sea que quiere decirme, el encuentro termine rápido.

—Si, claro. Toma asiento. Ambos tomen asiento.

¿Ambos tomen asiento? A diferencia de mí, a Tenn no le molesta en absoluto la orden de Nate, solo camina hasta una de las sillas y de inmediato hace gala de su *manspreading*. Y lo odio por ello, por esa confianza tan natural que tienen los hombres para ocupar el espacio como si les perteneciera simplemente por el hecho de existir.

—Me quedaré de pie —digo—. Estoy muy sucia.

—No hay problema, por eso las sillas son de plástico —dice Nate riéndose—. Es una granja, ¿recuerdas?

Al escuchar eso me dejo caer sobre la silla pero pongo mi cuerpo en un ángulo opuesto a donde está Tenn.

—Sage, cuando llegaste, estaba poniendo al tanto a Tenn.

—Disculpa —digo levantando la mano como si estuviera en la escuela—. ¿Él trabaja aquí?

—Lo acabamos de contratar, igual que a ti. Tengo una proposición para ambos, si acaso tienen tiempo —dice Nate, pero no espera a que respondamos, solo levanta una pila de carpetas—. Como saben, los últimos cuarenta y cinco años Cranberry Rose ha sido uno de los principales proveedores en Virginia de rosas Heritage. Sin embargo, desde que la gente empezó a comprar plantas por Internet, nuestros ingresos han tenido un lento… y, por favor, no me malinterpreten, porque hablo de un *muy* lento declive. Lento pero constante.

—De acuerdo —digo y me asombro de lo indiferente que sueno. En ese momento, sin embargo, *siento* que Tenn me mira a hurtadillas y eso me *irrita*.

—He estado examinando las ventas de la última década y noté que aumentaron un poco después de dos sucesos específicos. El primero fue la publicación de un artículo en un periódico estatal o nacional, en el que se cuenta la historia de nuestra empresa. Y el segundo fue cuando añadimos la rosa silvestre espinosa al catálogo. Eso también nos ayudó mucho.

Asiento. Recuerdo cuando añadieron las rosas silvestres. Owen, el hermano de Dale, descubrió que crecían a un lado de una fábrica abandonada en Virginia Occidental. Como la tierra estaba destinada a desarrollos inmobiliarios, conseguimos cúteres y una pala, y llenamos su camioneta de raíces y esquejes. También le dieron a Nadia varios para su jardín y, desde entonces, las cultiva a lo largo de la alta valla blanca de estacas, y los retoños de cinco pétalos rosados y color durazno se balancean con el viento como bolas de helado. Henry, quien estuvo a cargo de las semillas, fue el que las bautizó. Les llamó las Gracias silvestres y, claro, usó la palabra *gracia* porque fueron salvadas justo a tiempo.

—Ver esto me puso a pensar —continúa Nate—. Es decir, ¿qué vendemos? ¿Rosas Heritage? Son rosas con herencia, ¿no? Con una historia. Por eso me parece que no es coincidencia que nuestras ventas aumenten cada vez que surge en esta granja una historia, una anécdota, y sale flotando de aquí. No importa si es sobre nosotros o sobre las plantas.

Me doy cuenta de a dónde se dirige Nate. Me recuerda lo que nos dijo Dale antes de que preparáramos las mesas de venta al menudeo para el festival: a la gente le gusta comprar historias. Por supuesto, a todos les encantan las hermosas y aromáticas rosas silvestres y los tés de cientos de pétalos secos, pero también les fascina enterarse de que, a la mitad del invierno, los generosos y carnosos escaramujos de la rosa rosada americana sustentan la vida salvaje, o escuchar la historia del buqué de rosas de Provenza color lavanda que usó en su boda la hija de Olivia. Estas breves anécdotas personales fueron lo que ayudaron a cerrar muchas ventas.

—Tenemos pocas historias nuevas y no han surgido de forma constante —explica Nate mirándonos—. Por eso contratamos a una directora de redes sociales y ella descubrió lo mismo que yo.

—Vaya, ¿contrataron una directora de redes sociales? —pregunto. Siempre me pareció que Cranberry Rose era una empresa a la antigua usanza, que para sus ventas solo confiaba en las recomendaciones de boca en boca, en las giras gratuitas en granjas, y en el festival. Ni siquiera sabía que estábamos en redes sociales.

—No es nada muy sofisticado. Es decir, sí, la directora es increíble, se llama Fern Santos y trabaja a distancia por el momento. Mi abuelo no estaba convencido del todo, pero... —dice Nate riéndose y encogiendo los hombros—. Ahora yo soy el jefe y estoy tratando de poner a Cranberry Rose al día con nuestros tiempos, ¿saben? Tenemos una cantidad apreciable de seguidores en Instagram y Facebook, pero la gente se involucra más cuando personalizamos las plantas que presentamos. Algunas veces enfatizamos su historia botánica, otras, su herencia indígena o algo más. Y todo va al catálogo también —explica y da una palmada sonriendo—. Y ahí es donde entran ustedes.

—¿Ah? —exclamo y le lanzo una mirada a Tenn. No veo un ápice de aprensión en su rostro, solo me mira sonriendo y yo volteo bruscamente a ver a Nate de nuevo.

—En efecto, a Tenn lo contratamos para que recolectara plantas, es algo que ha estado haciendo por varios lugares.

¿Recuerdas el melón que vendemos, Sage? ¿El pequeño y dulce tipo grosella?

Asiento, pero con un gesto sutil. Porque me parece que conozco ese melón. No porque lo haya visto en el catálogo de Cranberry Rose, sino porque identifiqué las semillas en la bolsa *Ziploc* que Tenn traía en los bolsillos del pantalón hace diez años, cuando vino al festival Heritage Rose.

—Ese melón lo trajo Tenn, y varios más también.

Nate espera mi respuesta. No sé si quiere que empiece a alabar las habilidades de Tennessee Reyes en el área de la recolección de plantas, pero eso no va a suceder.

—Bien, ¿y dónde entro yo? Pensé que estaba aquí para dar mantenimiento a los sembradíos de verduras.

—Sage, tú tienes un don —dice Nate mirándome fijo a los ojos. De pronto me angustio y todo me da vueltas. ¿A qué se refiere? ¿A mi *don*? ¿Nadia le habrá dicho algo?—. Tienes muy buen ojo para identificar las plantas —agrega sonriendo—. Eres como una *app* humana de identificación botánica. ¡Eres nuestra Encantadora de plantas!

Suspiro y exhalo aliviada en el mayor silencio posible. No, Nate no está al tanto de lo que en verdad implica mi don. Gracias al cielo.

—Por eso queremos que trabajes con Tenn, como un equipo —continúa explicando—. Queremos que recolecten plantas. Toda la temporada y, si las cosas salen bien, también en el otoño.

Me quedo muda. O sea… ¿Nate quiere que trabaje con *Tenn*?

Porque, es decir, no es como si fuéramos a darle mantenimiento juntos a la espiral de aromáticas. Estaríamos viajando en el mismo automóvil. O en el mismo avión. Y si saliéramos del pueblo, estaríamos en el mismo hotel. Y comeríamos y beberíamos café juntos.

Tendríamos que hablar. En persona. Cara a cara. Por períodos indeterminados.

—No sé si pueda hacer eso —digo enseguida. Tenn me mira por un buen rato, lo siento a mi lado leyendo cada uno de mis pensamientos. Incluso mi secreto más oscuro—. Acabo de llegar a Cranberry y tenía la esperanza de pasar tiempo con mi familia, ¿sabes?

—Bien, Sage, si sirve de algo, te diré que no viajarán muy lejos. Nos gustaría que los dos primeros meses permanecieran en Cranberry o en los alrededores, la búsqueda se extendería después.

Miro de reojo a Tenn, quien por fin no me está observando. Tiene la mirada fija en la ventana, como si su mente estuviera a millones de millas de distancia.

—¿Puedo pensarlo? —pregunto.

—Claro, toma el resto de la semana para reflexionar —dice Nate antes de ponerse de pie. Tenn y yo nos paramos también—. Si necesitas saberlo, Sage, en verdad espero que aceptes —agrega mirándome con esa sonrisa esplendorosa como amanecer y a mí me parece hermoso, pero ahora todo es demasiado confuso. Tennessee Reyes está *aquí.* Y Nate quiere que trabaje con él. Tenn no deja de guiñarme como si tuviera arena en el ojo. Yo estoy cubierta de lodo y me siento fatigada, y, para colmo, creo sentir que un escarabajo se arrastra en mi cuero cabelludo. Cuando mi teléfono suena, lo busco con tanta desesperación que parece que estoy esperando que me llamen para ir a impedir el apocalipsis.

Es un mensaje de texto de Laurel. ¿Vienes a cenar? Estoy cocinando…

Respondo de inmediato. Voy en camino. sí. voy. en. este. maldito. instante.

11

LAUREL Y JORGE VIVEN EN UN *CHALET* DE LADRILLOS blancos. Es una herencia que le dejó a Laurel su abuelo en su testamento, un hombre con un nombre épico: Tiago Mer Martin de Lourdes Segundo. El *chalet* se encuentra cerca del lago Church, nombre que le dieron por ser un amplio y límpido cuerpo de agua que yace a los pies de la Iglesia católica de Santa Teresa para errantes y peregrinos. Cuando te encuentras en el envolvente porche de Laurel, entre los árboles puedes ver a lo lejos el destello del aguamarina azuloso del lago, y si cierras los ojos en el momento correcto de un día ventoso, puedes incluso escuchar las olas rompiendo unas contra otras.

El *chalet* no es grande, pero como tiene techos altos da la impresión de ser un espacio abierto y amplio. El abuelo Tiago lo construyó sin ayuda en la década de los cuarenta y luego crio ahí a siete hijos con su esposa, cuyo nombre no era tan épico como el de él: Patricia. A veces, cuando estoy aquí, puedo percibir las anécdotas que encierra su historia, si estoy en el porche, como ahora por ejemplo, veo las diminutas muescas en el piso que dejaron todas esas ocasiones en que se arrastraron sillas para celebrar fiestas de cumpleaños y, en el rincón de allá, donde la mamá y el tío de Laurel bebieron sangría a hurtadillas cuando eran adolescentes, puedo distinguir una mancha de vino.

Laurel abre la puerta con una sonrisa enorme.

—¡Hermana! —dice. A diferencia de cuando Teal me recibió con esta palabra, cuando Laurel dice *hermana* sé que es parte de un recibimiento cálido y genuino. Al abrir, me arropa en sus brazos, es el famoso *abrazo de Laurel*: prolongado y con un balanceo como el de los imponentes pinos que nos rodean. Después de un rato, da un paso atrás.

—¿Qué demonios te pasó? Fue tu primer día en el trabajo, ¿y tú y Nate ya se revolcaron y rodaron sobre el mantillo?

La risa se me atora en la garganta.

—¡Ay, por Dios! ¿Cómo te enteraste de que tengo un empleo?

—Ah, ya sabes, es un pueblo pequeño. Anoche me encontré a Dale en Cheddar's.

—Laurel, anoche, ni siquiera *yo* sabía que tendría este empleo —digo resoplando, pero ella solo se ríe.

—Bueno, es que es un pueblo en verdad *muy* pequeño. Vamos, entra, espero que estés hambrienta.

El *chalet* huele a una mezcla de comida deliciosa y limpiador marca Fabuloso de lavanda. Todo se ve igual, la vieja mesa de arce del comedor que conduce a la cocina, la prensa francesa de vidrio sobre la barra, las cortinas color verde salvia en las ventanas. Laurel también se ve igual, lleva su largo y abundante cabello negro en una cola de caballo como las de Ariana Grande, pero se ha maquillado muy poco, solo un poco de rímel y algo de labial rojo fresa. Viste un sencillo y vaporoso vestido de algodón, porta un pequeño medallón de oro de Santa Teresa en el cuello y está descalza: el atuendo típico de cuando no sale de casa en todo el día. Insiste en que me siente y lo hago sonriendo al percibir lo familiar que me resulta todo el entorno.

—Entonces, ¿qué fue lo que te hizo preguntarme todo eso sobre Nate Bowen y yo rodando en el mantillo? —pregunto mientras ella me prepara un plato desbordante de pollo a la plancha: *chicken* cocinado con mil dulces *onions*. A un lado hay una guarnición de arroz, frijoles negros y tostones con sal. El padre de Laurel es mexicano-estadounidense como mi familia, pero su madre es de Cuba y, ¡demonios! ¡Esa señora *really knows about cooking!* Es una gran cocinera y, para mi suerte, le transmitió a su hija todos sus conocimientos. En cuanto pone el plato frente a mí, empiezo a comer. Estuve tan ocupada enfrentando una de las jornadas más extrañas de mi vida, que no me había dado cuenta de lo hambrienta que estaba.

—Oye, chica —exclama Laurel mientras se sirve un plato para ella también—, ¿pero cómo no te iba a preguntar por Nate? Después de que te salvó de aquellos tipos en el festival, pasé casi un año escuchándote hablar de... ¿cómo le llamabas? Su *¿sonrisa de amanecer?* —dice señalándome con un tostón—. Lo primero que se me ocurrió en cuanto supe que trabajarías en Cranberry Rose fue que Jorge y yo deberíamos salir en una cita doble contigo y con Nate.

Vaya, ¿no hace demasiado calor aquí? Siento las mejillas ardiendo. Me meto a la boca un enorme bocado antes de volver a hablar.

—No creo que eso debería... o pudiera siquiera suceder.

—¿Por qué no?

—No estoy segura de que Nate sea soltero —digo negando con la cabeza.

—Lo es. Su mamá es amiga de mi mamá, ¿recuerdas? Todos los chismes de los amigables Bowen me llegan directo —confiesa Laurel sonriendo a pesar de que un gran tostón le cuelga de la boca.

—Ay, Dios, calla —digo y le doy un ligero golpe en el brazo—. Es decir, dudo que Nate siquiera desee…

—¿Te has visto en tiempos recientes, Sage? —dice Laurel mirándome de arriba abajo—. Me refiero a cuando no estás bañada en lodo.

—Laurel —exclamo y respiro profundo. Necesitamos dar fin a esta conversación lo antes posible porque, una vez que algo se le mete en la cabeza, no hay manera de detener a esta mujer. Laurel es la definición misma de la terquedad. No por nada se graduó con las mejores calificaciones, fue capitana del equipo de debate *y* estrella de *soccer* en la preparatoria. Esto significa que tengo que disuadirla de una vez por todas de continuar por el sendero de Nate Bowen y, por suerte, tengo justo lo que necesito—. Nate quiere que trabaje como recolectora de plantas en el verano —explico y hago una pausa—. Quiere que trabaje en ese proyecto con… Tennessee Reyes.

—¿Quéééééé? —dice Laurel dejando caer el tenedor y lanzando las manos al aire—. ¡Dale no mencionó absolutamente nada al respecto!

—Supongo que el pueblo no es *tan* pequeño después de todo —digo impávida.

—Cuéntamelo todo —ordena Laurel y yo obedezco. Me esfuerzo mucho en hacerlo sin sonar como si tuviera dieciséis años y otra vez estuviera bajo el hechizo de ese ridículo enamoramiento, por eso no añado detalles como la camisa desabotonada que deja entrever un poco de vello, ni los guiños, ni el hecho de que, cuando Tenn me miró, sentí que miles de colibríes

Calíope me envolvían con sus alas verde resplandeciente y vibraban a lo largo de mi columna, piernas y brazos.

Prefiero enfocarme en las partes importantes, como que flirteó conmigo de manera franca por el simple hecho de que eso es lo que hace Tenn Reyes. Actúa como si fuera un encanto para hacerte bajar la guardia y luego te entierra en el corazón una flecha, tan profundo que pasas dos años tratando de sacártela.

—Y entonces, ¿qué vas a hacer?

Las dos hemos vaciado nuestros respectivos platos y la luz no ha dejado de deslizarse lento sobre la barra de mármol azul hasta bañar la tetera y hacerla centellear. Me encojo de hombros.

—No lo sé, es decir, me pagarán buen dinero. Nate incluso dijo que Tenn y yo podríamos obtener un porcentaje de las ventas por las plantas que encontráramos. O sea, un porcentaje permanente.

—Siento que aquí viene un *pero*... —interrumpe Laurel.

—*Pero*, no lo sé. O sea, ¡sabes bien lo que sucedió con Tenn cuando tú y yo estábamos en primer grado!

Laurel asiente. Lo sabe. Es el único ser humano que está al tanto, que me abrazó mientras yo lloraba, que arregló el cuarto de huéspedes que tenían en casa de sus padres para que yo no llegara a casa con la cara enrojecida y el corazón roto en mil pedazos. Ella me ayudó a fotocopiar la fotografía de Tenn en su último año en la escuela para que pudiéramos lanzarle dardos y, más adelante, cuando declaré que había terminado para siempre con la historia de Tennessee Reyes, me ayudó a quemar la misma fotografía en una épica fogata tipo aquelarre.

—Ha pasado mucho tiempo, pero todavía estoy furiosa. De hecho, en la reunión fui un poco grosera con él y esperaba sentirme avergonzada, pero no es así. Temo que no puedo dejarlo pasar —confieso antes de enterrar mi rostro entre las manos—. Aaah, sueno tan tonta, eso pasó hace más de diez *años*.

—Sage, lo que te hizo en tu último año en la escuela fue una porquería épica. Es lógico que todavía estés furiosa con él —explica Laurel encogiéndose de hombros—. Yo también me sentiría indecisa.

Ahora quiero volver a cambiar de tema, así que miro alrededor.

—Jorge llegará pronto a casa para almorzar, ¿no?

—No. Ha estado trabajando muchas horas de manera regular este último mes —explica con rostro sombrío.

—¿Hay un proyecto importante o algo así? —pregunto. Jorge es arquitecto en una elegante agencia de arquitectura cerca de la playa. Todos sus clientes son gente adinerada que quiere diseñar su segunda casa en un pequeño pueblo junto al mar, lejos de Filadelfia, Nueva York y otras ciudades similares. Gana bien a pesar de que lo único que hace es quejarse de su trabajo cuando no está en la agencia.

—Eso es lo que él dice —comienza a explicar Laurel negando con la cabeza—. Olvídalo, no importa, no quiero sonar como una loca.

—Pues no, ahora *tienes* que decirme.

Laurel se pone de pie, levanta nuestros platos y me hace a un lado cuando trato de ayudarla. Los deja en el fregadero, saca su teléfono celular y abre un perfil en una aplicación de redes sociales. Es el perfil de una mujer llamada *Cynthia Peterson*. Muestra a una hermosa mujer de unos treinta y tantos, lanzando un beso a la cámara con sus carnosos labios color malva.

—Es la nueva asistente en la agencia de arquitectura y Jorge ha estado trabajando horas adicionales desde el *instante* en que la contrataron.

El estómago se me revuelve.

—¿Crees que?

—Él dice que es solo una coincidencia, que *hay* un proyecto abrumador, toda una serie de proyectos incluso —explica Laurel con los ojos vidriosos y yo siento ganas de ir en mi camioneta hasta el centro para arrojarle un ladrillo a la ventana del espantoso BMW de Jorge—, pero este año, todavía hace unos meses, incluso prefería saltarse la hora del almuerzo en el trabajo para poder volver a casa temprano al final del día y verme. Ahora...

No sé qué decir. Laurel sabe que nunca me pareció que Jorge fuera digno de ella y esta es la razón. Cuando eran novios, la engañó dos veces o, por lo menos, esas fueron de las que nos enteramos; luego la siguió por todo el pueblo implorándole que le diera otra oportunidad, diciendo que había cambiado y bla, bla, bla. La cuestión es que él sabía cuál era la debilidad de Laurel: quería casarse y tener niños, así que le compró una alianza con un solitario de diamante de dos kilates.

A veces saco las fotografías de la boda de Laurel y me quedo mirando sus ojos que, a pesar de la gran sonrisa, se ven bien alerta, temerosos. Como si supiera que no podía confiar en él. Solo han pasado cuatro años desde entonces, pero tengo la impresión de que esa expresión sigue ahí y solo se exacerba cuando él está en la habitación. Aquí está la prueba de por qué.

Me muevo en la silla, el silencio se torna incómodo.

—Lau, eres su esposa. Estoy segura de que es *cierto*, que está trabajando duro. Ustedes siguen ahorrando dinero para tratar de tener hijos, tal vez eso es lo que Jorge tiene en mente.

Ella se sienta junto a mí sollozando.

—Sí, eso me dijo también.

—Mira, si por alguna razón quieres seguir a esa mujercita todo un día o una semana —digo señalando su teléfono—, sabes que cuentas conmigo. Si sientes que lo necesitas para tu paz mental.

Laurel se ríe hasta resoplar.

—Ajá, sí, tal vez. Lo pensaré —dice negando con la cabeza—. En fin. ¿Cuándo piensas empezar a diseñar joyería otra vez? —pregunta y yo oculto de nuevo el rostro entre mis manos.

—Ay, Dios. Como que estamos abordando demasiados temas delicados hoy.

—¿Sabes? El lugar aquel que te obsesionaba, donde cortan gemas, sigue abierto. Solo digo…

—Sí, de acuerdo, sé de qué hablas. Tal vez saque mis herramientas y materiales este fin de semana —digo preguntándome si notará la falsedad en mi voz. Yo solía ir todo el maldito tiempo al lapidario, el "lugar aquel donde cortan gemas". Llevaba mi cuaderno de dibujo para plasmar con lápiz y tinta los zafiros y el cuarzo rutilado cortado en talla rosa antes de poder darme el lujo de hacerlo en verdad. En ese tiempo podía mirar un trozo de aguamarina cruda o de rubí pulido y saber enseguida en qué metal lo engastaría. Y luego también creaba diseños con los metales: oro verde martillado con cientos de pequeñas melladuras que atrapaban la luz o, quizá, violetas silvestres talladas y fundidas en plata. No había nada en este mundo que me complaciera tanto que darle el pulimento final a una pieza en la que llevaba trabajando sin parar semanas o incluso meses.

Bueno, casi nada, porque, una vez que me volví lo bastante buena para vender mi obra y vi cómo las piezas se iban convirtiendo en el tesoro de alguien más. Vaya, el hecho de saber que a alguien le encantaba mi joyería lo suficiente para pagarme con dinero real por un pendiente, un anillo o un brazalete para hacer una promesa, comprometerse o incluso para ofrecer disculpas.

Eso era endiabladamente *hermoso*.

Y luego se me ocurrió hacer tonterías con mi jefe.

No es que no esté preparada para volver a la banca, es más bien que demasiados recuerdos relacionados con el estúpido de Gregory se atraviesan en el camino.

Laurel y yo hablamos un poco más, su sueño es comprar un faro que se encuentra en la zona norte de Cranberry, convertirlo en una posada, ofrecer alojamiento y desayuno. Para eso ha estado ahorrando el dinero de su trabajo como fotógrafa. Lleva años tomando fotos en bodas, reuniones e inauguraciones de exhibiciones, eventos que odia con todo el corazón, pero lo hace porque quiere convertir ese viejo faro en algo mágico, extravagante y hermoso como ella.

Mientras hablamos, sin embargo, no puedo dejar de pensar en lo que en verdad quiero decirle. No es: te *lo dije*, sino más bien: mereces *muchísimo más que ese hombre. Mereces el universo entero.*

Pero me da miedo que se enoje conmigo. No puedo permitir que otra persona a la que amo me odie, tres ya lo hacen y una de ellas está muerta.

12

MI RIDÍCULA MAÑANA EN CRANBERRY ROSE Y VER A Laurel llorar por su estúpido marido hacen que, al detener la camioneta frente a casa de Nadia esa noche, esté yo de muy mal humor. Ni siquiera aprecio el cielo de la primavera tardía y las primeras estrellas titilantes ni la fulgurante tormenta de rayos que recorre el verde azulado de las montañas. No, ni siquiera puedo estacionarme en el estacionamiento del lugar donde vivo porque, una vez más, la voluminosa camioneta que compensa la pequeñez del pene de Johnny Miller está ocupando dos espacios, además de que las llantas, como bien puedo esperarme, están sobre el tomillo trepador de Nadia.

Lo único que quiero hacer es darme una ducha y terminar de desempacar, eso es todo. Así que, cuando entro a la cocina, no veo a Nadia por ningún lado y noto que únicamente está mi hermana cocinando y Johnny colgado sobre su computadora gritándole a la pantalla, aumento la velocidad para subir a mi cuarto, al punto que empiezo a trotar.

—¡Ah! Y *aquí* está la hermana de mi sexy y candente novia mexicana —grita Johnny, lo cual hace que me pare en seco. Entonces hace girar su *laptop* o, más bien, el extraño pedestal con cara de instrumento de tortura sobre el que la tiene—: ¡Sage! Estás en YouTube Live. ¡Saluda a mis seguidores!

Sigo paralizada, veo la imagen, mis ojos abiertos como platos y mi rostro manchado de lodo, luego alcanzo a ver algunos de los comentarios en vivo que flotan en la pantalla, debajo de la imagen. "¡Guau! Se ve suuuucia...", escribe alguien. "No sé cuál de las hermanas está más candente", agrega alguien más.

Levanto la mano para saludar y miro a Johnny por encima de la pantalla.

—Hola, lo siento Johnny, tuve un mal día y...

—Sage, me da mucho gusto que estés aquí. Creo que puedes ayudarnos a poner fin a este debate entre yo y mis admiradores, ¿eh?

Abro la boca, pero no sale nada.

—Verás, algunos de estos amigos —explica sonriendo entre dientes y señalando la pantalla— piensan que hago demasiado por *my girl* —agrega y hace girar la *laptop* hacia Teal—. Sonríe, cariño —le dice. Por cierto, ¿la tormenta eléctrica que mencioné hace un momento? Pues, digamos que ahora se concentra en nuestra casa.

—Estoy cocinando —dice Teal con una risa tan falsa como la buena voluntad de Johnny.

—Okey, en efecto, mi chica está trabajando duro en este momento. Pero algunas personas me han dicho, ya sabes, cosas como: *Johnny, ¿cómo está eso de que recoges a tu chica del trabajo? ¿Qué no puede manejar sola para volver a casa? ¿Es cierto que le preparaste un almuerzo? ¿Cómo para qué? Ella puede preparárselo sola, ¿no?*

Trago saliva y reprimo un resoplido porque puedo garantizar que a *nadie* le importa nada de eso y que él inventó cada una de esas preguntas. Entonces lo veo encogerse de hombros.

—Y, la cuestión es que, insisto: eso es lo que yo hago. A veces el feminismo consiste en lo que puedes hacer por las mujeres, como *hombre*.

Ay, Santo niño Jesús, dame fuerza.

—Johnny, escucha, en serio, en *verdad* tengo que…

Johnny me interrumpe con una de sus risotadas.

—En fin, ¿qué opinas, Sage? ¿Tengo razón o no? Porque a veces, así es como se ve hacer lo correcto, ¿sabes? No todo tiene que girar alrededor de que alguien prepare la comida *para ti*.

Y aquí es cuando la cólera que ha amenazado con hervir y desbordarse durante, digamos, mi vida entera estalla. *Todo* explota, desde Nadia culpándome de cualquier cosa que le viene en gana, hasta la última vez que vi a Teal y me golpeó tan fuerte que me rompió el labio y necesité puntos; desde el hecho de que mi madre nos abandonó cuando yo solo tenía siete años; hasta Jorge engañando a Laurel porque, sí, podría apostar que se está cogiendo a la tal Cynthia Peterson; y hasta Johnny Miller parado frente a mí con esa repulsiva sonrisa en el rostro, con todas sus ganas de que me una a su espectáculo y finja que, como casi dice, *él* inventó el feminismo.

Sé que debería irme a mi cuarto o, al menos, mantener la boca cerrada. Pero no puedo, entrecierro mis ojos y dejo que salga todo. Todo.

—¿Ah sí? —digo—. ¿Cuándo fue la última vez que cocinaste para Teal? —pregunto. Johnny se queda paralizado—.

—Eh…

—¿Cuándo fue la última vez que, por lo menos, le *ayudaste* a cocinar algo?

—Pues…

—No, no, dime, ¿cuándo fue la última vez que hiciste *algo* que no fuera explicarle a Teal de qué se trata el feminismo mientras *ella te prepara la cena*?

Johnny parpadea.

—Bueno, verás, el feminismo…

—Ah, ¡claro! ¡Lo olvidaba! —digo pegándome en la frente con la palma de la mano como si fuera la persona más estúpida en la casa, lo cual nunca sucederá mientras él esté presente—: tú eres *feminista*. Por eso crees que está bien golpear a una chica, ¿no es cierto, Johnny? Es decir, tal vez podrías respondernos eso, ¿no? ¿Cuándo fue la última vez que empujaste a mi hermana con tanta fuerza que le dejaste moretones en los brazos?

—¡Por Jesucristo! Sage… —susurra Teal, paralizada junto a la estufa, rodeada de una nube gris de humo porque creo que el pescado empieza a quemarse.

Johnny tartamudea.

—Eso, eso… es *mentira*.

—¿Es mentira? Entonces, jurarías por Dios en los cielos, y por Jesús y la virgen María también, ¿que nunca le hiciste moretones a mi hermana? Porque, mierda, Johnny, yo los recuerdo muy bien. Recuerdo el que incluso tenía la forma de *toda tu maldita mano*.

—¿Sabes qué? —dice Johnny haciendo girar la *laptop* de nuevo—. Vamos a hacer una pausa porque tenemos problemas técni… —dice sin terminar, cierra la computadora de golpe y voltea a ver a Teal, quien todavía tiene la espátula caliente en la mano. Sé que está furiosa conmigo, pero por alguna razón, en lugar de enfocar su ira en mí como acostumbra, se ve temerosa, parece tenerle miedo… *a él*. Y yo odio presenciar esto. Odio que mi ruda e iracunda hermana le tenga miedo a alguien, no importa quien sea. *No tengas miedo*, quisiera decirle. *Le partiría todos los huesos a este tipo antes de permitir que vuelva a tocarte.*

Johnny tiene las manos en puño.

—No puedo creer que le hayas dicho a Sage. Que le hayas mentido, quiero decir…

Oh, no, *no* es posible lo que acabo de oír…

—¡Teal no me dijo nada, Johnny! —suelto un alarido—. ¡Yo misma vi los moretones y supe lo que había pasado! Porque, ¿sabes algo?, un tipo no pasa cada hora del día tratando de convencer a todos de que es el ser humano más maravilloso y generoso que ha puesto pie en la tierra, a menos de que en realidad sea una persona espantosa e infumable.

Ni siquiera me mira.

—¿Ya le puedes decir a tu hermana que se calle? —se dirige a Teal.

—Dímelo tú mismo, idiota. Mírame a los ojos, dímelo y veamos qué sucede.

En ese momento suena su teléfono celular y lo levanta. Porque sí, el imbécil contesta una llamada en medio de la discusión.

—¡Acabo de perder quinientos seguidores en un minuto gracias a ustedes, malditas perras! —aúlla y yo lo señalo.

—Damas, caballeros y amigos no binarios, les presento: ¡el *feminismo*!

—Ay, cállate, Sage —dice Teal ahora, pero no me importa. Lleva ocho años mandándome a callar, así que ni parpadeo.

Johnny voltea a verme y entonces tengo una especie de prefiguración. Como el instante previo a que caiga el rayo, cuando el aire se vuelve denso en segundos y todo se queda demasiado quieto, el instante antes de que alguien dé el golpe más bajo y deleznable. Y claro, Johnny no decepciona.

—¿Estás diciendo que *yo* soy una mala persona, Sage? Pero si Teal siempre dice que *tú* pudiste evitar que Sky muriera y, por otra parte —dice girando hacia Teal y señalándola—, tú estabas con ella en el acantilado cuando se cayó. Estabas ahí, Teal, ¿cómo demonios saber que no fuiste *tú* quien…?

En ese momento aviento la mesa y lo espanto tanto que se calla.

—Johnny, juro por los dioses ancestrales que, si terminas esa frase, te arrepentirás.

Sus mejillas arden.

—De la misma manera que se arrepintió tu hermana, ¿cierto? —pregunta resoplando.

Y por fin, *por fin*, Teal dirige su ira adonde debe. La veo parpadear, trata de contener las lágrimas, pero de pronto golpea el sartén humeante y lo aparta de la estufa.

—Vete al carajo ahora mismo, Johnny. Y no regreses jamás.

Johnny mete el equipo electrónico a su mochila y comienza a amenazarla.

—Te vas a arrepentir de esto, Teal. Sabes lo que tengo —dice al tiempo que levanta su teléfono y lo agita con una mueca horrible—, y sabes justo lo que haré con lo que tengo aquí.

Maldigo y pronto siento que me han sacado todo el aire de los pulmones de golpe. Yo también sé lo que tiene, me lo dijo Teal sollozando en la escalera hace tres años, unos diez minutos antes de golpearme la cara.

—Ni siquiera me importa —dice Teal, sin embargo, la veo bastante más pálida que hace un momento—. Solo *vete*.

Cuando Johnny llega a la puerta, voy detrás de él.

—Vete al demonio —me grita, pero no me voy, caminamos y atravesamos el pequeño porche hasta llegar al camino empedrado que lleva al estacionamiento.

—No he terminado contigo —le digo.

—Ya te dije, ¡aléjate de mí!

Suspiro porque en verdad no quería llegar a esto. Miro rápido alrededor y no veo a nadie, pero incluso si hubiera alguien, está lo bastante oscuro para que cualquiera se convenza a sí mismo de que no vio lo que vio.

Una enredadera de flor de luna se extiende y empieza a envolverse alrededor del tobillo de Johnny y, cuando cae, entre la tierra se desliza otra enredadera, esta es una antigua viña trepadora de Virginia. El nudoso tallo repta alrededor de su pecho, lo sujeta y lo arrastra hasta que su espalda choca con el sanguiño de Nadia. Entre nosotros cae una hermosa lluvia de pétalos pálidos y rosados, las viñas aprietan con más fuerza y lo mantienen en su sitio.

El sanguiño enrolla e inclina una de sus ramas hasta tocar y envolver el cuello de Johnny, se tensa y no se detiene sino hasta que en el jardín se escucha el sonido del estrangulamiento. Me aseguro de que aún respire y le hablo con voz grave y profunda.

—Después de que golpeaste a Teal en esa ocasión, me dijo que tenía miedo de dejarte porque te gustaba mucho recordarle que tenías algunas fotografías privadas de ella.

Me mira con los ojos bien abiertos y casi se ahoga al tratar de respirar.

—Eso es lo que tienes de ella, ¿cierto? A eso te referías con tu sutil amenaza cuando nos mostraste tu teléfono.

—¿Qué demonios está sucediendo? —pregunta, pero antes de que pueda terminar la frase, el sanguiño envuelve un poco más sus ramitas alrededor de su boca, como una garra afilada.

—Esto es lo que sucede, Johnny: te vas a subir a esa enorme camioneta que compraste para compensar tu pene chiquito, me vas a dejar en paz, también a Nadia y, sobre todo, vas a dejar tranquila a Teal. Y si alguna de esas fotografías privadas llega al público, y te advierto que no me importa si es a través de un solo correo electrónico, Johnny, *me voy a enterar* y tú vas a *ahogarte* entre plantas en un instante —le advierto. La garra del sanguiño le acaricia suavemente la barbilla—. ¿Ya viste lo que puedo hacer? Ahora quiero que imagines que podría ser muchísimo peor. La rama de árbol alrededor de su cuello se tensa un poco más y lo escucho chillar—. ¿Entendiste?

—Sí —contesta con un gemido.

Cuando las plantas lo liberan, se sujeta el cuello y, entre tosidos, me dice que soy una maldita bruja.

—Exacto —le digo—. No lo olvides nunca.

En ese momento decido volver a la casa sin regalarle a Johnny Miller otro vistazo.

13

DESDE QUE TENEMOS MEMORIA, TODAS LAS MUJERES flores han nacido con un don. Anteriormente mencioné que Nadia sabe cosas. Anya, mi otra tía abuela, vive en Memphis y puede hablar con el agua. Mi madre puede esconderse. Si no quiere que la veas, no la verás ni siquiera si está sentada frente a ti.

Mamá se equivocó al elegir los nombres de Teal y de Sky, porque Teal es la que causa problemas con el cielo. Pero claro, no es como si hubiera podido saber qué dones tendríamos porque, de hecho, no se manifiestan sino hasta la pubertad, e incluso entonces pueden permanecer dormidos más tiempo, hasta que surge la necesidad de emplearlos. En mi caso fue a los catorce, un día que estaba recogiendo manzanas. Traté de alcanzar el fruto más perfecto y rojo que había visto en mi vida, y el árbol inclinó su rama hacia mí y lo colocó en mi mano. Cuando torcí la muñeca para arrancar la manzana, el árbol, como un bailarín bajo la brillante luz otoñal, se replegó lentamente.

Como Teal era una niña con temperamento fuerte, no fue difícil notar su don. Cada vez que se enojaba, de inmediato llovía y caían relámpagos, y cuando estaba feliz, el sol brillaba con más intensidad y vivacidad sobre en el acantilado con vista al mar donde está la casa de Nadia, más que sobre cualquier otro lugar del mundo. Después de la muerte de Sky, llovió doce semanas continuas. Teal casi ahogó el jardín de Nadia.

Sky, por su parte, nos provocó ataques cardíacos cuando descubrió su don. Un día Nadia miró por la ventana y gritó, y luego *yo* miré por la ventana y grité. Y luego, *Teal* miró por la ventana y gritó. Porque ahí estaba la pequeña Sky, riendo contra el viento mientras le acariciaba la panza a un *oso negro adulto*, sin que nada indicara que tuviera miedo. Aunque Teal es muy ruda, creo que todo le asusta tanto como a mí, lo que significa que, en conjunto, nos aterra todo en el universo. Sky no era así. A partir de que descubrió su don, se volvió bastante común verla pasar tiempo con un oso, un lobo o un zorro. Siempre en el jardín, claro, porque tras el incidente con el jabalí, Nadia impuso una estricta política que impedía la entrada de cualquier animal a la casa.

Nadia dice que estos dones son un castigo, que alguno de nuestros antepasados ofendió a un dios ancestral de la peor manera posible y, ¡bum! A partir de entonces y por siempre: hijas con peculiares poderes mágicos. Supongo que de muchas maneras se siente como un castigo, por eso, desde que las mujeres Flores comprendimos lo que podíamos hacer, Nadia y Amá Sonya nos hicieron jurar que guardaríamos el secreto. "Cuando la gente blanca descubre los dones de las mujeres de piel morena, suceden cosas malas", dicen ambas a menudo para recordarnos que debemos callar, y como ese par no puede estar de acuerdo en nada salvo en esto, es obvio que hablan en serio.

La única persona en el mundo que sabe sobre nuestros dones es Laurel y Nadia solo estuvo de acuerdo en que compartiéramos el secreto con ella porque sabía que su madre practicaba la brujería. "Laurel, de acuerdo, pero nadie más", nos advirtió.

Como no podemos contarle a nadie sobre nuestros dones, solo nos tenemos las unas a las otras y, si nos perdemos de la manera en que yo perdí a Sky y a Teal… Bueno, no resulta sorprendente que yo sienta que, salvo por Laurel, no tengo una familia real en este mundo. Porque, de todas formas, todos me odian.

—¿Qué demonios *hiciste*, Sage? —dice sin siquiera ser capaz de mirarme, así es como me recibe Teal cuando vuelvo a entrar a la casa tras haber estado a punto de matar a Johnny Miller con un sanguiño.

—Ya no tienes que preocuparte por… lo que antes te preocupaba —le digo refiriéndome a lo que me contó cuando la encontré llorando en las escaleras, con profundos moretones en los brazos.

Por fin me mira, sus ojos son tan incisivos y oscuros, que siento como si me apuñalara con ellos.

—¿Qué no te das cuenta? Incluso si Johnny nunca publicara en redes… —empieza a decir, pero ni siquiera puede pronunciarlo. *Revenge porn*. Porque eso es, qué asco. Solo de pensar en ello, me dan ganas de volver a advertirle a ese tipo—… acabas de *revelarle* al mundo entero que soy víctima de abuso doméstico. ¡A todos! En solo diez minutos me han llegado como cuarenta mensajes de texto, en la mitad de ellos me preguntan si estoy bien y si necesito llamar a la policía. En la otra mitad me preguntan por qué mi hermana mintió de esa forma.

El estómago se me revuelve, trago saliva.

—Maldita sea. Lo lamento, Teal, no pensé que…

—No, no pensaste en absoluto. No pensaste en nada más que en arruinar todo a tu alrededor. Porque eso es lo que haces. Es lo único que haces.

El corazón se me encoge. Teal tiene razón, solo arruino todo. *Por eso* nunca digo lo que pienso.

Intento disculparme de nuevo, pero Teal no me da tiempo, sube las escaleras corriendo y me deja sola en la cocina, envuelta en el olor a pescado quemado. Por las ventanas veo que, afuera, los relámpagos atraviesan el cielo como afilados listones de luz. En este momento siento que soy ese cielo y que la ardiente electricidad me quema.

PARA NO PENSAR MÁS EN TODO ESTO, DECIDO TERMINAR DE DESEMPACAR, pero es como tratar de ignorar un tornado que te sacude hasta el cielo y te lanza a los bordes de la Vía Láctea. Cada vez que me muevo, veo a Teal, todo lo que toco me quema como relámpagos abrasadores.

Saco uno a uno los libros, los coloco en enormes pilas frente a las puertas del balcón. Sobre la cama volteo varias cajas para vaciarlas, mi ropa cae y forma un montículo que parece una de las pequeñas montañas azules que hay en Cranberry y sus alrededores. Luego todo mi esfuerzo por desempacar se va al demonio, cuando camino hacia las otras cajas, porque entonces tropiezo con un altero de libros, vuelco una caja de zapatos, y decenas y más decenas de fotografías se extienden sobre el rechinante piso de madera.

Suspiro y me siento, comienzo a reunirlas, pero claro, como son fotografías, tengo que mirarlas y, sin darme cuenta, de pronto estoy mordiéndome los labios y, poco después, percibo el sabor a sangre. Todo con tal de que las lágrimas no lleguen a mis ojos.

Como no tuvimos una cámara digital de verdad sino hasta que salí de la preparatoria, casi todas las fotografías que conservamos de Sky están impresas. Las paso una a una hasta que veo una de nosotras en la cocina, cada una sosteniendo una charola con un flan entero. Yo tenía dieciséis años, Teal catorce y Sky once, las tres sonreímos de oreja a oreja: habíamos pasado todo el día horneando con Nadia. Esos eran los *mejores* días en aquel entonces.

La gente siempre decía que las hermanas Flores parecíamos trillizas, pero yo nunca estuve de acuerdo en eso. Éramos hijas de padres distintos y, en mi opinión, esto hacía que nos viéramos diferentes. Es decir, claro, las tres teníamos piel morena con un dorado bronceado, pero en la altura, por ejemplo, diferíamos mucho. Yo soy la menos alta, mido cinco pies, cuatro pulgadas, Teal ahora mide cinco pies y seis pulgadas, y, antes de fallecer, a los dieciséis, Sky medía casi seis pies. Yo tengo el cabello rizado y grueso, castaño como el cuero, Teal lo tiene negro y ondulado, y el de Sky no soportaba una rizadora y cada verano mutaba y se tornaba del color de la miel oscura. Teal tiene ojos estrechos color avellana y nariz respingada, yo, en cambio, tengo nariz ancha, los pómulos marcados y ojos cafés como de búho. El rostro de Sky era alargado, lo cubrían sutiles pecas, y sus ojos eran negros y algo arrugados, como si siempre estuviera evitando sonreír.

Nunca creí que nos pareciéramos, al menos, no hasta que Sky murió. Desde entonces la veo siempre en el rostro de Teal y también la veo mirándome de vuelta cada vez que me asomo al espejo. Todas estas visiones y referencias me ahuyentaron. Como no podía escapar del dolor, finalmente abordé mi porquería de camioneta roja y preferí vivir en ella e irme, a seguir viendo el rostro de mi hermanita en el de Teal: el rostro de Sky diciéndome que estaba muerta por mi culpa.

Yo no tengo el don de ver fantasmas o tratar con ellos.

No tengo ese don y, por eso, cuando levanto la cabeza con las lágrimas corriéndome por las mejillas y veo a Sky ahí, sentada frente a mí en el piso de madera del ático con las piernas cruzadas y las fotografías del pasado esparcidas entre nosotras como las hojas del otoño, me dan ganas de separar las placas de madera y desgarrar el piso, de hacer jirones esta casa, de destruir todos los vínculos que hay entre yo y lo que quiera que sea que me castiga con este particular rasgo. Lágrimas con las que pago por lo que hice. Lágrimas que me hacen ver a mi hermana muerta.

Entre más lloro, más se fortalece su fantasma, más se define su contorno. Me busca, intenta tocarme, pero por supuesto, su mano atraviesa mi rodilla.

La contemplo. Miro sus ojos color zarzamora, el cabello que le llega a la cintura, las delgadas piernas cruzadas frente a mí. Miro su fantasma y pienso: *Jesús santo, ya no parece tener dieciséis.*

Abre la boca para hablar y yo me retraigo. Ha llegado el momento, aquí es cuando Sky dice lo que a Teal le ha encantado recordarme durante años: que todo es mi culpa.

—Sage —dice—, ahora lo sé.

Parpadeo sorprendida, sin poder hablar por unos instantes. Cuando por fin lo hago, mi voz se escucha grave.

—¿Sabes qué?

Los relámpagos de afuera ahora son agua que golpea las ventanas como bofetadas punzantes e inclementes. Sky mira la fría y gris lluvia, y se muerde el labio. Entonces sus ojos negros vuelven a encontrarse con los míos.

—Sé lo que necesito que hagas por mí.

14

30 DE MARZO, 2001
HACE CATORCE AÑOS

RainOnATennRoof: Ajúúúa, compañera. Hace mucho que no hablábamos

silvergurl0917: ¿¿¿ajúúúa??? pero si tu nombre es tennessee, no texas.

RainOnATennRoof: ;)

silvergurl0917: por cierto, ¿por qué te llamas así?

RainOnATennRoof: Es una historia un poco asquerosa.

silvergurl0917: ¿ah sí? ¿y eso por qué?

RainOnATennRoof: Mis padres… me concibieron… en Nashville. ***siente escalofríos***

RainOnATennRoof: ¿Qué me dices de tu nombre?

silvergurl0917: no creas que no me doy cuenta de lo que estás tratando de hacer

RainOnATennRoof: ¿Ah sí? ¿Y qué estoy tratando de hacer?

silvergurl0917: estás tratando de averiguar quién soy

RainOnATennRoof: No quisiera ofenderte ni nada de eso, pero según recuerdo, prometiste que me darías un indicio de tu identidad sí hacía mi tarea. Y la hice, hace dos semanas.

silvergurl0917: de acuerdo……. es cierto.

silvergurl0917: te daré dos indicios… ¿okey? uno tiene que ver con la conversación de esta noche. mi madre eligió como mi nombre algo natural y brujeril, o sea, que tiene que ver con las brujas.

RainOnATennRoof: Vaya, okey. Eso podría incluir muchas cosas.

RainOnATennRoof: :) ¿cuál es el segundo indicio?

silvergurl0917: estoy en segundo año.

RainOnATennRoof: Sabes lo que eso significa, ¿cierto?

silvergurl0917: ¿¿qué??

RainOnATennRoof: Que voy a pasar el resto de esta agradable noche mirando el anuario para tratar de encontrarte entre las estudiantes de primer grado del año pasado.

silvergurl0917: somos muchas. que tengas suerte :)

EN EL PRESENTE

Aunque la lluvia de ayer no duró, dejó en su lugar densas nubes que cubrieron Cranberry con un clima más fresco, pero a pesar de la frescura en el aire, la última vez que hubo una helada promedio fue hace casi un mes. Es el momento perfecto para sembrar semillas en la espiral de aromáticas.

Saco una pequeña mesa plegable del granero, sobre ella acomodo marcadores indelebles, estaquitas de madera y dos cajas con bolsas de semillas. A cada lado de la mesa hay una silla, una para mí y la otra para…

—Esto es aburrido —dice Sky mirando alrededor con una mueca. Creo que todo lo que lloré anoche fue suficiente para permitirle quedarse un día más por aquí. Cuando le pregunté por qué únicamente yo podía verla cuando lloraba, me contestó que ella tampoco sabía. Supongo que tendré que archivarlo como un misterio más en la vida de las mujeres Flores.

Apoyo mis manos en la cadera y la contemplo un rato. Anoche y esta mañana me preparé para cualquier cosa que decidiera decirme, alguna cosa relacionada con el hecho de que está muerta por mi culpa, pero lo único que ha hecho es fastidiarme, ya sea criticando mi forma de vestir ("Uy, como que las tetas se te están saliendo de esa blusa. ¿Qué no vas a una granja? ¿No deberías vestir, más bien, un overol?") o insistiendo en que pusiera música de los Backstreet Boys camino acá (No me importa lo que digas, "Everybody (backstreet's Back)" es un clásico y la cantaré a todo pulmón hasta que encuentres ese CD). Es como si el tiempo no hubiera pasado, como si estuviera viva incluso. No es difícil fingir que lo está, sobre todo porque no deja de quejarse.

—Sage, esto es *demasiado* aburrido.

—Entonces vete —le respondo, agitando el brazo—. Ve a volar por ahí o algo.

Me mira con ojos entrecerrados.

—Si pudiera volar, ¿crees que estaría aquí viéndote hacer todo de la manera difícil?

—¿Qué quieres decir con eso?

—Quiero decir que uses tu don, Sage. Haz que todas esas semillas germinen y crezcan en segundos. Esto está tomando mucho tiempo.

—Incluso si hiciera eso, de todas maneras tendríamos que sembrarlas en la tierra y eso también toma tiempo, sabelotodo. Además, ya casi acabo —le explico. Y no miento. He plantado caléndula, salvia, perejil, bergamota silvestre, cebollín, eneldo, borraja y diez variedades distintas de albahaca, mi especialidad. Tomo la última de las semillas para colocarla en la cima de la espiral: albahaca de Cardenal. Fue cultivada para producir cabezuelas amplias de color rojo violeta y en ese sitio formará un hermoso buqué: abejas y mariposas se darán un festín.

—¡Oye! ¡Qué bien se ve eso! —escucho y, cuando volteo y veo a Nate acercándose, no puedo evitar que una sonrisa aparezca en mi rostro, cosa que, tomando en cuenta todo lo que ha sucedido en los últimos días, es una hazaña.

—Gracias. Acabo de terminar.

—Genial. Mi abuelo estará encantado de ver la espiral arreglada y hermosa de nuevo —grita apoyándose en la piedra de la espiral misma mientras evalúa mi trabajo.

Viste una sencilla camiseta verde que resalta el color rojo de su cabello y, de paso, los músculos que cubre: una bienvenida distracción tras interactuar con el fantasma que, desde detrás de él, no deja de regañarme—. Sage, ¿ya pensaste en el puesto que te ofrecí?

Me muerdo los labios, pero los relajo casi enseguida. Cierto, Nate quiere que trabaje con Tennessee Reyes, un hombre con el que juraba que me casaría antes de que, emocionalmente, hiciera lo equivalente a rajarme el pecho y electrocutarme el corazón.

Es obvio que no he tenido tiempo de pensar en su ofrecimiento con todo lo que *he estado arruinando* en los últimos días.

—Eh, no del todo, Nate. Sé que tengo hasta el final de la semana, pero —digo arrugando la cara—, ¿qué día de la semana es hoy?

—Viernes —contesta riéndose y, al verme entrar en pánico, alza la mano—. Te diré qué. ¿Por qué no vienes con nosotros mañana por la noche al Lounge? Todos los empleados estarán ahí. Quizá recuerdes que nos gusta reunirnos.

Asiento. Cuando trabajé para Cranberry Rose todavía era demasiado joven para acompañarlos a la salida del trabajo al único bar *cool* del pueblo, pero ahora… podría ir.

—Ah, seguro, lo recuerdo.

—¿Sí? Entonces mañana podrías decirme qué decidiste.

—Sí, lo haré —digo y suspiro aliviada.

Nate sonríe aún más y mi respiración se vuelve desigual y poco profunda.

—Será bueno verte ahí. Te invitaré una bebida —dice asintiendo antes de volver a la casa.

Cuando volteo, Sky tiene los ojos en blanco.

—Es… esteee. ¿Te gusta?

Cierro los ojos un instante. Todas esas veces que dije que llevaba ocho años temiendo llorar plenamente porque sabía que si lo hacía vería al fantasma de mi hermana, fue porque creí que estaría enojada conmigo, que me culparía. Incluso pensaba que sería como en una película de horror, que su cuerpo se vería cada vez más descompuesto y que, en algún momento, seguir derramando lágrimas me obligaría a ver un esqueleto seco y sonriente detrás de mí. No, nunca imaginé *esto*: Sky persiguiéndome como una adolescente hosca y huraña que disfruta de fastidiar a su hermana mayor hasta el cansancio sin razón alguna.

Para ser franca, tal vez sea peor que la versión que yo temía.

—Deberías invitar a Teal.

—¿Cómo dices? —murmuro mientras empaco las semillas.

—¿Cómo dices? —escucho una voz ronca imitarme detrás de mí.

Me asusto tanto que lanzo un alarido y dejo caer varias de las bolsas. Las diminutas semillas negras de albahaca saltan sobre toda la mesa plegable.

—Mierda —digo curvando la mano para tratar de alejarlas del borde y entonces levanto la cabeza y fulmino con la mirada a Tenn Reyes, con su cara de engreído. No tenía idea de que era capaz de moverse de esa manera tan furtiva y silenciosa, como un maldito *Avenger* o algo así.

Levanta la mano.

—Lo siento, no quise asustarte. Vine a ver si necesitabas ayuda.

Me dan ganas de decirle que se vaya al carajo, pero mejor me muerdo la lengua y me recuerdo que, de todas maneras, no sabe nada del pasado. Y eso significa que, lo que *sí sabe* de mí es que soy grosera con él sin razón alguna. Por eso mejor respiro.

—No, ya acabé. Gracias de todas maneras.

—Espera —dice mientras sube por la espiral y se agacha para recoger las bolsas que cayeron a la tierra—, permíteme ayudarte.

—No, en serio, ya…

—Sage —dice con voz profunda mientras su mirada desciende hasta mi camiseta y vuelve a ascender al nivel de mis ojos—. Permíteme —se inclina un poco más y reúne las pequeñas bolsas blancas. Me parece una locura que todo el tiempo encuentre la manera de mirarme.

—¿Siempre eres así de mandón? —le pregunto apoyando las manos en la cadera, pero me irrita más verlo reír entre dientes como respuesta. Doy un paso atrás y él se levanta y barre con la mano las semillas de albahaca para meterlas en la bolsa.

—Bueno, este es *mucho* más sexy que el otro —señala Sky observando desde su silla—. Voto por él —agrega y yo rechino los dientes—. ¿Qué? Es la verdad —insiste y se inclina un poco hacia Tenn—. Además, huele bien, a hojas de té.

Por un momento olvido la situación en que me encuentro y empiezo a interrogar a mi hermana.

—Espera, ¿puedes oler? Entonces… —digo, pero me callo enseguida. Tenn se asusta un poco y levanta la cabeza con las cejas arqueadas—. ¡Albahaca! —grito—. Iba a decir que a veces las semillas de albahaca huelen a hojas de albahaca— agrego. No tengo idea de si es cierto y espero que él tampoco.

—¿Ah sí? —pregunta sonriendo mientras levanta un puño de semillas y se las lleva a la nariz.

—Oh, no es necesario que…

—No huelo nada —dice encogiéndose de hombros—. Pero claro, yo no soy encantador de plantas —añade con un guiño y ladea la mano para dejar caer las semillas en la bolsa abierta.

—Ay, Dios mío —gruñe Sky—. Este es el peor flirteo que he visto jamás.

Me muerdo los labios para no contestarle como se debe en ese momento, y entonces Tenn me entrega las bolsas con las semillas. *Sé amable*, me recuerdo a mí misma—. Gracias —digo y las guardo en el gran contenedor de plástico.

Parece que Tenn quiere decir o preguntar algo, es como si tuviera las palabras en la punta de la lengua, pero luego solo niega con la cabeza.

—Bueno, hasta pronto, supongo —dice.

Asiente una vez, pero antes de que dé la media vuelta, grito.

—¡Espera! —ignoro a Sky y sus murmullos, "Ay, aquí vamos", y señalo su barbilla—. Tienes un par de semillas de albahaca en el bigote.

—En el bigote, ¿eh? —dice riéndose y deslizando la mano por su mandíbula—. ¿Las quité?

Niego con la cabeza y doy un paso más.

—¿Puedo? —digo y levanto la mano. La acerco. Porque esto es ser amable, ¿no?

Tenn junta las manos en su espalda y se inclina un poco para que pueda alcanzarlo. Y en cuanto mis dedos hacen contacto con él, me arrepiento de haberme ofrecido a ayudarle. Su barbilla se siente tibia, el vello en su rostro tiene una dureza que casi me hace temblar. Toco ligeramente para retirar las semillas y él parpadea rápido, sus gruesas pestañas me recuerdan las hojas de la vid de trompeta.

—¿Las tienes? —pregunta con voz ronca y mirando mis labios.

—Deja de hacer eso —digo y retrocedo.

—¿De hacer qué? —dice riéndose mientras se endereza y mete las manos a los bolsillos.

—Sabes bien a qué me refiero.

—No, no lo sé.

—Deja de flirtear —digo sacudiendo la mano.

Da un paso hacia mí y clava su mirada en mi boca más rápido de lo que una mariposa aletea.

—¿Crees que estaba flirteando?

—Eres un tipo que flirtea, es lo único que haces —y al decirlo, un recuerdo emerge en mí. Tengo dieciséis, él diecisiete. Entre nosotros se encuentra mi corazón. Roto en mil pedazos humeantes y desperdigados como asteroides de porcelana que acaban de estrellarse en la tierra.

Esta es solo una de las millones de razones por las que no puedo permitir que el insensible flirteo de Tenn me afecte.

—No, flirtear no es *lo único* que hago —aclara con una sonrisa sensual e irónica.

Oh, *por Dios*. ¡Está flirteando *mientras niega que flirtea*!

—Ya puedes irte —le digo. Veo que ya no queden semillas en su rostro y volteo hacia Sky y la mesa donde están las pequeñas bolsas.

—Por fin —dice poniendo los ojos en blanco mientras yo subo por la espiral—. Bien, *como decía*, deberías invitar a Teal.

—¿Invitarla a dónde? —digo en un susurro por si acaso Tenn continúa cerca y todavía puede escucharme. Cuando deslizo la tapa del contenedor de semillas, veo mis manos temblar.

—Al Lounge.

Respiro hondo.

—No creo que Teal vuelva a hablarme en toda su vida, pero está bien, de acuerdo.

—¿Recuerdas lo que te pedí?

—Por supuesto que lo recuerdo —contesto de mala gana, pero cuando levanto la vista ella ya no está ahí. Supongo que el polvo fantasmal que activan mis lágrimas se secó.

Me duele el corazón, no me gusta perder así a Sky. Tampoco me gustó tenerla de esa manera: ni del todo viva, ni habiéndose ido del todo. Pero esto lo prefiero menos aún. Suspiro. Con todo lo que está sucediendo, sé que no pasará mucho tiempo antes de que vuelva a llorar, pero ahora estoy al tanto de que Sky sigue por ahí. Me explicó que incluso si yo no la veía, *estaba* ahí, solo más "indefinida". Por eso, antes de caminar hacia la casa de la granja, digo:

—De acuerdo, lo intentaré, ¿está bien? ¿Escuchaste, Sky? Lo intentaré.

Doy media vuelta hacia donde Tenn se encontraba y, al no ver señales, exhalo aliviada.

Ser grosera con Tenn es mucho, *mucho* menos peligroso que ser amable. Aprendí la lección. Aprendí la *maldita* lección.

En ese momento zumba mi teléfono. Me acomodo las cajas de semillas bajo el brazo y meto la mano a mi bolsillo. No lo olvides, dice el mensaje de texto de Nadia, cena en casa de Sonya esta noche.

Mierda, ni siquiera recuerdo que haya mencionado una cena para empezar. Me dan ganas de gritar al cielo: ¿Qué no puedo tener un descanso?

Pero como sé que la respuesta es un rotundo "NO", ni siquiera me tomo la molestia de hacerlo.

—¿DÓNDE ESTÁ TEAL? —LE PREGUNTO A NADIA CUANDO ambas abordamos su Honda CR-V.

—Tuvo un mal día en el trabajo —explica con una mirada que parece saber, que parece decirme: *Y por alguna razón, sé que todo esto es culpa tuya.*

Me asomo rápido por la ventana sabiendo que esta vez es cierto, yo soy la única culpable. Solo puedo imaginar cómo fue el día de Teal después de que revelé en vivo por YouTube que el tipo que espero que siga siendo su ex la golpeaba. Estúpida. Estúpida, estúpida Sage.

Nadia no parece estar al tanto de los detalles y eso me resulta extraño, pero bueno, ya se enterará y, cuando eso suceda, una eternidad no será suficiente para que me lo eche en cara. Aunque no digo que no lo merezca.

Amá Sonya vive en una comunidad cerca del centro del pueblo, pero justo en la periferia. Es el tipo de vecindario para el que Jorge siempre diseña casas. No sé cómo es posible que su empleo sea tan malo, difícil y complejo como él cuenta porque, francamente, da la impresión de que todas las residencias ahí las hicieron con moldes cortadores de galletas en forma de sin *personalidad alguna*.

En tanto que la casa de Nadia está repleta de historias, desde la lámpara Tiffany con el vidrio verde astillado que cuelga del techo en la sala, hasta las paredes de la escalera llenas de libros, pasando por las cortinas de tela cosidas a mano con estampado de margaritas, la de Sonya se ve como si alguien hubiera tomado una aspiradora cósmica gigante y succionado de ahí no solo todas las historias, sino también el color, las risas y cualquier cosa que se pareciera un poco a la imaginación.

Es obvio que no tengo *tremendas* ganas de ir a cenar ahí.

Sin embargo, cuando me asomo por la ventana del auto de Nadia, de pronto recuerdo algo que me hace reaccionar, algo en lo que no había pensado en mucho, mucho tiempo.

Yo no tengo el don de ver a los fantasmas... pero Sonya *sí*. Es su especialidad, ¿no? Cierro los ojos y trato de recordar lo que nos contó hace tantos años Nadia al respecto, pero eso me hace pensar también en el tiempo en que Sky estaba viva y, en este momento, el dolor es demasiado para soportarlo.

Sonya es nuestra abuela materna. Lo primero que cualquier persona debe saber sobre ella es que es una *perra*. Cuando mi madre se embarazó de mí, Sonya llevó todas sus pertenencias al enorme porche blanco, las apiló de forma simétrica entre las columnas tipo colonial y luego lanzó a la calle a su única hija. Por eso la casa de Nadia es el único hogar relacionado con nuestra infancia y no resulta sorprendente que, desde que mamá se fue, se asegurara de que Sonya no tuviera nada que ver en nuestra crianza.

A Sonya también le gusta fingir que no tenemos dones. Cuando falleció su primer esposo, es decir, el papá de mi mamá, o sea, mi abuelo, se casó con un granjero adinerado, el tipo de individuo que se toma fotos a sí mismo en su maquinaria agrícola y luego se baja para dejar que sus capataces mal pagados hagan el verdadero trabajo pesado. Gracias a eso, ahora lleva una vida de *belle* sureña privilegiada y, claro, las *belles* sureñas no tienen *dones*. Todo esto me hace dudar. Además, hace demasiado tiempo que no escucho a nadie mencionar la magia de Sonya. ¿Su don consistía en poder *hablar* con los fantasmas? Supongo que podría preguntarle y arriesgarme a que eso le haga exclamar un exagerado, irónico y dramático ¡Ay, cariño! que, en el lenguaje de las *belles* sureñas en realidad quiere decir: *vete a joder.*

Sonya abre la puerta de golpe antes de que podamos siquiera tocar y, en lugar de saludarnos, fulmina a Nadia con la mirada, le da un falso beso en la mejilla y voltea a verme y dice:

—No te ves ni un poquito más delgada, Sage. Y, ¡ah!, cierto, Nadia me contó que… ¿es cierto que lograste que te despidieran de tu puesto como asistente? Pero tal vez me equivoco y, en realidad, todo es su forma de darnos la bienvenida.

—Fue debido a recortes presupuestarios.

—A ver, da una vuelta, déjame verte bien. Mmm, ¿cuatro años en esa universidad y no lograste demostrar que estabas por encima de los recortes presupuestarios? Pero, bueno, supongo que eso al menos significa que te quedarás aquí —a pesar del significado de su frase, su tono deja claro que eso no le viene nada bien. Aún no acabo de girar, pero me detiene como si fuera una marioneta y mira un poco a mi izquierda, justo por encima de mi hombro—. ¿Acaso es…? —dice sin terminar y entrecerrando los ojos. Volteo y echo un vistazo por encima del hombro pero no veo nada y, cuando la vuelvo a mirar a ella, noto que frunce el ceño y niega con la cabeza—. No importa, pasen. Las dos.

Sonya lleva un vestido blanco de cuello redondo y mangas largas que se ensancha justo debajo de sus rodillas; el material es bello, tiene un ligero resplandor, pero la prenda le queda demasiado holgada. Sus zapatos estilizan sus pies con tacones de aguja de unas tres pulgadas y todo lo demás que veo en ella es joyería: diamantes de un quilate, uno en cada oreja, brazalete tenis y su anillo de matrimonio: un diamante de tres quilates al centro, flanqueado por dos de medio quilate que hacen que el anillo de Laurel parezca una insignificancia. A pesar de que tiene el mismo tono de piel que nosotras, se pinta el cabello de un color que ella llama "rubio fresa" pero que a mí me parece más bien "helado de cereza". En los labios lleva un color durazno pálido reluciente y *siempre* que me mira frunce el ceño como si estuviera oliendo una mezcla de estiércol y pescado quemado.

El interior de su casa solo contiene gamas de beiges y blancos en capas y más capas, del sofá a los cojines decorativos, pasando por los gabinetes y hasta en los pisos. Hace frío y los pisos de mármol que, por supuesto, son blancos, hacen que nuestras pisadas suenen siniestras. En toda la casa hay frases pintadas sobre lienzos, en colores neutrales, con una tipografía rígida y femenina: *Vive, ríe, ama. Bendice este desastre. En esta casa no creemos que la libertad sea gratuita.*

Kason, su esposo, no está y, gracias a eso, la cena tiene un poco más de sabor de lo usual. Hay pollo al horno con ajo, acompañado de bollos suaves de levadura y mantequilla, espárragos y papas rostizadas. Al ver este lugar, uno pensaría que Sonya solo sirve langosta y *foie gras*, pero supongo que a Kason le agrandan las cosas tradicionales. Continúo echándoles un vistazo a las letras mayúsculas impresas en el lienzo que cuelga sobre la mesa del comedor y que nos gritan: *COMAN*.

La conversación durante la cena es fascinante porque Sonya y Nadia se insultan con singular alegría diciéndose cosas que, en la superficie, suenan a halagos. Me pregunto si siempre han sido ese tipo de hermanas, si desde que surgieron del vientre ya dominaban el arte de ser pasivo-agresivas.

—Nadia, ese vestido es sin duda adorable, tienes que decirme a cuál bodega del Ejército de Salvación fuiste a rebuscarlo entre la ropa usada —dice Sonya parpadeando rápido antes de meterse a la boca un fragmento minúsculo de papa rostizada. Sé que su comentario va a molestar a Nadia, quien seguro consiguió el vestido en una venta de garaje. La verdad es que es muy lindo: anaranjado mandarina como los perennes cosmos que florecen en su exuberante jardín al terminar el verano.

—Gracias, Sonya, tu atuendo, como siempre es inmaculado… a un grado *clínico*. Va muy bien con tu hermosa casa *y* tu personalidad —contesta Nadia mientras toma con los dedos una pierna de pollo y la muerde sin preámbulos, lo que hace a Sonya suprimir un grito ahogado.

Cuando terminamos de cenar, Sonya hace todo un teatro al describirnos su elegante y carísimo café para acompañar los pastelillos y, de paso, logra insultarnos a Nadia y a mí con una sola oración.

—Bueno, señoras, tendrán que decirme si prefieren que deje los pastelillos en la barra… para no sentirse *tan* tentadas a excederse —dice. Yo heredé la constitución de Nadia, ambas somos gruesas y curvilíneas. Debido a eso, desde que tengo memoria, Sonya se comporta como si su delgadez la hiciera una mejor persona.

—Déjalos en la barra, Amá —le contesto—: como dices, así nos sentiremos menos tentadas —agrego, pero cuando me levanto coloco en mi plato tres *croissants* gigantes de chocolate, uno sobre el otro, en una torre tan alta que se tambalean. Esto hace a Nadia sonreír mientras Sonya solo aprieta la mandíbula y empieza a golpetear en el piso con el pie como los contadores en cuenta regresiva de las películas antiguas.

Una vez que me trago la torre de *croissants*, me disculpo y voy al baño porque sé que no podré soportar mucho más de esto. En el baño me miro en el espejo, me veo enojada. Pienso en todas las cosas que desearía poder decirles a Sonya y a Nadia, pero en lugar de eso, me parece mejor darme una conversación motivacional a mí misma.

—Tu vida es un desastre —me digo—. Es cierto, pero no puede empeorar, ¿o sí? No mucho más, al menos —agrego y salgo enseguida. Y con la misma rapidez que cierro la puerta, una mano fría y huesuda me sujeta del antebrazo y me jala por el corredor, hacia el otro lado del comedor.

—Qué demoni… —estoy a punto de decir, pero entonces me detengo y veo que solo es Sonya, quien me jala hacia lo que parece ser su habitación. También es beige y blanca, pero me da la impresión de que, al menos ahí, decidió liberarse y vivir la vida loca porque uno de los cojines decorativos sobre la cama es color *rosa* pálido.

—¿Trajiste un fantasma a esta casa? —dice señalando mi corazón con una de sus uñas de acrílico romas con manicura francesa—. ¿A *mi* casa?

—Yo…

—¡Puedo *sentirlo*! ¡Está flotando por ahí como un ruidoso trozo de papel de China! —dice con una voz que suena más seseante de lo normal.

—Según Nadia, *tú misma* dijiste que no tenías ningún don —argumento con el ceño fruncido.

—No lo tengo —dice y nos quedamos mirando por un instante hasta que ella cruza los brazos. Supongo que tendré que seguir la antigua tradición sureña de decir una cosa pero querer decir algo distinto.

—¿Bien? ¿Y de quién se trata? —pregunta frunciendo el ceño también.

Me encojo de hombros.

—Sage Esmerade Flores…

—¡Está bien! Es Sky, ¿okey? ¿Ya estás contenta?

Sonya arruga la nariz.

—¿Por qué está todavía aquí? ¿Lo mencionó?

Pienso en lo que Sky me dijo la noche anterior. *Sé lo que necesito que hagas por mí.*

—Dijo… dijo que cree que necesita que yo haga algo para que ella pueda… ya sabes, continuar. Llegar al cielo.

—¿Hacer qué?

—Quiere que repare mi relación con Teal —confieso mirando al piso.

Sonya da el resoplido más refinado que he escuchado en mi vida.

—Creo que ni en sueños.

—Gracias por el voto de confianza.

Entonces cierra los ojos e inclina la cabeza como si estuviera escuchando. Me pregunto si al conectarse con los fantasmas sentirá algo similar a lo que yo siento con las plantas, si siente que, por unos instantes, los fantasmas se vuelven parte de ella. De pronto me estremezco y la veo fruncir el entrecejo otra vez.

—¿No te dijo nada más? —pregunta.

—Le pregunté si sabía… ya sabes, dónde terminó su cuerpo, y me contestó que lo único que logra percibir es que hay… una especie de luz elevada.

—¿Percibir? ¿A qué se refiere con *percibir*?

—No lo sé Amá Sonya. Dijo que era como un sueño o algo así.

Sonya me lanza una mirada que me hace sentir su indignación.

—Los fantasmas no sueñan.

—Bueno, *como* un sueño, fue lo que dijo Sky.

—No, eso no suena nada bien, esta es una de las tres leyes del estado fantasmal, los fantasmas no sueñan, no pueden afectar el mundo físico. Y tampoco crecen, no envejecen —explica y yo solo atino a tragar saliva.

—Oh, de acuerdo —digo negando con la cabeza. ¿No pueden afectar el mundo físico?— Espera un minuto, ¿estás diciendo que los fantasmas no te pueden dar un regalo? Porque Nadia siempre dice que no se debe rechazar un regalo de un fantasma.

—Cuando dice *regalo* se refiere a algo como un favor de los antiguos, no a un diamante —dice y comienza a reír—. Ni a una taza de café —agrega al tiempo que golpea su rodilla con la palma de la mano y se carcajea.

Me viene a la mente un café específico que bebí en mi taza preferida, la del color lila que resplandece en el cielo durante las tormentas eléctricas, un café fantasmal con aroma a frambuesas dulces.

Ha habido decenas de tazas de café como esa. Regalos que pude tomar, palpar… ¡y beber, por Dios santo!

—¿Qué pasaría si un fantasma pudiera hacer algo así? —pregunto—. ¿Si pudiera romper una regla?

Sonya deja de reír de una forma tan abrupta, que resulta espeluznante.

—Entonces no es un fantasma. Fin de la historia.

Con lo que también quiere decir *fin de la conversación*, porque camina hacia la puerta y la abre. Antes de salir, sin embargo, toco su brazo.

—Tú... ¿nunca sentiste la presencia de mamá? No es un fantasma, ¿verdad?

Han pasado veintidós años desde que alguna de nosotras escuchó de ella por última vez. Ahora no me pregunto lo que habrá pasado con tanta frecuencia como lo hacía cuando era niña, pero cuando llego a hacerlo, me viene a la mente lo peor.

La mirada de Sonya se suaviza por un instante, pero luego me ve y se torna gélida de nuevo.

—No, nunca. Nunca la he sentido.

Respiro aliviada y salgo detrás de ella.

15

El día siguiente paso ayudando a Henry y a DeAngelo a fertilizar los delicados plantones de verdura: tomates, pimientos, verduras de hoja y cebollas, y cuando vuelvo a casa, me pongo a desempacar todo lo posible. Mis libros llenan el antiguo gabinete para porcelana que Nadia rescató del Ejército de Salvación y al que luego le dio un encantador toque rústico al pintarlo de color malva con acabado gris. Cuelgo mi ropa en el pequeño armario que es como de hobbits. Mis albahacas forman una hilera sobre la repisa frente a las pequeñas ventanas: sagrada, lima, limón, chocolate, basílico, por nombrar la mitad. Me queda una caja, una de las grandes, tiene la etiqueta *ESCUELA/TRABAJO*. A pesar de que empaqué lo más rápido que pude, sé todo lo que contiene: pinzas, una caja de gemas no engastadas aún, trozos de latón y de hojas de plata, una sierra cinco pulgadas con varios paquetes de cuchillas, un frasco de pasta flux, pinceles, un soplete de gas butano. Pinzas para depilar y unas tenazas, cera azul de joyería y brillantes instrumentos para tallar.

Apenas empiezo a abrirla cuando los recuerdos y las historias ya me envuelven como un suave viento: el trabajo que tanto amaba, el que me animaba a llegar temprano al estudio y a volver a casa tarde con frecuencia, mis alumnos adorados. La expresión en sus rostros cuando lograban soldar algo por primera vez. Los *cupcakes* temáticos que trajeron a mi última clase cuando anuncié que me iba para siempre: cada uno con un anillo con gema de *fondant* insertado sobre la blanca crema de mantequilla. Los inmensos deseos de llorar cuando la clase terminó y se fueron.

Suspiro, veo mi reloj y empujo la caja hacia la pared. Puede esperar algunos días más.

Me doy una ducha y, al salir, mi teléfono zumba.

Laurel: Lo siento, J y yo no podremos ir esta noche.

La había invitado al Lounge para no tener que quedarme parada ahí, entre los amigables empleados de Cranberry Rose, viéndome como la mayor fracasada del universo. No invité a Jorge, pero supongo que cuando estás casado es difícil asistir a estos eventos, sin tu otra mitad. Ahora que lo pienso, son buenas noticias: prefiero ir sola que verlo con Lau y fingir que todo va de maravilla.

Ayyyy, qué lástima, miento sin pensarlo siquiera.

Laurel: Pero ¿podrías hacer algo por mí aunque no vaya?

Yo: Lo que sea.

Laurel: Pídele esta noche a Nate que salga contigo. Con nosotros también. Nuestra cita de parejas, ¿recuerdas?

Yo: ¿Dije "lo que sea"? Porque lo que quise decir fue: "Lo que sea" excepto invitar a salir a mi jefe, quien me acaba de contratar ¡hace solo dos días!

Laurel. Ay, vamos

Yo: No <3

Laurel: Solo piénsalo, ¿de acuerdo? Promete que lo PENSARÁS.

Suspiro. De acuerdo. Pero SOLO lo pensaré.

Ya sé lo que planea. A lo largo de los últimos diez años me ha dicho lo triste que me veo, cree que si encuentro el amor, las cosas se solucionarán como por arte de magia y yo no tengo el valor de decirle que el amor de ningún hombre sería suficiente para lograr eso, ni siquiera el de Nate Bowen, alias "sonrisa de amanecer".

Me paro frente al espejo del baño. Me puse un vestido verde que se sujeta en la cintura y tiene un profundo escote en forma de corazón. En las orejas llevo brillantes pendientes de piedra de luna y en mis dedos resplandecen labradoritas, todo engastado en plata. Me trencé el cabello y lo coloqué sobre mi hombro, me puse rímel y lápiz de labios de un rojo profundo, casi púrpura. Tras rociarme un poco de *Dream Moon* de Pacífica, una mezcla de pachuli, sándalo y, sí, rosa rosa, estoy casi lista.

Ahora viene la parte difícil.

Subo fatigosamente las escaleras, voy arrastrando los pies sobre el piso de madera. Me detengo en el segundo piso, frente a la habitación de Teal, y me preparo. Levanto el brazo y toco a la puerta. Pasan unos diez segundos y no recibo respuesta, así que vuelvo a tocar.

La puerta se abre de golpe y ahí está Teal en *pants* de yoga y una sudadera estrecha deportiva de color rosa y turquesa. Lleva el cabello recogido y me fulmina con la mirada.

—¿Qué quieres? —pregunta.

—Me preguntaba si te gustaría ir conmigo al Lounge esta noche.

—No —contesta y cierra su puerta.

Por lo general, este sería el momento en que yo me rendiría, pero le dije a Sky que trataría, así que me quedo y lo vuelvo a intentar.

Toco de nuevo la puerta.

—¿Por favor? —grito para que me escuche del otro lado.

—¡No!

—No estás trabajando, ¿o sí?

—¿Eso qué importa? ¡No quiero ir!

Suspiro y apoyo la frente en la puerta.

—Es un asunto de Cranberry Rose. Nate Bowen me ofreció un empleo y tengo que darle mi respuesta hoy. No quiero ir sola.

Se queda en silencio un instante.

—¿Quién es Nate Bowen?

Levanto la cabeza, Teal ya no me grita, así que siento que he progresado, ¿no?

—Es el nieto de Dale. Ahora él está a cargo.

Otro silencio. Trago saliva.

—Soy la conductora designada —digo, pero me quedo en silencio mientras pienso en mi cuenta bancaria—. Te compraré tres, no, dos bebidas.

La puerta se abre de golpe.

—De acuerdo. Estaré lista en veinte minutos —dice antes de volver a cerrar la puerta y gritar desde adentro—. Pero vamos en mi automóvil, ¡no en la porquería esa de camioneta de abuelita que tienes!

—¡Perfecto! —digo de mala gana, pero no puedo evitar sonreír. Qué tal si, quizá, ¿esto no será tan difícil después de todo?

¿Qué tal si logro recuperar a una hermana mientras le ayudo a la otra a avanzar en su camino? ¿Qué tal si resulta tan fácil como preparar una tarta?

Pero, claro, tal vez estoy olvidando que hacer tarta requiere de bastante ingenio. Hay que mantener toda esa mantequilla fría mientras doblas la masa y luego... puaj. Siempre que preparo la corteza termino con un desastre en las manos.

Desastre es una buena palabra para describir nuestro trayecto también. Yo me la paso diciendo cosas como: "¿Qué tal va el trabajo?" y "¿Viste que te llegó correo hoy?", y Teal simplemente no responde. Le lanzo otra mirada furtiva, se soltó el cabello, ahora se le forman olas salvajes, lleva brillo de labios color rosa y un vestido negro entallado y atado con una cinta al cuello que me hace sentir que parezco monja. Lo intento de nuevo.

—Me gusta tu vestido.

Nada. Pasado un rato respiro hondo y miro por la ventana, veo los árboles que cada vez se ensanchan y se extienden más, veo pequeños estanques por aquí y por allá llenos de algas que parecen vidrio checo, lilas como ametistas y aves acuáticas del color del cuarzo ahumado.

A las mujeres Flores no siempre las rodearon bosques de arces ni los acantilados desgastados por la sal de la Virginia costera: Nadia dice que, hace decenas de generaciones, nuestra familia vivió en Texas. Supongo que nuestras antepasadas vivían en paz y felices con sus dones hasta que llegaron los misioneros. Es decir, los misioneros llevan siglos metiendo las narices en este continente, en especial en lo que ahora llamamos Texas, pero cuando vieron a mi familia, la manera en que las mujeres se relacionaban con los dioses ancestrales y que decían cosas como: *Hay cosas más antiguas que Dios*, una de las frases preferidas de Nadia, se molestaron bastante. Según cuenta la leyenda, los misioneros secuestraron a una de nuestras hijas para tratar de eliminar su don a través de oraciones. Como eso no funcionó, decidieron quitárselo a golpes.

De alguna manera, la chica logró liberarse y volver a casa, y ¡por supuesto!, su mamá, sus tías y sus abuelas se enfurecieron realmente. Nadia nunca entra en los detalles sobre lo que les hicieron a los misioneros golpeadores de niñas, pero puedo imaginar bastante bien de lo que eran capaces esas mujeres que hablaban con el agua, hacían caer relámpagos donde se les daba la gana y se comunicaban con animales salvajes. Como las serpientes venenosas, por ejemplo. Después de eso, creo que la familia decidió empezar de nuevo en otro lugar y por eso se mudó aquí, a Cranberry.

Como Cranberry se encuentra en un valle costero, buena parte de su historia está incompleta. Los historiadores no están seguros de cuándo lo tomaron los colonizadores y solo suponen que lo nombraron así en honor a los arbustos de arándanos rojos que flanquean los bosques. No obstante, Nadia dice que *nosotras* vinimos aquí porque estas montañas se sentían como una zona donde los dioses ancestrales pasaban el tiempo. Dice que cuando mi madre era pequeña, la llevaba de excursión al bosque y, si corrían con suerte, a veces encontraban una huella en polvo de oro que no le pertenecía a ningún humano.

—Mira —le decía a mi mamá y luego ambas contemplaban la huella hasta que Nadia sacaba un termo con café expreso y lo vertía en la tierra.

No sé todo al respecto, toda mi vida he escuchado sobre los dioses ancestrales, pero Nadia nunca nos llevó al bosque a buscar deslumbrantes huellas del Pie Grande. Supongo que tener tres sobrinas-nietas, trabajar y tener que cumplir con sus obligaciones en la Iglesia de Santa Teresa no le dejaba nunca tiempo para nada más.

Teal se detiene en un espacio de estacionamiento frente a la construcción de un solo piso de losas y ladrillos rojos mezclados. Sobre la puerta del frente hay un letrero pintado a mano que dice *Lost Souls Lounge* en una tipografía que parece sacada de alguno de los festivales renacentistas texanos.

Lo sé, lo sé, con ese nombre parecería que se esfuerzan demasiado y tal vez así sea, pero como este es el único bar legal y autorizado en el pueblo, todos son muy comprensivos y flexibles con él. Incluso a pesar de que, en el interior, está bastante oscuro, la iluminación depende de bombillas de luz dorada de bajísima intensidad que hay por todas partes, las paredes están pintadas de negro y de ellas cuelgan… *esqueletos de plástico*. Ese es el tema de la estética del *Lost Souls Lounge*: las almas perdidas. Hay huesos en todo el lugar, desde las pinturas de los cráneos detrás de la barra hasta los esqueletos fabricados con componentes metálicos de máquinas que cuelgan del techo. Por si fuera poco, en cada uno de los centros de mesa hay un candelabro en forma de cráneo.

—Sentémonos en la barra —dice Teal sin perder tiempo, entra con pasos fuertes y encuentra un lugar.

Mientras camino para alcanzarla, miro alrededor, saludo a Olivia, a Henry y a Dale, quienes están sentados en un rincón particularmente oscuro. Nate no ha llegado aún y yo no sé si eso me decepciona o me brinda alivio. Me deslizo hasta llegar a Teal, quien ya está conversando con la *bartender*. En su voz escucho demasiada preocupación.

—Pero se *supone* que hoy no trabaja.

La *bartender*, una mujer alta con cabello corto teñido de azul y piel morena oscura, simplemente se encoge de hombros.

—Va a trabajar un turno adicional porque la esposa de Bernard está en labor de parto.

—Maldita sea —dice Teal con un suspiro—. En ese caso beberé un whiskey para empezar. Puro.

—Por supuesto, querida.

Me siento y giro mi torso hacia ella.

—¿Quién se supone que no trabajaría hoy?

En ese momento se acerca a nosotras un tipo con un altero de servilletas en las manos.

—¿Sage? ¿Eres tú?

Lo miro parpadeando por un instante.

—¿Carter? —pregunto antes de saltar de mi asiento y darle el más cálido abrazo de lado que puedo sin tirar las servilletas. Luego doy un paso atrás.

—Vaya, pero si eres todo un adulto.

Cuando éramos niñas, Carter Velásquez vivía al final de nuestra calle, era dos años más grande que Sky, con frecuencia era el cuarto integrante de nuestro travieso grupo familiar y se unía a los distintos tipos de aventuras de las hermanas Flores. Yo lo recordaba como un chico delgado que se convirtió en un adolescente aún más delgado, pero ahora que lo veo... bueno, sin duda ha engordado. Su rostro, en cambio, sigue siendo el del Carter que conocí: pálido con cejas y cabello oscuro, ojos cafés tan claros que casi parecen anaranjados.

—Con que volviste al pueblo, ¿eh? —dice sonriendo y, al echar un vistazo detrás de mí, traga saliva y agrega—: Hola, Teal.

Teal se traga el *whisky* que tiene en la boca, lanza miradas como dardos alrededor y enjuga con el dorso de la mano las gotas que le quedan en los labios.

—Ey. Hola. Qué más.

—Ey —dice Carter mirándola un momento más—. Qué más.

—Carter, ya casi no me queda hielo —dice la *bartender.*

—Enseguida —contesta al tiempo que vuelve a tomar las servilletas y choca con mi cadera—. Me dio gusto verte, Sage.

—Lo mismo digo, *bro* —digo. Volteo de inmediato a ver a Teal y noto que examina su vaso con demasiada intensidad. Luego volteo al fondo del bar, el lugar por donde acaba de desaparecer Carter, y le pregunto—: Entonces… ¿Quién vio a quién desnudo?

—Ay *por Dios Santo*, Sage —dice Teal gruñendo.

—En serio. Sentí ondas muy raras hace un instante, demasiado raras —digo y, de pronto, me quedo boquiabierta—. Espera. Es él quien se suponía que iba a tener la noche libre, ¿cierto? La persona por quien preguntaste —agrego. Teal pone los ojos en blanco y le pide otra bebida a la *bartender* con un gesto, pero yo sigo hablando—. ¿Qué sucede? ¿Por qué es tan importante que Carter trabaje o no esta noche?

Teal suspira.

—Carter y yo…

—¿Lo hicieron?

—¡Ay, no! Dios. Nosotros quizá… nos besamos la otra noche.

—¡Nooo! —digo abriendo los ojos como platos. Carter Velásquez ha estado enamorado de Teal desde que tenía nueve años, pero ella *nunca* le ha dado ni una oportunidad. Hasta la otra noche, supongo—. Y bien, ¿qué sucedió? ¿Por qué hay estas vibras raras entre ustedes?

—Él no quiso… proceder —explica Teal encogiéndose de hombros.

—¿En serio? ¿Por qué?

—Dijo que yo estaba demasiado ebria.

Me imagino todo. Toda la mierda que suscitó el YouTube Live de Johnny. En cuanto recuerdo que fue hace dos noches, retrocedo un poco. Supongo que Teal bebió después de eso.

—Pero entonces, ¿por qué estás furiosa?

—Porque yo quería coger y él no. Solo seguía hablando de *llevarme a cenar* y *las relaciones* y diciendo que *tal vez había bebido demasiado* —dice imitando a Carter y haciéndolo sonar como un cavernícola.

Yo río de buena gana.

—Pero Carter es un buen tipo y lo sabes. Que no haya querido acostarse contigo porque estuviste bebiendo no tiene nada malo, al contrario.

—Como sea —dice, pero no con suficiente convencimiento porque sabe que tengo razón.

Cuando Carter vuelve a aparecer, viene jalando un contenedor negro gigante. Su mirada permanece fija en Teal tanto tiempo, que se tropieza y varios trozos de hielo salen volando, pero ella no parece darse cuenta siquiera. Está mirando la pantalla de su teléfono, deslizándola en la página de alguna red social. Me pregunto cuánto no me habré perdido de su vida, cuánto tiempo llevan ella y Carter "quizá" besándose. Estuvo con Johnny seis años, pero tal vez hacia el final su relación fue intermitente o se volvió más abierta de lo que parecía. Quiero preguntarle. Quiero volver a conocerla, pero me da miedo que estalle y me calle como lo ha hecho un millón de veces.

—Ah, ahí estás. Hola.

Volteo, veo a Nate sonriendo y, en un segundo, siento el estómago como si estuviera en la montaña rusa.

—Oh, hola, Nate —digo al tiempo que acomodo uno de mis rizos sobre la oreja y trato de verme lo más casual que puedo.

—No sabía dónde estabas. Llegando tarde y con mucho estilo, ¿no?

—En realidad, cuando volvía a casa del trabajo esta tarde, noté que mi camioneta no estaba funcionando bien, así que pasé al taller, la dejé ahí y le pedí a alguien que me trajera —dice mirando alrededor y señalando a un hombre—: Earl, mi tío abuelo.

El hombre canoso sentado junto a Dale levanta su cerveza hacia nosotros en cuanto ve a Nate señalarlo.

Entonces me parece escuchar a Laurel canturreando en mi cabeza: *Una cita doble*. Aunque aún no hay ni una gota de alcohol en mi cuerpo, ver a Nate con esa camisa verde oscuro sobre los benditos *jeans* entallados e insertados en las botas negras, y sus ojos del color de las hojas del tomate resplandeciendo en la oscuridad debido a las tenues luces de los candelabros de cráneo... pues, me hace preguntarme por qué me *sigo negando* a la petición de mi querida amiga.

—Oh, lamento escuchar eso... —digo. Mi voz se va apagando al notar que Nate mira varias veces a Teal de reojo. Ella finalmente levanta la cabeza y, sin siquiera pensarlo, lo recorre de arriba abajo con la mirada.

—Ey —digo—: ¿Ya se conocían?

Nate le extiende la mano a Teal.

—En absoluto. Hola, soy Nate. Trabajo en Cranberry Rose...

—Ah, eres el jefe de Sage, ¿cierto? —dice Teal al tiempo que me mira como diciendo: ¡Diablos, no mencionaste que se veía así tu jefe!

Estrechan manos durante mucho más tiempo de lo normal y, antes de separarse, los dedos de Nate se quedan sobre los de ella.

—¿Vives cerca de aquí?

—Eh, sí. Vivimos junto a los Acantilados.

—¿Cuánto tiempo has vivido ahí?

Frunzo el ceño al escuchar a Nate, ¿por qué tan interesado?

—Toda mi vida —contesta Teal encogiéndose de hombros.

—Vaya, no puedo creer que no nos hayamos conocido antes.

—Bueno —interrumpo—. Seguro no coincidieron en la escuela. Se llevan… —digo calculando—. Unos seis o siete años.

Al decir eso esperaba que alguno de ellos parpadeara o reaccionara, pero es como si no hubiera dicho nada.

—Y, ¿de dónde eres? —pregunta Teal sonriendo con timidez.

—Oh, bien, yo…

—¡Sage! —siento que alguien me da una palmada en el hombro y cuando volteo me encuentro con el sonriente rostro de Dale—. Ven a nuestra mesa un minuto, quiero que nuestra empleada más reciente conozca a algunas personas.

Volteo para mirar a Teal para ver si no le incomoda que me vaya, pero se ha volteado y me da la espalda, está concentrada en Nate, quien ya está sentado en el banco del otro lado de ella.

—Ah, eh, sí, claro —digo.

Dale se ríe y me ayuda a bajar de mi banco. Las personas en la mesa vitorean al verme, "¡Bravo. ¡La Encantadora de plantas pródiga ha vuelto!", y en los siguientes cuarenta y cinco minutos jugamos el juego de la silla con la música del bar, llegan más personas y todos están ansiosos por escuchar la historia entera de mi vida o contarme la suya. Yo no dejo de mirar hacia donde se encuentran Nate y Teal entre un fragmento y otro de narraciones como: "… y ahí fue cuando le cortaron un trozo de cerebro a Ned" o "¡Nadie volverá a acusar a mi madre de robar pavos!". Casi no se han movido en la última hora, si acaso, solo para inclinarse más el uno hacia el otro. Están tan cerca que sus pestañas podrían tocarse.

Pero no soy la única que los observa de una manera casi espeluznante. Carter ha pasado junto a ellos casi seiscientas veces, incluso en una ocasión saludó a Teal con la mano para tratar de captar su atención, pero nada, fue inútil. Estoy segura de que si pudiera mirar a través de su pecho con rayos X, vería su corazón destrozado.

De pronto, cuando estoy conversando con Jada, una señora que, por lo que entiendo, nunca ha trabajado para Cranberry Rose, pero es súper *groupie* de la empresa, Teal camina hacia mí con Nate detrás de ella.

—Oye, Sage, Nate y yo nos vamos. ¿No hay problema?

—¿Que si no hay problema? —pregunto sin poder ocultar el pánico en mi voz. No sé por qué no vi venir esto, es decir, estoy aquí porque se suponía que Nate quería saber mi respuesta a su ofrecimiento de empleo. Se suponía que me iba a invitar una bebida *a mí*, pero lo que en realidad sucedió fue que casi dio una pirueta en cuanto vio a Teal y, desde ese momento, les empezó a urgir rozar sus genitales, aunque sea por encima de los *jeans*—. Eh... —añado al verla entornar los ojos—, pero vinimos juntas, ¿no?

Teal sonríe y empieza a contar con los dedos.

—Lyft, Uber o incluso un taxi a la antigua. ¿Quieres que te reserve un viaje?

—¡No! —digo dando un salto. La tomo del brazo y la jalo hacia el bar—. Solo un segundo —le digo a Nate mientras camino.

—¿Qué *te* pasa? —pregunta Teal soltándose enseguida.

—Teal —digo y respiro profundo, pero como me parece que podría largarse en ese instante, tengo que ser directa—: No te acuestes con mi jefe, ¿de acuerdo?

—¿Por qué? —pregunta mirándome como si yo estuviera loca.

—¡Porque! —digo lanzando los brazos al cielo—. Sería muy... ya sabes, ¡incómodo!

—No, no lo sería. No es *mi* jefe —exclama y, como no atino a responder nada, solo resopla—. Mira, no tienes ningún derecho a decirme con quién puedo o no acostarme. La otra noche *destruiste* mi vida amorosa…

—Oh, vaya, lo siento, había olvidado que destruí ese *monumento* de amor incondicional.

—Detente. Sabes a qué me refiero —dice volteando hacia donde Nate la espera, muy de cerca con las manos en los bolsillos y con la sonrisa más amplia que le he visto. Cuando Teal voltea a verme de nuevo, sonríe con dulzura—. Además, parece un buen tipo.

Trago saliva. O sea, ¿qué puedo decir después de eso?

—No tengo cómo volver a casa —argumento.

Pero antes de que ella empiece a enumerar de nuevo las empresas de transporte, se escucha una voz gruesa y profunda desde el bar.

—Yo la llevo a casa.

—¿Lo ves? —dice Teal—. Él te llevará a casa.

—Teal… —mi voz se va apagando cuando la veo ir dando saltitos hacia Nate, tomarlo de la mano y salir del bar arrastrándolo.

Busco a ver quién fue el payaso que pensó que salvaría mi día llevándome a casa y, por supuesto…

Tennessee Reyes.

16

VISTE UNA CAMISA HENLEY BLANCA TAN DELGADA QUE se le pega a la piel, pantalones de pana verdes y botines Converse negros. Mi mirada se fija en las intensas líneas que se le marcan en el vientre y solo puedo tragar saliva. Está recargado en la barra con una pierna cruzada sobre la otra, y sonríe como si se hubiera dado cuenta de que mi mirada se extravió en su abdomen. Como si supiera que lo que *yo quería* era volver a casa con Nate. Como si contemplara a su antojo todas las inseguridades y heridas que siento haber trazado en mi piel con un bolígrafo.

No puedo ser amable. No importa cuán agradable o amigable parezca Tenn, ni cuántas ganas me den de lamer su abdomen, debo recordar la lección que aprendí. En este caso, ser amable implica ponerme en peligro.

—No —digo y camino hacia el bar. Me siento a dos bancos de distancia de él, aviento el bolso a la barra y busco en mi teléfono—. Solo pediré un Uber.

—En general, los servicios de viajes compartidos únicamente están disponibles en horas laborables —explica girando el cuerpo hacia mí muy lento, haciéndome cobrar demasiada consciencia de que ahora está nueve pulgadas más cerca—. Si acaso tienes suerte.

Me quedo en silencio al verificar en la aplicación de Uber que lo que acaba de decir es cierto.

—¿Cómo demonios? —murmuro. Deslizo los dedos desesperada sobre la pantalla. Sucede lo mismo con Lyft: no hay conductores disponibles.

—Antes había en el pueblo algunos conductores que ofrecían el servicio a cualquier hora, pero las aplicaciones no los tratan lo bastante bien para que sigan sacrificándose.

¿Teal estará al tanto de esto? Apuesto a que sí, pero lo único que quería era deshacerse de mí lo más rápido posible, no le importó que no tuviera manera de volver a casa. Lo único que le interesa es conseguir lo que quiere. Pensar en ello hace que el corazón se me encoja aún más.

Marco el número de Cranberry Ridez, un servicio de taxis y transportes colectivos.

—Hola. Quisiera reservar un viaje del Lounge a... ¿Ah? ¿Cómo? ¿Ciento veinte minutos de espera antes del próximo conductor dispo... —miro el reloj en la pared y veo la posición de las dos manecillas en forma de dedos de esqueleto—. No, gracias, es demasiado tiempo. Ajá. Sí, igualmente.

Mi siguiente paso es llamar a Laurel, pero el sistema me envía directo al buzón de voz tres veces consecutivas. Considero llamar a Nadia, pero para ser honesta, tal vez tendría mejor suerte con Cranberry Ridez.

Ni siquiera miro dónde está Tenn, solo guardo mi celular en el bolso.

—Me iré con Dale —digo, pero cuando volteo a la mesa del personal de Cranberry Rose, naturalmente... está vacía. El pobre Carter está limpiando las sillas y se ve como si alguien le hubiera dado una patada voladora en el estómago. Se da cuenta de que lo miro, ambos agitamos la mano a modo de saludo, pero sabemos que, en realidad, se trata del patético gesto de quienes se despiden para ir a la guerra desde la cubierta de un barco.

Me giro para ver a Tenn con el ceño fruncido.

—De acuerdo, pero debemos irnos ahora mismo.

—¿Ni siquiera puedo terminar mi bebida? —pregunta y veo la jarra de cerveza medio llena. En este momento me parece probable que lo beba muy lento solo para fastidiarme, y yo estoy agotada. Después de todo lo sucedido no puedo, *además*, pasar la noche soportando a Tenn.

Por eso saco un montón de dinero de mi bolso y lo dejo sobre la barra para pagar los *whiskeys* de Teal.

—¿Sabes qué? Ya no necesito que me lleven, pero gracias de todas maneras.

Giro y me dirijo a la puerta. La casa de Nadia está demasiado lejos para caminar hasta allá, pero la de Laurel está a un salto, otro salto y un saltito más de distancia. Es decir, varias decenas de saltos, otras decenas de saltos y varios saltitos más, pero lo intentaré. Antes de que me dé tiempo de empujar la puerta, sin embargo, Tenn ya se encuentra ahí impidiéndome salir.

—¿En serio no puedes esperar cinco minutos? —pregunta con los brazos cruzados y yo no noto en absoluto la manera en que sus bíceps se contraen y la suave tela blanca se adhiere a ellos. No lo noto *para nada*.

—¿Por qué no puedes solo aceptar que *no necesito que me lleven?* —pregunto de mala gana.

Nos quedamos mirándonos varios segundos hasta que la piel de los brazos se me pone de gallina, él suspira y abre la puerta indicándome con un gesto que puedo pasar.

—Te voy a llevar a casa —dice con una voz ronca e imponente, tan imponente que la columna me tiembla.

—No, no lo harás.

—A menos de que alguien venga en camino a recogerte, tu única opción es caminar, y es demasiado tarde para que vuelvas a casa así —dice señalando un cielo tan negro que ni una estrella se asoma en su envolvente y suave piel de tinta. Las luces de todos los faroles en la calle se encienden y las palomillas vuelan y ascienden hacia la luz dorada.

Cierro los ojos, estoy tan cerca de llorar que, por fin, *por fin* cedo. Y, esta vez, con sinceridad.

—De acuerdo —digo con una voz que no transmite más que derrota.

Tenn inclina la cabeza y lo sigo hasta la parte trasera del estacionamiento, donde encontramos estacionado un vehículo que únicamente puedo describir como un increíble auto deportivo antiguo.

—Maldita sea, tienes que estar bromeando.

Se detiene y, por un instante casi se ve *inseguro* de sí mismo. Pero entonces me sonríe entre dientes como acostumbra.

—¿Qué? ¿No te gusta mi automóvil?

Casi está pegado al pavimento porque es un automóvil muy bajo como todos los deportivos, pero también es muy elegante. Incluso con la poca luz que hay, alcanzo a ver que es de un rojo más intenso que el de los chiles serranos y tiene dos franjas negras brillantes a los costados.

—¿Qué auto es?

—Es un Boss.

—Eso no me dice nada.

Camina hasta el lado del pasajero y me abre la puerta.

—Es un Boss 351 de 1971. Un Mustang.

Me deslizo al interior y, una vez que estoy sentada, Tenn cierra la puerta con suavidad. El interior huele increíblemente bien, a una mezcla del departamento de madera de Home Depot, té Earl Grey y flores de magnolia.

—¿Cuántos automóviles como este hay en el planeta tierra? —le pregunto en cuanto sube.

Enciende el motor y me sonríe de una manera tan maliciosa que la siento en los tobillos.

—Cuando lo lanzaron al mercado por primera vez, habían fabricado poco menos de dos mil. Ahora solo circulan alrededor de cien.

—Lo sabía —digo negando con la cabeza.

Voltea a verme, su mirada aterriza en mis rodillas desnudas y luego vuelve a mirar al frente

—¿Qué sabías?

—Ya sé cuál es tu problema, eres... —me cuesta trabajo encontrar las palabras—. Eres *cool* a un punto ridículo, irritante. Odioso. Era de esperarse que condujeras un automóvil hermoso y singular, y que oliera a té Earl Grey. Era de esperarse que siempre llevaras barba de algunos días, pantalones de pana y una maldita camisa *Henley* blanca —dijo cerrando los ojos y riendo como loca—. Ay, ay, y, por Dios. ¡Tu nombre! Te llamas *Tennessee*. ¡Eres el galán de toda novela! Como Tyge y Xavier y Dexter y... Maldita sea, no sé. ¡*Zane*!

—Pero, acaso Dexter no, o sea, ¿mataba gente?

—No, yo... —digo con los ojos cerrados. Aunque Tenn sea *cool* a un punto fastidioso, de pronto me doy cuenta de que ahora *yo* sueno como un terrorífico payaso. Suspiro y dejo caer los hombros—. No importa, olvídalo —apoyo mi mano sobre la barra en la puerta y permito que inútiles y ociosos pensamientos surjan y me inunden como una fuente.

No puedo creer que planeaba pedirle a Nate Bowen esta noche que saliera conmigo.

No puedo creer que incluso pensé que aceptaría.

—Tú te llamas Sage *Flowers* —señala Tenn.

—Me llamo Sage Flores y sí, al traducir todo al español vendría siendo *Salvia Flores*. Pero solo es un nombre con cierta poesía peculiar, no es un nombre súper *cool* como Tennessee *Kings*.

—*Touché* —dice sonriendo mientras retrocede para salir del lugar de estacionamiento—. Y entonces, ¿esa es la razón por la que no te agrado? —pregunta volteando a mirarme—. ¿Porque soy demasiado *cool*? ¿Demasiado buena onda?

—Quizá —por supuesto, no pienso decirle la estúpida verdad: que alguna vez, cuando éramos adolescentes, estuve enamorada de él, pero luego se comportó como un imbécil, y que yo soy demasiado inmadura para perdonarlo incluso ahora, después de todo este tiempo.

—Entonces necesitas decirme cómo no ser tan *cool*.

—Ah, eso es muy fácil. Soy experta en ello.

—¿Ah, sí?

Miro alrededor.

—Espera, ¿por qué estamos tan cerca de Cranberry Wood?

—Ah, mierda —dice y desacelera—. Maldita sea, solo empecé a manejar de vuelta a casa.

Lo fulmino con la mirada.

—¿Me estás llevando a *casa*? ¿A *tu* casa?

—¡No, no! No lo sé, no estaba pensando. Supongo que estaba nervioso y simplemente seguí el camino de costumbre. ¿Dónde vives?

—Puedes bajar por ahí y tomar Easy para subir a los Acantilados. Vivo en Catalina.

—Entendido.

El resto del camino prevalece el silencio. Bueno, casi, porque el rugido de su peculiar automóvil se escucha todo el tiempo, al igual que el sonido del viento que alcanza a entrar a toda velocidad por los huecos que dejan las ventanas. Y luego están mis pensamientos, volando como todas esas palomillas que revoloteaban bajo los postes de luz en la calle y parecían pequeñas hojas doradas.

La expresión en el rostro de Carter cuando Teal se fue con Nate.

El hecho de que tal vez en este momento Teal y Nate estén haciéndose lo impensable entre sí.

Que *Tenn Reyes* me esté dando un *ride* a casa en este instante, que huele demasiado, *demasiado* bien y que, además, no deja de mirar mis piernas.

Por fin llegamos a Catalina y le indico el camino al estacionamiento de la casa de Nadia.

—Gracias por el *ride* —murmuro al tiempo que tomo mi bolso.

—Espera —dice mirándome directo a los ojos. Los suyos parecen incluso más oscuros ahora, tanto que en ellos veo el reflejo de todas las ventanas de la calle por las que escapa una tenue luz color ámbar. La barba de algunos días enmarca sus labios y los hace ver más gruesos, más rosados—. Nate es un idiota —dice finalmente y yo retrocedo.

—¿Qué dices?

—Sabes bien de lo que hablo.

—No, no lo sé.

—A mí me parece que sí —afirma con una sonrisa arrogante.

—A mí me parece que necesitas callarte —digo antes de abrir la puerta del automóvil. Estoy tan aturdida que casi me caigo.

—Ey —exclama al tiempo que abre de golpe su puerta y se apresura a ayudarme, pero para cuando llega a mi lado ya estoy de pie.

—Detente. Solo vete, ¿de acuerdo?

—Mira, lamento haberme extralimitado con ese comentario, solo pensé que...

—¿Pensaste que necesitaba que alguien me recordara que *nunca* nadie me elige a mí? —exclamo señalando su rostro con mi dedo índice. No entiende de qué hablo, *no puede* entender, pero viniendo de él, el comentario se siente en especial cargado—. Pues no es necesario, ¿okey? Incluso tal vez ya lo vengo anunciando como si trajera un letrero en la maldita frente —exclamo y de pronto noto que la voz se me quiebra. Genial—. Ahora, por favor lárgate.

No se ve para nada sorprendido por mi arrebato, entorna los ojos un poco como si me estuviera analizando y eso no lo soporto. No soporto sentir que puede leer mi rostro, mi historia y mi dolor como si yo *tuviera* signos dibujados en todo el cuerpo.

—No me iré hasta que no entres a casa y estés segura.

—Ya, ya sé que no te irás —digo mientras avanzo por el sendero con paso fuerte, ignorando que las plantas de mi entorno, las rosas, la menta, el tomillo trepador y las flores de luna que permanecen abiertas para las pequeñas palomillas que adoran la luz también parecen resoplar, pisar fuerte y tropezarse... como yo y a mi ritmo.

Entro a la casa y me quedo en la ventana hasta verlo irse y entonces lloro.

De ninguna manera aceptaré esa oferta de trabajo, no puedo pasar el verano con un hombre que ve a través de mí como si fuera un vitral, que conduce un automóvil con ese estúpido nombre, "Boss", y que acaba de verme desplomarme como una maldita psicópata en el jardín de mi tía abuela sin siquiera poder echarle la culpa al alcohol porque no bebí ni una gota.

Incluso Sky intuye que lo mejor es no molestarme mientras subo por las escaleras, entro a mi habitación y me meto a la cama sin tomarme la molestia siquiera de desmaquillarme. Me quedo dormida de inmediato, es un sueño profundo y, cuando despierto, la luz matinal entra en la habitación y se extiende como una alargada y puntiaguda flecha.

Sky se ve un poco borrosa, pero aún anda por ahí. Me sigue al baño.

—Si fuera tú, tal vez no bajaría todavía a la cocina —me dice.

—¿Por qué?

Cuando volteo a verla con el rostro aún mojado tras haberlo lavado, ya no está.

Odio que nos pase eso.

Tengo demasiada hambre para escuchar su advertencia, pero cuando llego a la cocina, diablos, cómo me arrepiento.

Entro y encuentro a Nathaniel Bowen con la misma ropa de ayer, inclinado sobre mi hermana, quien lleva una bata de baño rosa encendido. Mientras ella trata de preparar café, él le besa la parte trasera del cuello.

—Detente —dice Teal entre risas. Hace años que no la escuchaba tan feliz.

Y, en ese segundo, los recuerdos vuelven a mí. Pienso en cómo han sido las cosas entre ella y yo desde que tengo memoria. Pienso en el hecho de que, cuando mamá se fue, empezó a tener espantosos arrebatos que duraban horas durante las que golpeaba, pateaba y provocaba vientos huracanados y relámpagos que caían *all over Nadia's house*. Pienso en que continuó haciéndolo porque muy pronto descubrió que Nadia no tenía el valor de lidiar con su comportamiento, y en que eso ocasionó que siempre que estaba presente, anduviéramos de puntitas para no hacerla enfurecer. Hasta ahora.

Pienso en que, cuando cumplí dieciséis años, Nadia dijo que no tenía dinero para comprarme un automóvil, pero dos años después solicitó una nueva tarjeta de crédito para pagar un Malibú blanco salido directo del distribuidor y se lo regaló a Teal. Luego, cuando Sky murió, Teal decidió culparme a mí y, desde entonces, todos parecen estar de acuerdo porque nadie se ha tomado la molestia de corregir la situación.

Pienso en que durante diez años, alrededor de una vez al mes, he soñado despierta con la sonrisa como amanecer de Nate, pero que Teal fue la que se lo llevó a casa la noche que se conocieron.

Entonces algo se quiebra en mi interior como una semilla casi estéril que cae a la tierra y se parte en dos.

Cranberry Rose me pagará bastante más por recolectar plantas que por cuidar arriates de verduras, lo que significa que así podría largarme de Cranberry mucho más pronto. Sí, claro, pasar el verano con Tenn será horrible, pero ¿quedarme más meses de lo necesario y ver a Nate enamorarse de Teal? Eso sería *peor*.

—Mi respuesta es "sí" —pronuncio cada palabra sin poder impedírmelo y cuando ambos dejan de fingir que no estaban a punto de coger sobre la cafetera, repito lo que dije mirando directo a Nate y tratando de ignorar el chupetón que tiene debajo de la oreja—. Mi respuesta es "sí". Me refiero al empleo, a recolectar plantas. Acepto.

17

6 DE ABRIL, 2001
HACE CATORCE AÑOS

silvergurl0917: hola.

RainOnATennRoof: Hola.

silvergurl0917: ¿hoy no hay "ajúúúa"?

silvergurl0917: ...¿estás ahí?

RainOnATennRoof: Ey, lo siento, mi papá ha estado molestando.

silvergurl0917: ¿ah, sí? qué horror.

RainOnATennRoof: No importa. Como sea.

silvergurl0917: entonces, ¿no me encontraste en el anuario escolar?

RainOnATennRoof: Ja, no, supongo que no.

silvergurl0917: ¿... estás bien? pareces, no sé. ¿distraído tal vez?

RainOnATennRoof: Sí, lo siento.

RainOnATennRoof: Mis padres se van a separar.

silvergurl0917: ay, dios. lo lamento.

RainOnATennRoof: No hay nada que lamentar, créeme, es algo que necesitan hacer. Lol.

RainOnATennRoof: Es solo que por fin les dije que quería vivir con mi mamá, y mi padre ha estado muy enojado desde entonces. No deja de... No sé, de ponerse en mi contra. Como si tratara de vengarse o algo así

silvergurl0917: omg. pero no te ha golpeado, ¿¿¿verdad???

RainOnATennRoof: ¡No, para nada! Más bien me empieza a gritar por cualquier cosa, por dejar fuera de su lugar un libro de texto, por ejemplo. Es tan estúpido. En fin. Cambiemos de tema... Cuéntame sobre tus padres.

silvergurl0917: oh. bueno...

silvergurl0917: mi mamá no vive aquí y no conocí a mi papá. de hecho vivo con una tía que es muy agradable. es decir, cuando llega a estar en casa. es una mujer con muchas ocupaciones... como, todo el tiempo.

RainOnATennRoof: Vaya, lamento lo de tus padres.

RainOnATennRoof: Espero que no te sientas demasiado sola viviendo con una tía tan ocupada.

silvergurl0917: estoy mucho menos sola ahora. :)

RainOnATennRoof: Qué bien. ;)

RainOnATennRoof: Dime rápido cuáles son tus tres cosas preferidas.

silvergurl0917: ummmmmmm. me encantan los tamales, las rosas y…

RainOnATennRoof: ¿Y…?

silvergurl0917: hablar contigo los viernes por la noche :)

silvergurl0917: ¿…qué me dices de ti?

RainOnATennRoof: Me encanta recolectar hongos con mi mamá y… como mencionaste un platillo, yo diré uno también. Me gusta el espagueti con pan de ajo y…

silvergurl0917: ¿y…??

RainOnATennRoof: Y también me encanta hablar contigo, Silvergurl.

RainOnATennRoof: Es, literalmente, la mejor parte de mi semana.

EN EL PRESENTE

—¿Que hizo *qué*?

Sonrío a pesar del tema de la conversación porque el grito de indignación de Laurel, quien obviamente está de mi lado, se siente *demasiado* bien.

Enciendo las luces intermitentes para salir de la carretera, mi teléfono celular está insertado en la base para tazas, pero de todas formas se sacude y traquetea.

—Así es. Pasó todo el fin de semana con él y, anoche que por fin volvió a casa, la escuché hablando por teléfono con alguien: dijo que era lo mejor que había tenido en la vida.

—Bueno, pero solo ha estado con Johnny en toda *su* vida, ¿no? La barra debe de haber quedado muy, muy, muy baja. Como por debajo del nivel del mar.

—No sé con quién haya estado —digo resoplando—, pero… estaba tan feliz. Y yo… no lo sé. ¿Estoy deshecha? A final de cuentas, me agrada que sea feliz. Esta mañana incluso habló conmigo, es decir *ella* inició la conversación —le explico a Laurel. Teal solo me preguntó si quería lo que quedaba de café, pero, creo que vamos progresando—. Y al mismo tiempo…

—… al mismo tiempo, se suponía que *nosotras* íbamos a salir en una cita doble: tú, yo, Nate y Jorge.

—Ajá… —admito a pesar de que, incluso si tuviera una relación con Nate, creo que no me gustaría pasar tiempo innecesario con Jorge—. De cualquier forma, apenas tengo que superar ese enamoramiento.

—Pero ¿y qué tal si rompen?

—No —digo antes de salir de la calle que lleva al parque estatal Cranberry y de estacionarme más o menos cerca del insoportablemente rojo Mustang Boss 1971 frente a mí—. Se acostó con mi hermana, Laurel, incluso si rompieran mañana y Teal me diera su bendición, yo… —hago una mueca a pesar de que no puede verme—. No.

—Comprendo. Bueno, supongo que tendré que encontrarte alguien más con los atributos necesarios para que tengamos nuestra cita doble.

—Buena suerte con eso, Lau —digo resoplando—. En fin, debo irme. Acepté la oferta de empleo de Nate y eso significa que tengo que verme con Tenn ahora mismo en…

—¿Que hiciste *qué*? ¡Sage, me vas a matar! No puedes solo lanzar información como una bomba justo *al final* de nuestra conversación —exclama y yo me río.

—Podemos comer juntas en la semana, ¿te parece? ¿El miércoles te queda bien?

—El miércoles voy a fotografiar interiores para una nueva tienda de queso artesanal en las afueras de Baltimore.

—Ohh, ¡queso!

—Lo sé, ¿increíble, no? —me dice e incluso puedo escuchar la sonrisa en su voz—. ¿Qué te parece el jueves?

—El jueves me funciona.

—Pero quiero todos los detalles, ¿escuchaste? ¡Todos!

—Te escucho, chica.

Terminamos la llamada, respiro hondo y miro alrededor. Al estacionamiento lo rodean densos grupos de árboles altísimos e incluso un poco intimidantes, este día gris. En la entrada a un sendero para excursionistas veo a dos hombres hablando: un guardabosques y el otro supongo que es Tenn.

Veo la camisa azul a cuadros que lleva con las mangas arremangadas hasta los codos y la desnudez de sus brazos capta toda mi atención. Creo que no le había visto los brazos desde la preparatoria, cuando lo espiaba desde rincones discretos de la escuela y lo veía flirtear con millones de chicas. Tiene los antebrazos gruesos y venosos, *cubiertos* de tatuajes. Me parece casi patológica la manera en que reacciono al verlos por primera vez, mi vientre se entibia al imaginar que toco la tinta sobre su piel, que la sigo con las puntas de mis dedos mientras subo por sus brazos, debajo de la camisa, hasta llegar al pecho y otras zonas que me complacen por su belleza estética.

Como si pudiera percibir que lo estoy desnudando mentalmente, Tenn mira hacia donde me encuentro, sonríe y me invita con un gesto a unirme a ellos. Yo respiro hondo, no he hablado con él desde que tuve aquel ridículo exabrupto el sábado por la noche. Había planeado explicarme, decir que estaba *hambruriosa*, o sea, que el descenso de azúcar en la sangre provocado por el hambre me puso furiosa y provocó que aflorara una de las heridas más profundas de mi niñez. ¿Pensaste que necesitaba que alguien me recordara que nunca nadie me elige a mí?

Al recordar lo sucedido, las mejillas se me encienden y me encojo un poco. Dios, qué vergonzoso, es decir, es cierto: mi madre no me eligió, Nadia no me eligió y Tenn obviamente tampoco lo hizo en la preparatoria. Demonios, lo único que me ha elegido ha sido el fantasma de Sky y, para colmo, ni siquiera parece ser una elección en absoluto.

Pero ¿qué demonios me instó a confesárselo *a él*?

Si va a fingir que no sucedió nada, mejor aún. Así no tendremos que mencionar el hecho de que es tan irritante que termino confesándole tonterías sobre mí misma que no le he dicho a nadie más, ni siquiera a Laurel.

Tomo mi mochila y bajo de la camioneta de un salto. Cuando cierro la puerta, suena como si estuviera a punto de caerse. He tenido esta basura desde los diecinueve y, cuando la compré con todo el dinero que ahorré trabajando los veranos para Cranberry Rose, ya era una reliquia.

—Hola —digo dirigiéndome al sendero, forzándome a mirar en cualquier otra dirección excepto los antebrazos desnudos de Tenn. Pero por alguna razón, mi vista se fija en su entrepierna. ¿Por qué, querido cerebro, ¿por qué? Sacudo la cabeza y opto por mirar al guardabosques—. Qué tal, soy Sage.

—Yo soy Patrick, me da gusto conocerlos a ambos —dice el delgado guardabosques de piel blanca y cabello castaño que no se ve nada emocionado de estar aquí. De hecho tuerce el cuello y suspira irritado antes de continuar hablando—. Entonces, ah… Nate me dijo que… ¿van a explorar los alrededores del sendero del lado este?

—En efecto. Es alrededor de medio acre que podría ser desarrollado —explica Tenn con un tono singular al que no le encuentro explicación. Entonces rompo la regla que me había impuesto, no mirarlo. Veo su rostro y noto que, a diferencia de lo que indica su voz, no parece perturbado en absoluto.

—El parque es dueño de esa franja en particular, pero técnicamente no es parte de él y, por lo tanto, no goza de la misma protección. Tomando en cuenta las reglas del Parque estatal Cranberry, pueden tomar esquejes, pero no plantas completas; los esquejes deben ser de plantas saludables y robustas, y solo pueden tomar dos por planta. Y si en el cuarto de acre en que estén trabajando en particular hay menos de doce ejemplares de una planta, solo se les permitirá tomar un esqueje.

—Comprendo —dice Tenn asintiendo.

—Vamos, los llevaré ahí para que no se pierdan.

—Si tienes que ir a algún otro lugar, amigo, nosotros podemos llegar por nuestra cuenta —dice Tenn.

—No, yo… No. Los llevaré *yo mismo.*

Tenn abre los ojos como platos y me mira como diciendo *ooo-keeey*, y a mí me cuesta trabajo no sonreír. En cuanto ve mis labios su mirada parece arder, lo que me hace voltear en otra dirección y recordar que toda la práctica con que cuenta en el área del flirteo la obtuvo en la preparatoria y en muchos otros lugares. Me da la impresión de que le resulta tan natural que ni siquiera se da cuenta de que lo está haciendo.

Seguimos a "Guardabosques Rarito" caminando sobre piedras cubiertas de hojas aún húmedas por la lluvia de anoche. Me parece que este es el principal sendero de excursionismo del Parque estatal Cranberry y, debido a un exceso de imaginación, se llama Sendero Cranberry. Cuando pasamos frente al Centro de recepción, a nuestra izquierda, pienso en que Nadia se encuentra ahí, con el mismo blazer negro que ha usado para trabajar los últimos treinta años, recibiendo a los visitantes, entregando mapas y sirviendo limonada de arándanos en pequeños vasos de plástico.

Aunque tal vez no sepamos con exactitud por qué, cómo o cuándo, Cranberry fue fundada por colonizadores blancos y se convirtió en un pueblo turístico por excelencia. Es modesto, cierto, pero sigue siendo pueblo turístico después de todo. Su punto de atracción central es *la naturaleza*. No cuenta con uno, sino con dos parques estatales, miles de acres de bosques no desarrollados y dos playas: una un poco escondida en el Parque estatal Cranberry Falls y la otra en el concurrido y extenso centro. De hecho, todo el centro de Cranberry fue desarrollado alrededor de esa playa y alrededor del veinte por ciento de los negocios del pueblo están ahí, desde la agencia de arquitectura donde trabaja Jorge, hasta ciertas atracciones turísticas, pasando por heladerías, dos lugares en eterna competencia que venden pizza por rebanada, y muchos lugares donde es posible comprar camisetas baratas y llaveros con arándanos pintados en estilo *vintage* junto con el nombre del lugar.

Incluso la Iglesia católica Santa Teresa para errantes y peregrinos, la más grande de Cranberry, se ha convertido en un sitio turístico obligado para los creyentes y/o los curiosos porque, para empezar, tiene ese enigmático nombre, pero además, porque se rumora que cuenta con un culto misterioso a María Magdalena. Nadia le resta atención a esto diciendo que se trata de los típicos chismes de un pueblo pequeño, pero eso no impide que los encargados de la iglesia no dejen de nutrir los suministros de tarjetas laminadas, veladoras largas y cuadros de María Magdalena en la tienda de obsequios.

Me enjugo el sudor de la nuca, el recorrido nos lleva mucho más lejos de lo que pensábamos y el raro guardabosques Patrick avanza como si nos persiguieran zombis o algo así. Nuestro silencio me abruma, por eso de repente miro al cielo y digo:

—Supongo que podría llover hoy.

—Sí —dice Patrick—, es lo que tal vez indican esos grandes nubarrones oscuros.

Parpadeo varias veces. ¿Acaso tenía la intención de que lo que acaba de decir sonara tan grosero como sonó? Vuelvo a intentarlo.

—¿Y qué es eso que huele a moho por todo el lugar? —pregunto y veo los hombros del guardabosques tensarse.

—Tal vez sea todo el moho que hay en el bosque. Es un bosque donde hay un montón de moho —explica.

Guau, qué profundo.

Laurel dice que tengo un problema con los hombres y que todo empezó con mi papá. Teal, Sky y yo tenemos el mismo tipo de padre: un tipo joven que estuvo en Cranberry, pero solo iba de paso. Lo único que nos dejó mamá de ellos fue sus nombres, pero yo, en lo personal, nunca he tratado de contactar al mío. En mi mente lo he ido formando como una persona a la que no le importo porque, si le importara, ¿no me contactaría él? También lo veo como un imbécil, si no lo fuera, ¿no contactaría a su hija?

Entonces, bueno, sí, supongo que tengo un problema con los hombres, pero dado que ellos son los que continúan decepcionándome, lo que resulta estúpido es que el problema sea mío y no de ellos. Laurel dice que no les doy oportunidad, que no confío en ellos, pero para ser honesta, creo que ella confía demasiado. Prueba número 1, su Señoría: Jorge, su propio esposo.

En fin, ahora que, una vez más, el guardabosques Patrick se comporta como un imbécil conmigo al contestarme de esa manera respecto al moho, ni siquiera lo analizo, solo dejo que el dolor toque mi don, esa parte de mí que siente a las plantas y que está conectada con ellas como si yo misma tuviera raíces blancas y venas verdes, y entonces, un poco más adelante, Patrick tropieza con una roca que tal vez, o tal vez no, colocó debajo de su pie la raíz de un árbol.

No me importa tener un problema con los hombres porque, francamente, no he conocido aún a uno que no merezca que lo tenga.

Para cuando llegamos a la franja donde podemos recolectar plantas, comienza a bañarnos una suave llovizna.

—De acuerdo —dice Patrick—. Solo recuerden que si encuentran una planta de la que quieran tomar un tallo, tendrán que permitirme inspeccionarla antes.

Me aguanto el intenso deseo de preguntarle en qué parte de la guía del Parque estatal de Virginia dice que el guardabosques Patrick tiene que aprobar los esquejes, y creo que lo hago justo a tiempo. Ni siquiera tenemos que preocuparnos por su estupidez porque, tan solo al echar un vistazo al entorno veo que aquí no hay ninguna planta que a Nate le interesaría cultivar para Cranberry Rose. De todas formas camino por ahí, fingiendo que rebusco con Tenn, me detengo a veces para inclinarme y tocar una hoja o dos. De vez en cuando Tenn me pregunta algo respecto a una planta y yo tengo que decirle que solo es maleza común, que costaría mucho trabajo cultivarla o que es una especie protegida y seguramente *Guardabosques imbécil* saltaría frente a nosotros y nuestros *cutters* para impedirnos tocarla, arriesgando su vida para proteger la de las plantas como parece ser su costumbre.

Antes de sugerir que nos vayamos, sin embargo, percibo algo de pronto. Gracias a mi *don*.

Resulta difícil explicar cómo sucede, pero es como si alguien dijera mi nombre en una voz tan suave que no la escucho con los oídos sino con el cabello, la piel y el vientre. Los árboles no pueden hablar, pero es como si sus células sí pudieran, sus átomos también. De hecho, el espacio en el interior de sus átomos habla con el espacio dentro de los míos.

Volteo hacia el lugar donde percibo el sonido.

Ahí. En el borde del bosque, algo rosa oscila entre la lluvia. Me acerco.

Es un lirio azul, nativo de esta zona y abundante. Es decir, abundante en azul. Nunca he visto uno rosa como este. Me arrodillo para examinar más los detalles. El contorno de los pétalos es color salmón, pero al acercarse al centro va palideciendo hasta volverse una delgada línea blanca. Ni siquiera estoy segura de haber visto un lirio tan lindo en un catálogo de bulbos, al notar todo esto, me doy cuenta de que encontramos algo especial.

Lo último que debo hacer antes de tomar el esqueje es pedirle permiso a la planta. Sé que suena raro, pero es algo importante, en especial para mí porque siento cómo su conciencia corre por sus tallos, hojas y pétalos como si fuera un río. Estoy convencida de que para percibirlo lo que se necesita no es poseer un don, sino pasar tiempo con las plantas, sin embargo, durante mucho tiempo los occidentales hemos medido la conciencia con la nuestra como parámetro y por eso llegamos a la conclusión de que todo lo demás está por debajo de nosotros. Esta mentalidad no nos ha llevado muy lejos, de eso estoy segura.

Acerco mi dedo a la zona rosada… y esta se inclina hacia mí, una gota de rocío en el pétalo toca la punta de mi dedo. En mi opinión, me ha dado permiso.

—Ah. No. Esa no.

Volteo y veo ahí al guardabosques Patrick, cerniéndose sobre mí con una mirada de desagrado tan intensa que podría competir con la forma de mirar de Amá Sonya.

—¿Disculpa?

—Esa flor está justo en medio de la línea. Incluso, la mayor parte de la planta se encuentra en el parque, así que está protegida.

—¿Por qué no puedo tomar una parte de lo que está de este lado? —pregunto negando con la cabeza.

—Porque eso mataría a toda la planta.

Señalo el lirio. Es una mata de cuatro pies de alto y sus rizomas son tan abundantes que crecen hasta por encima de la tierra. En este punto, cualquier granjero de flores diría que incluso *necesita* que los separen.

—¿Sabes… qué tipo de flor es esta?

Se lo pregunto con sinceridad porque estoy a punto de educarlo y explicarle la manera en que se puede separar un lirio sin dañarlo, y de decirle de paso que incluso eso sería mucho más sano que dejarlo como está, pero él solo frunce el ceño.

—Mira, necesitas alejarte de esa planta *de inmediato* a menos que quieras que te dé un citatorio legal.

—Oye, amigo —dice Tenn caminando hacia nosotros con los brazos cruzados. Para este momento está tan oscuro y llueve tanto que ya no alcanzo a ver los tatuajes, qué lástima—. Mira, hace rato, cuando te comportaste como un imbécil y le contestaste de mala manera a mi colega, lo dejé pasar porque pensé, *bien, tal vez este tipo está teniendo un mal día*, pero esto no tiene excusa. Ofrécele una disculpa.

—¿Quieres que *yo* me disculpe con *ella*? Pero si *ella* fue quien…

Y mientras el par de idiotas discuten, yo corto con la mano el rizoma más pequeño que puedo.

—Gracias —susurro al tiempo que me lo meto al bolsillo—. Está bien —los interrumpo poniéndome de pie—. Deberíamos irnos, Tenn.

El guardabosques me mira con suspicacia. Camina pisando fuerte hasta el lirio y lo examina, pero si el amigo no sabía ni siquiera que esto era un lirio para empezar, es imposible que detecte el punto donde uno de los rizomas ya no está conectado.

—Muéstrame las manos —dice volteando a verme.

—Ay, por Dios, ¡no! —exclamo.

Entonces camina hacia mí con los brazos extendidos, y en ese segundo Tenn da un salto al frente con el puño listo y yo lo miro negando con la cabeza. *Lo tengo*, trato de decirle con la mirada y, aunque tal vez no comprende y tampoco relaja el puño, se detiene a poco menos de tres pies.

Patrick trata de sujetarme del brazo.

—¿Vas a atacarme? ¿Después de haberme amenazado? ¿Qué diría tu jefe al respecto? —grito y él titubea.

—No iba a atacarte, yo solo...

—Me ibas a sujetar de los brazos y a forzarme a abrir las manos y, quizás, ¿a lastimarme de paso? A mí eso me suena mucho a atacar a alguien.

—Eres una maldita mentirosa —dice mirando al suelo.

Johnny Miller fue el primer hombre al que amenacé usando mi don. No sé por qué, pero antes de que él me hiciera estallar nunca se me ocurrió hacerle eso a alguien, me refiero a que las enredaderas lo sujetaran de las piernas y a hacer que una afilada rama se colocara sobre su tráquea y la oprimiera un poco. Ahora, sin embargo, tengo hambre de violencia botánica. Aaaay, si tan solo Tenn no estuviera aquí.

Sonrío, levanto las manos y las abro como si dirigiera el espectáculo en un circo: palmas arriba y abiertas. El guardabosques las examina y, por suerte para él, solo lo hace con los ojos.

—¿Lo ves? No hay necesidad de atacar a una mujer después de todo —digo bajando los brazos—. Deberíamos irnos.

Me fulmina con la mirada y resopla con fuerza, pero finalmente da media vuelta.

—Hemos terminado aquí, vámonos.

—Gracias por estar de acuerdo conmigo, Patrick —digo con dulzura y estoy casi segura de que él susurra *maldita perra*. Veo el cuerpo de Tenn tensarse de pies a cabeza y me parece que eso lo confirma. Después caminamos todos en silencio de vuelta al estacionamiento. Patrick se detiene frente al inicio del sendero con los brazos cruzados como portero de discoteca, el más estúpido que haya visto. Es obvio que no se irá hasta que abandonemos el parque.

—¿Te encuentras bien? —me pregunta Tenn en voz baja cuando caminamos a nuestros respectivos automóviles.

Un escalofrío de ira me recorre el cuerpo, Tenn fue amable hoy, sí, pero la cuestión es que… estoy tratando de mantenerme *segura*. Estoy tratando de que *no* me guste. Estoy tratando de conservar la poca motivación que tengo para no huir de Cranberry para siempre, incluso si en mi cuenta bancaria tuviera suficiente dinero para hacerlo. Pero él me está dificultando mucho las cosas.

Después de todo, ahora tengo una promesa que cumplir y no podré hacer las paces con Teal si no estoy aquí.

Por eso mi respuesta es mucho más lacónica de lo necesario.

—¿*Tú* estás bien?

—Eh… —dice y se detiene de repente.

—Es decir, ¿ibas a pelear con él? ¿En serio? ¿Ibas a provocar que nos despidieran por una tontería?

—No fue una tontería —contesta. Es la primera vez que lo veo así de irritado—. Ese imbécil de mierda fue muy agresivo. Créeme que Nate se va a enterar de lo sucedido.

—¿Y en tu versión de la historia tú serás mi caballero andante? ¿Mi salvador? —le pregunto y él entrecierra los ojos.

—¿Nunca te ha defendido nadie? O sea, ¿jamás? Porque permíteme decirte que esta no es la manera en que se supone que debes agradecer.

—¡Oh! ¡Guau! Ahora quieres que te agradezca —exclamo poniendo las manos en posición de oración—. Gracias, Tenn, por salvarme la *vida*.

Tenn parpadea y se me queda mirando durante un largo rato. Respira, deja que su mirada recorra mi cabello encrespado, mi rostro, que recorra todo mi cuerpo hasta llegar a los pies y luego de vuelta.

—Estás tratando de hacer que te odie —me dice en voz muy baja y yo tengo que reprimir el escalofrío que siento en la columna.

—¿Qué?

—No quieres simpatizarme.

Me ha descifrado de tal manera que me da miedo que mire mis manos y sepa que puedo comunicarme con las plantas. Me da miedo que note en mi clavícula que no confío en los hombres o, peor todavía, que lea las pecas en mis mejillas y sepa que *yo* era Silvergurl0917.

—No, no se trata de eso.

Da un paso y trata de tocar mi mano, como lo hizo el guardabosques, pero con suavidad y, aunque me enerva admitirlo, lo acepto por completo. Envuelve mi mano con la suya y siento su palma callosa en cada centímetro de mi cuerpo.

—¿Estás bien? Hablo en serio.

Cierro los ojos, siento el escozor de las lágrimas.

—Ajá. Solo estoy cansada… —digo sin pronunciar el final: *de todo en la vida*, y suelta mi mano.

—Vamos a intentar algo distinto tú y yo.

—¿Eh? ¿Algo distinto?

Camina de vuelta a su automóvil y su sonrisa hace que sus oscuros ojos se arruguen.

—Así es. Porque me agradas mucho, Sage. Lamento decepcionarte, pero en verdad me agradas.

CUANDO DETENGO MI CAMIONETA EN CASA DE NADIA, SKY está en el asiento del pasajero porque, en efecto, lloré todo el camino a casa. Lágrimas raras, de tristeza y felicidad por la frustración que me provocan los hombres, mi vida y Tenn, quien me vio en mis peores momentos y, aun así, supo que esa no era yo, que soy mejor que eso. Tenn, quien, a pesar de todo, no me juzgó.

—Sage, tienes que hacer las paces con Teal, lo prometiste —la voz de Sky es dulce, pero escucho su impaciencia. No ha pasado una semana completa desde que me hizo prometérselo. ¿Por qué espera un milagro?

—Le presenté a Nate, eso debería contar —digo con un suspiro.

—No, las cosas tienen que volver a ser como antes.

—¿Antes? —resoplo con fuerza y volteo a verla—. ¿Tiene que volver a ser como antes? ¿Como cuando estabas viva? —le pregunto incrédula—. ¿Quieres que regrese el tiempo para poder preguntarme: *Oye, Sage, ¿quieres ir a Cranberry Falls?* ¿Y para que esta vez diga "sí"? ¿O te queda claro que, más bien, lo que necesitaría sería regresar el tiempo un poco más ese día, hasta temprano por la mañana, para poder decirle a Nadia: *Maldita sea, no, no me voy a quedar todo el fin de semana a limpiar las montañas de basura de Teal*, para poder ir a la excursión y evitar que ustedes dos se comportaran como las personas más idiotas que he conocido? —pregunto. Trata de hablar, pero la interrumpo—.

No, en serio, Sky, ¿por qué se pusieron a jugar a la cuerda floja en esa reja oxidada, *diseñada* para evitar que la gente cayera y muriera? ¡Tú tenías *dieciséis* años y Teal *veinte*! Ya no eran niñas, ¿por qué fueron tan estúpidas?

—¿Y no crees que yo no me hago la misma pregunta todos los días? —dice Sky iracunda—. ¿No crees que me lo pregunto mientras vago como un maldito *fantasma* por este plano terrenal en donde solamente tú puedes verme cuando lloras? Donde nadie puede tocarme, amarme, escucharme o… —exclama. Hace una pausa y cierra los ojos—. No sé por qué lo hicimos. No lo sé.

Teal dice que cuando Sky cayó, gritó mi nombre. Fue lo último que dijo. *Sage*. Yo la crie desde que tenía dos años, yo fui la mamá incluso si nunca me llamó así. Por eso mi corazón se rompe al escuchar su sufrimiento, de la misma manera que imagino que se rompería el de una madre.

—Lo haré, Sky, pero tienes que darme más de cuatro días, ¿de acuerdo?

Asiente, se ve muy mal, desearía poder tocarla, abrazarla, deslizar mis dedos entre su cabello.

Su cabello…

—Sky, ¿por qué tienes el cabello tan largo? Te lo acababas de cortar para tu cumpleaños, antes de que… ya sabes.

Mira hacia abajo y levanta un rizo.

—No lo sé, ¿por qué es tan importante?

—Porque… *—los fantasmas no crecen, no envejecen—*. No lo sé.

—Todo se está volviendo borroso. Me desvanezco de nuevo.

Me da gusto que me avise lo que sucede. Ahora, en lugar de poner los ojos en blanco o hacerle una pregunta tonta, lo único que le digo es:

—Te quiero.

Desaparece antes de que pueda terminar la frase, pero espero que sienta las palabras con la misma intensidad que cuando estaba viva. *Así de grande es mi amor por ti*, solía decirle cuando apenas gateaba. *Más grande que todo el universo, más infinito que la eternidad.*

18

27 DE ABRIL, 2001
HACE CATORCE AÑOS

silvergurl0917: ¡ey, hola!

RainOnATennRoof: Hola, mi Silvergurl favorita. ;) ¿Tu hermana sigue molestándote?

silvergurl0917: *suspiro* siempre me molesta, pero por suerte su temperamento se ha calmado últimamente.

silvergurl0917: creo que no te lo había preguntado, ¿tienes hermanos o hermanas?

RainOnATennRoof: No, soy hijo único.

silvergurl0917: omg, eso debe ser el paraíso.

RainOnATennRoof: Ajá, puede ser bastante *cool*, pero ahora, por ejemplo, con mis padres y sus estupideces, desearía tener alguien con quién enfrentar esto, ¿sabes? No sé si te parezca lógico.

silvergurl0917: sí, sí, es muy lógico. o sea… aunque yo tengo hermanas, ellas son más chicas y recurren a mí para todo. es muy cansado, desearía que alguien me ayudara.

RainOnATennRoof: Creo que tu situación suena mucho más difícil que la mía.

silvergurl0917: nooo, no quise decir… no se trata de quién sufre más. eso no importa. es solo que… ya sabes, me parece que te entiendo.

RainOnATennRoof: Lo sé. Entiendes tanto de mí que…

RainOnATennRoof: …¿cómo es posible que aún no nos hayamos conocido? En persona, quiero decir.

silvergurl0917: espera, creo que me está llamando mi tía…

RainOnATennRoof: Nooo, Silvergurl, no huyas, no todavía. Solo piénsalo por favor, ¿sí?

RainOnATennRoof: Este verano lo pasaré con mi madre y, en donde está, no sé si podré conectarme a AOL. Estaba pensando en otras maneras de mantenernos en contacto.

silvergurl0917: ¿cómo? ¿conociéndome?

RainOnATennRoof: :) Podrías darme tu número, pero también podría conocerte, en fin…

RainOnATennRoof: Piénsalo, es lo único que te pido.

RainOnATennRoof: Entonces, ¿qué no has notado hoy?

silvergurl0917: déjame ver… no noté lo deliciosos que estaban los tamales que preparó mi tía porque mis hermanas se los comieron todos. taradas.

RainOnATennRoof: Taradas.

RainOnATennRoof: ¿Algo más?

silvergurl0917: no noté… guau. ¡¡acabo de asomarme por la ventana y vi que la luna está enorme!! ¡¡y amarilla!! y ni siquiera es luna llena todavía. eso sí no lo noté.

RainOnATennRoof: Oye, yo también puedo verla, es hermosa.

silvergurl0917: ¿sabes? me encanta que estemos bajo el cobijo de esa luna, mirándola al mismo tiempo.

RainOnATennRoof: Tal vez pronto la podamos ver juntos. En persona ;)

silvergurl0917: lo voy a pensar. :)

RainOnATennRoof: Es todo lo que te pido.

EN EL PRESENTE

Es difícil reparar tu relación con alguien que pasa el día entero con su nuevo novio. No exagero. Teal pasa más noches en casa de Nate que aquí. Se apresura para llegar a casa, cambiarse e ir a trabajar, y luego ella y Nate regresan a casa de Nadia o van a la de él para cocinar, comer y… coger, imagino. Y después repiten todo el ciclo al día siguiente.

O sea, comprendo. Si fuéramos yo y Nate, también me encantaría permanecer pegada a su esbelta y musculosa cadera, pero esto está llegando a un punto ridículo. Pasan tres días completos antes de que logre verla a solas.

—Hola —le digo por la tarde cuando vuelvo a casa tras haber recolectado plantas con Tenn. Estoy sucia y sudorosa, había planeado correr al piso de arriba para bañarme en cuanto llegara, pero al verla bebiendo un té decido hacerme una taza de café antes.

—¿Cómo va todo?

—Bien.

—¿Cómo está Nate?

—¿Qué no lo ves todos los días?

Respiro hondo. ¿Por qué se pone así? ¿Por qué percibe todo como un ataque en su contra? Exhalo muy, muy lento.

—No, la mayor parte del tiempo estoy haciendo trabajo de campo.

—Ah —dice soplándole un poco a su té—. No lo sabía.

No lo sabías porque no preguntaste, porque nunca preguntas. No sé por qué las cosas que quiero decir fluyen con tanta facilidad con gente como Johnny Miller o el imbécil guardabosques Patrick, pero cuando hablo con mi hermana, mi tía o con Laurel… es asombroso que no me sangre la lengua de tanto mordérmela.

—Parece que les está yendo bien juntos, me da gusto.

Teal se queda callada tanto tiempo que empiezo a pensar que de nuevo me está ignorando, pero de pronto suspira profundo.

—Sage, ¿podrías dejar de hacer esto? Las cosas no volverán a ser maravillosas entre tú y yo. Nunca más, ¿de acuerdo? No desde que… —su voz se apaga el tiempo suficiente para que ambas terminemos la oración en nuestra mente: *No desde que Sky murió*—. Solo deja de hacer… *esto* —dice agitando la mano hacia mí.

Miro alrededor por un instante, me pregunto si Sky se materializaría para ayudarme. La última vez que Teal se puso así conmigo… Vuelvo a pensar en esa noche. Incluso en esta cocina.

La única luz es la del cálido brillo del horno de microondas iluminando nuestro contorno mientras le suplico que deje a Johnny. De alguna manera, la situación empieza a degradarse y terminamos peleando por Sky y hablando del día que decidieron ir a hacer senderismo a Cranberry Falls y no las acompañé. Las palabras de Teal seguramente todavía cuelgan alrededor de nosotras como el colorido papel picado mexicano que Nadia cuelga en casa el Día de Muertos. *Debiste estar ahí. Debiste estar ahí y no lo hiciste, y ahora está muerta.*

La cuestión es que, en efecto, se suponía que estaría ahí. Casi nunca dejaba que Teal y Sky fueran solas de excursión porque sabía cómo se ponían las cosas cuando no las acompañaba.

Pero lo que le dije a Sky esa mañana era verdad, lo primero que hizo Nadia al amanecer fue decir: "Mija, ¿podrías limpiar el cuarto de las niñas hoy? Han estado demasiado ocupadas con sus tareas, estoy segura de que lo apreciarán".

Aunque lo que en realidad quiso decir fue: *Vas a pasar el sábado limpiando el espantoso tiradero en la habitación de Teal porque ella prefiere provocar una tormenta eléctrica que lavar una carga de ropa, y yo prefiero ordenarte a ti limpiar el desastre que lidiar con ella.*

Después de ver el estado en que se encontraba la habitación de Teal, los platos apilados en su mesa de noche y los montículos de basura que ni siquiera me permitían entrar sin tropezarme, vaya... Supe que tendría que obedecer. Por eso le dije a Sky que no, que no podría ir con ellas.

Pero no fue únicamente mi decisión, Teal dice que sí, pero no es verdad.

Por eso esa noche, cuando insistió en que había sido mi culpa, no pude perdonárselo. Las palabras de mi respuesta fueron escapando de mi boca y ensartándose una al lado de la otra como las titilantes guirnaldas de luces en forma de chiles: *Ese día Nadia me dijo que me quedara en casa para limpiar tu habitación porque en ese entonces a ti te encantaba vivir en, literalmente, un basurero. ¿Y sabes qué? Yo también puedo jugar el juego de la culpa: si no hubieras sido tan floja como para no lavar ni un maldito plato, Sky todavía estaría viva.*

Y ¡bum! Su puño. Mi boca. Sangre en todos lados.

—¿Cuál es el problema con que lo intente?

—Es estúpido —dice poniéndose de pie y confrontándome, estamos casi en los mismos lugares que esa noche, yo frente al refrigerador y ella con los brazos cruzados junto al marco de la puerta abierta—. Estás desperdiciando tu tiempo.

Uno solo puede golpear a alguien cierto número de veces antes de que el otro pelee de vuelta, de que saque las garras y los colmillos. Supongo que este es uno de esos momentos.

—¿Nate está enterado de tu problema de manejo de la ira?

—¿Disculpa? —dice al tiempo que retrocede.

—¿Que si Nate sabe que tienes mal geni... —miro por la ventana y veo que la tormenta comienza a formarse— que tienes un... *pésimo* temperamento?

—¿Y Nate qué demonios tiene que ver con esta conversación?

—Un día vas a estallar con él, lo vas a lastimar. ¿No deberías avisarle con suficiente anticipación? —le digo encogiendo los hombros, indiferente, incluso como si estuviera un poco aburrida. Ella, en cambio, tiene los puños tan tensos que le tiemblan.

—Ay, Dios mío, ¿por qué demonios sigues aquí? ¿Por qué tratas de hacer parecer que esto tiene que ver *conmigo*? ¿Como si no fuera lo más común que *tú* jodas todo lo que te rodea?

—¿En verdad soy yo quien lo jode todo? —le pregunto dando un paso atrás, antes de que la idea de volver a golpearme le resulte demasiado atractiva.

SOBRA DECIR QUE ESTOY DE PÉSIMO HUMOR AL SIGUIENTE día, cuando tengo que reunirme con Tenn en las afueras del pueblo, en la propiedad de un amigo de Dale. Las cosas no van bien. Además de que Teal me dificulta la vida mucho más de lo necesario, Tenn y yo no hemos encontrado plantas interesantes en toda la semana. Claro, sin contar el lirio que sigo manteniendo en secreto porque no sé si Nate aceptaría que yo lo cosechara a pesar de que el guardabosques me advirtió que no lo hiciera y, además, me amenazó. No sé si lo aceptaría incluso sabiendo que el tipo se comportó como un imbécil. Por eso lo coloco en una maceta de terracota con una mezcla de tierra y lodo de Virginia que están en una bolsa, y lo dejo en el largo pero estrecho alféizar de mi ventana, junto a las albahacas.

Fuera de eso, todos los días volvemos con las manos vacías. Para colmo, las áreas silvestres a las que Nate nos ha enviado se encuentran, ya sea poco desarrolladas y con plantas que la gente ha destruido sin pensar, o repletas de hermosas y exuberantes plantas que no podrían venderse por alguna u otra razón, y ver eso ha sido bastante descorazonador. En cuanto estaciono mi camioneta frente a la dirección que me dieron de la propiedad, me parece que este lugar se ve igual que los otros. No me he bajado aún y ya estoy segura de que está lleno de retoños, setos, dientes de león, vara de oro y menta de montaña. Claro, todas estas son buenas plantas, pero a menos de que Cranberry Rose fuera un vivero que ofreciera exclusivamente hierbas medicinales, sería muy difícil vender diente de león.

Un minuto después, Tenn aparece detrás de mí y, cuando lo veo bajar de su automóvil en camiseta, *jeans* y Converse, trago saliva. Y luego trago un poco más, en cuanto los tatuajes se dejan ver, por lo que prefiero mirar en otra dirección enseguida. Como no los había vuelto a admirar desde aquel fatídico día con el guardabosques Patrick, me toma un momento calmarme. Y por cómo siento el estómago y las rodillas, parecería que Tenn acaba de deslizar su mano sensualmente sobre sus *jeans*. O, más bien, sobre los míos.

—Hola —dice sonriendo—. ¿Cómo estás?

—Bien. ¿Y tú?

—Bien.

Las cosas han sido de esta manera desde el lunes también. Dijo que quería intentar algo distinto conmigo, por lo que supongo que con "distinto" se refería a un bombardeo constante de conversación trivial y en extremo neutral. Incluso aburrida. Es decir, ya no discutimos y eso es favorable, pero ahora me gustaría volver a reñir un poco, aunque sea para variar.

—¿Lista?

—Seguro.

Hacemos la caminata que se ha vuelto parte de nuestra rutina y, como Tenn se está volviendo bastante bueno en identificar plantas, rara vez me llama para pedir que le confirme algo.

Voy vagando por ahí cuando, de repente, mi pie choca con algo duro. Bajo la vista y veo una piedra. Es una piedra rectangular medio enterrada en la tierra y, en cuanto empiezo a buscarla, veo más. Noto que hay toda una hilera, lo que indica que aquí hubo algo antes.

—¡Tenn! —grito. Él voltea y viene trotando hacia mí—. ¿Qué tipo de propiedad era esta?

—¿Creo que le perteneció a Violet Earhart? ¿Una amiga de Dale? No sé. Dijo que le ha pertenecido a su familia por más de cien años.

—¿Ves esto? —pregunto señalando el suelo—. Aquí hubo una casa o algo —agrego antes de inclinarme hacia la piedra y deslizar mi mano sobre ella. Tenn se pone en cuclillas y hace lo mismo. Miro arriba y empiezo a parpadear cuando noto lo cerca que estamos. Lo brillante del día me permite descubrir lo claros que pueden ser sus ojos, como miel de alforfón junto a una ventana. Permanecen fijos en mis labios hasta que parpadea y aclara la garganta. Yo también necesito aclararla.

—¿Sabes? Me parece que hemos estado haciendo esto mal —le digo—. Deberíamos estar buscando cosas justo como esta —exclamo extendiendo los brazos—. Casas antiguas, lugares viejos donde la gente tenía jardines y patios. Ahí es donde las plantas tal vez continuaron sembrándose una y otra vez… o donde aún quedan plantas perennes.

Tenn asiente y me mira con lo que parece respeto y aprecio.

—En el pueblo hay muchos lugares antiguos como lo que describes.

—Sí, lugares donde la gente tal vez cultivó alimentos, ¿sabes? Los granjeros y jardineros de tiempos antiguos que también solían cultivar flores. Eran personas muy ingeniosas. Entre más abejas…

—… mejor polinización —termina la frase. Se pone de pie. Cuando me ayuda a levantarme, toma mi antebrazo izquierdo con una mano, con la otra toca mi hombro, y yo siento que me desmayo—. Bien, examinemos primero estas ruinas, luego podremos hacer un nuevo plan para el resto de la temporada. Porque tu idea me parece notable.

—Me parece bien —digo, quizá sonrojándome un poco.

Seguir la hilera de piedras me pone a pensar en varias cosas, como que… Guau, en el interior del perímetro que marcan estas piedras, vivió alguien, tal vez toda su vida. Quizá, cuando era pequeño o pequeña, se acostaba a dormir y su mamá lo arropaba y le contaba un tierno cuento. Tal vez se casó con su primer amor entre esas dos pacanas, rodeados de velas que iluminaron el ocaso. Con el tiempo, tal vez también arropó a sus bebés. Quizá se quedó de pie bajo este mismo sol y lo vio ocultarse en el horizonte, acompañado de su pareja, ambos maravillados por los naranjas, rosados y púrpuras que se extendían a lo ancho del cielo como las vetas del ágata. ¿Habrán estado de pie aquí? Me refiero a *¿justo aquí* donde estoy ahora?

El simple hecho de pensar en las historias que preservan estas piedras me da escalofríos.

Entonces lo veo.

Es un arbusto alto, pero crece hacia los lados como si lo hubiera echado de lado el viento o una lluvia recia. Tiene una flor gigante de un violeta intenso, pero está tan cerca del suelo, que si no hubiese estado buscando estallidos de color como ese, no la habría notado.

Áster de Nueva Inglaterra. Me agacho para ver su raíz principal y noto que es colosal. Es un áster *antiguo*, una planta perenne, nativa de la región oriental y no poco común, pero si la incluyeran en el catálogo de Cranberry Rose, ¿podría vincularla con una historia como la que acabo de imaginar? ¿Y si además de eso mencionamos que es nativa, que les encanta a las mariposas y que es medicinal? Se vendería como pan caliente. Sin problemas.

—¡Tenn! —grito y, cuando se la muestro, estalla de alegría y en su rostro aparece una hermosa y enorme sonrisa que supera todos los amaneceres que he visto en la vida. Lo veo y me da la impresión de que quiere abrazarme o algo más, así que doy un paso hacia atrás y mi mirada se posa en sus antebrazos. Por debajo de las mangas cortas, en tinta negra y marrón con toques de otros colores más cálidos, como una fotografía en sepia, veo…

—¿Hongos?

—¿Cómo dices? —pregunta mirando hacia abajo—. Ah, sí, los saqué de un antiguo libro sobre cómo recolectar alimentos.

Son imágenes sutiles, como si hubiesen sido pintadas con acuarelas y pincel en lugar de con tinta y agujas. Algunos de los sombreros de los hongos son rojos y otros color café, pero también hay muchos blancos. Uno parece la pata de un zorro, y otro, alga marina: es blanco y tan delicado que siento que si respirara cerca de él, en el punto justo antes de llegar al pliegue de la piel, comenzaría a ondear.

No sé qué estoy haciendo, la euforia de encontrar un inmemorial y magnífico áster aún me hace sentir electricidad en el cuerpo, me acerco a Tenn y deslizo mis dedos sobre su antebrazo extendido, sobre las imágenes con aire antiguo. Al sentir mis dedos, noto que la piel se le eriza y me parece escuchar que reprime un grito.

—Lo siento —digo al tiempo que retrocedo—, disculpa. ¿Quieres que tome los esquejes?

—Sí, claro —contesta asintiendo, su respiración suena un poco densa.

Llenamos nuestras mochilas con hermosos e incomparables esquejes… sin volver a tocarnos.

LAUREL Y YO NOS REUNIMOS PARA ALMORZAR EN MOONshine pizza, uno de los dos lugares del centro que encabezan la competencia en venta de pizza por rebanada. Para ser franca, la pizza de ambos lugares a mí me sabe igual: son pizzas de orillas crujientes y corteza correosa tipo Nueva York, con queso y salsa de tomate con sabor a ajo. Ambas son una jodida delicia, la diferencia es que en Moonshine te ofrecen tres palitos de pan gratis al ordenar cualquier cosa por más de quince dólares, y Laurel y yo nos sentimos tan motivadas por los carbohidratos, que la oferta nos parece irrechazable.

Armadas de nuestras enormes rebanadas de pizza de pepperoni, nos sentamos a lo largo de una mesa tipo bar, frente a la gran ventana en la fachada.

—¿Y bien? —pregunta Laurel—. ¿Cuándo piensas contarme cómo ha sido trabajar con el hombre con el que pensaste que te casarías cuando estábamos en la preparatoria?

—No lo sé —digo poniendo los ojos en blanco—. Imagina cómo sería si tuvieras que trabajar con la persona con la que *tú* pensaste que te casarías cuando estábamos en la preparatoria.

—De acuerdo, pero cuando estábamos en la preparatoria, yo creía que me iba a casar con todas las personas con quienes salí. Tim Warner, Deborah Wright...

—Alexa Ramírez.

—Oh, sí, claro, pero creo que ella ahora es policía, ¿no? ¡Sería muy extraño si tuviera que trabajar con ella!

—Tal vez te contratarían para tomar fotografías de... No sé, ¿patrullas de policía?

—Suena aún más aburrido que las bodas —dice riéndose—. Pero ya, deja de cambiar de tema, en serio, y dime cómo es trabajar con Tenn.

—No hay mucho que decir, solo llevamos una semana trabajando juntos.

—¿En serio? —dice arqueando las cejas.

—En serio.

—Entonces, ¿me vas a decir que en siete días no has notado lo candente que se puso? ¿Ni siquiera me vas a decir *eso*?

Muerdo un gran trozo de pizza y me tomo mi tiempo al masticarlo porque, sí, en la preparatoria Tenn era guapísimo, pero ahora, después de estos años que pasaron... Claro que he notado la barba de algunos días en esa mandíbula afilada como navaja. Y esos muslos, tan gruesos y marcados que cada vez que se pone en cuclillas o camina alcanzo a ver la línea de los músculos. Y qué decir del fragmento de pecho velludo que avisté el primer día en la oficina de Nate o de las ilustraciones botánicas de hongos grabadas en sus definidos antebrazos, las que me instaron a tocarlo y sentir su sobresalto, como si el calor de mis dedos lo hubiera electrocutado, como si nadie lo hubiese tocado nunca.

—De acuerdo. Sí, está más candente que nunca —digo después de tragar el trozo de pizza.

—¡Te lo dije! —exclama Laurel señalándome con su palito de pan.

—Oye, ¡ten cuidado! ¡Casi me llenas la nariz de mantequilla!

—Apuesto que sí te encantaría que Tennessee Reyes te llenara la nariz de mantequilla y todo lo demás—exclama y yo río con ganas y resoplo al mismo tiempo.

—Ay, Dios mío, ¡ni siquiera sé qué quieres decir con eso!

—Yo tampoco, pero suena suuucio, ¿no?

—Muy sucio —respondo y, tras un rato de reírnos, le pregunto en voz baja—: Lau, ¿las cosas van mejor con Jorge?

—Sigue trabajando todo el tiempo —dice encogiéndose de hombros—. El otro día entré a la habitación donde se encontraba. Estaba hablando por teléfono y, en cuanto me vio, puso cara de susto y colgó sin despedirse.

—Vaya, eso suena sospechoso.

—*Es* sospechoso, pero no representa evidencia sólida.

—¿Y eso es lo que estás buscando? ¿Evidencia sólida? —digo y Laurel asiente con fuerza.

—Sin ella no puedo decirle nada, ¿o sí?

—¿Y qué sucederá si encuentras la evidencia que buscas?

Mira por la ventana, se concentra en la gente que pasa caminando frente a nosotras. Lleva el largo cabello negro recogido en un moño alto de bailarina de *ballet* y tiene los labios pintados con su clásico labial rojo intenso. Los *shorts* de mezclilla deslavada y cintura alta, la camiseta blanca recortada y las botas la hacen ver... No lo sé. Confiada. Hermosa. Demasiado bella para Jorge Jones, incluso si no la estuviera engañando.

—Me divorciaría de ese imbécil —dice después de un rato en voz muy baja y yo abro los ojos como platos.

—¿En serio? ¿Sin pasar por la terapia en pareja u otra cosa?

—Para nada. Ya sé que no podría volver a superar algo así —contesta.

—Estoy orgullosa de ti, chica —le digo sonriendo al tiempo que empujo un poco su hombro con el mío.

—Sí, bueno, pero espero que las cosas no lleguen a eso.

La veo tan triste, que me pongo de pie en ese instante.

—Ya sé —digo. Luego tomo mi vaso y bebo lo que queda de mi Sprite con sabor a cereza—. Ven, ¡vamos a hacer *window shopping* en tiendas caras de decoración para diseñar mentalmente tu posada en el faro!

Laurel levanta su vaso de plástico y hace como que brinda antes de saltar de su banco.

—Tú siempre sabes qué hacer para endulzar mi corazón.

ES FIN DE SEMANA Y NO HE VISTO A TEAL DESDE QUE, EN pocas palabras, insinué que su mal carácter era lo que arruinaba todo. Aunque quiero ofrecerle una disculpa, no lo he hecho, ni por llamada telefónica, ni con un mensaje de texto ni nada. Porque, cada vez que lo pienso, me doy cuenta de que a lo largo de toda mi vida, la única que ha ofrecido disculpas he sido yo, *solo* yo. Cuando era niña, lo hacía porque Nadia me obligaba y, ahora que soy mayor, lo hago porque se me hizo el hábito. Estoy cansada de ser la única que se disculpa, cansada de ser quien todos esperan que ceda una y otra vez, que se doblegue como una planta bajo el peso del granizo incesante para poder continuar siendo malvados y crueles. Las plantas no pueden someterse de esa manera mucho tiempo sin desplomarse. La gente tampoco.

A la mañana siguiente, Nadia empieza con sus tonterías.

—Teal me dijo que iniciaste una pelea —me reclama, pero después de todo lo que pensé ayer, decido no balbucear como acostumbro ni esperar a que me diga que tengo que hacer las paces con mi hermana.

—¿Alguna vez te has preguntado cómo habrían sido las cosas si, cuando éramos niñas, Teal hubiera limpiado sus propios desastres?

No volvió a decirme nada y tampoco la he visto desde entonces.

Después de todo lo sucedido, no resulta sorprendente que me encuentre sola un sábado en casa, calentando en el horno eléctrico pizza que quedó de la noche anterior mientras hojeo el catálogo de Cranberry Rose del año pasado. Mi teléfono suena y frunzo el ceño al ver un número que no reconozco.

¿Lista para hacer algo distinto?

Antes de poder responder, recibo otro mensaje de texto.

Por cierto, soy Tenn.

Mi corazón da un triple salto mortal.

¿Qué quieres decir con "algo distinto"?

¿Estás ocupada?

Miro alrededor, tengo puesta el pijama de satín, mi pizza crepita en el horno y mi única compañía es una vieja planta y un catálogo de semillas de la empresa para la que trabajo.

No, realmente no.

De acuerdo. ¿Nos vemos en media hora en la montaña Firefly?

Claro.

19

LLAMARLE "MONTAÑA" A FIREFLY ES UN POCO EXAGErado Aunque es una elevación independiente entre el Parque estatal Cranberry Falls y los bosques que rodean el lago Pine Stone, más bien es como una colina al pie de una montaña. Es lo bastante baja para escalarla hasta la cima en menos de treinta minutos, pero lo bastante alta para, al llegar ahí, poder admirar la franja del centro de Cranberry extenderse como una constelación de centelleantes esferas doradas y plateadas. Ahí es a donde me conduce Tenn cuando llego con mi taza de viaje llena de té en las manos.

Al llegar a la cima de Firefly, respirando con dificultad tras el ascenso, Tenn saca una cobija de su mochila y la extiende sobre la hierba fresca y húmeda de rocío.

—Qué acogedor —digo mientras me pregunto si en verdad quiero sentarme sobre la cobija y estar lo bastante cerca de él para percibir su delicioso aroma y, poco después, perder la cabeza de alguna forma.

Me responde con una sonrisa que apenas alcanzo a ver en la densa oscuridad de la noche, se deja caer sobre la cobija y da algunas palmadas en ella.

—Vamos, acércate, Encantadora de plantas.

Me siento muy cerca del borde, con las piernas flexionadas sobre la hierba. Ambos contemplamos la magnífica vista del centro. A lo largo de la playa, las luces frontales de los pequeños automóviles trazan líneas amarillas que luego se desvanecen.

—Pues, Brené Brown dice que... —dice Tenn aclarando la garganta.

—Espera —digo y levanto la mano de golpe—. ¿Acabas de mencionar a Brené Brown?

—Ajá. ¿Has oído hablar de ella?

—¿Que si he oído hablar de ella? —pregunto resoplando y pensando en el pequeño altero de libros de Brené Brown que tiene Nadia guardados en una de las alacenas de la cocina—. Brené Brown forma parte de la trifecta de la espiritualidad de las mujeres blancas.

—¿Ah sí? ¿Quiénes son las otras dos?

—Elizabeth Gilbert y Glennon Doyle, naturalmente.

—No he escuchado hablar de ellas.

—No has escu... —digo, pero me detengo—. Bien, la pregunta en realidad es ¿cómo es que sabes sobre Brené Brown? No me viene a la mente un solo hombre *cishet* que haya leído sus libros por voluntad propia.

Se queda callado tanto tiempo que temo haber dicho algo que lo lastimó, pero de pronto vuelve a hablar.

—Mi mamá me lo her... me dio un par de libros suyos.

—Ah, comprendo —digo mientras me reclino un poco en la cobija a pesar de que me estoy arriesgando a estar aún más cerca de él. Creo que alcanzo a oler el té Earl Grey, lo que significa que me acerco peligrosamente a su cuerpo. Pero bueno, si vas a Roma…

—En fin, Brené Brown dice… —empieza a explicar mientras saca y desarruga un trozo de papel que trae en el bolsillo—: "Permanecer vulnerable es un riesgo que todos debemos correr si queremos experimentar la conexión".

Siento algo peculiar en la columna, como si una de esas linternas de luz fluorescente me recorriera del cráneo a los pies.

—¿Estás diciendo que quieres experimentar una conexión conmigo?— digo pasando saliva.

—Lo que digo es que, si queremos hacer bien nuestro trabajo, necesitamos permanecer vulnerables. No podemos—calla por un instante—, seguir chocando como lo hemos estado haciendo hasta ahora.

Esa es una forma en verdad delicada de decir que lo he estado maltratando y tratando de forma grosera sin razón alguna, que él sepa. Bebo un poco de té.

—Entonces… ¿comenzamos de nuevo? —digo, pero me pregunto si podría lidiar con algo así, si podría fingir que no me enamoré de él a los quince años; si podría fingir que no me lastimó dos años después de una manera tan brutal y que el último año de la preparatoria y luego un largo período más lo pasé en luto por él como si hubiera muerto.

—Tenemos que hacer lo que dice Brené Brown, ser vulnerables.

—Eeh —digo—. Bueno, no suena *para nada* difícil —agrego, pero por supuesto, él percibe el sarcasmo.

—Si no es difícil, entonces no es vulnerabilidad.

—De acuerdo —admito mientras bebo más té y contemplo el punto en que el último rayo de luz se vuelve una línea índigo contra un cielo tan negro como tinta—. ¿Cómo lo hacemos entonces? —*Dios, acabo de decir "lo hacemos"*, pienso mientras toso incómoda—. Cómo ser vulnerables, quise decir.

—Pues he estado pensando en ello y creo que tal vez la mejor manera es contándonos nuestros secretos.

Y entonces sí empiezo a toser como si tuviera tuberculosis.

—Eeeeh —respiro profundo—. ¿Secretos?

—Bueno, eso no incluiría nada que no queramos compartir, ¿de acuerdo? Relájate, Encantadora de plantas —dice, y en su tono alcanzo a escuchar una risa irónica.

Relájate. Tenn Reyes quiere que le cuente mis secretos, eso es todo. Y que me relaje.

—De acuerdo. Comienza tú.

—Me parece justo. Empecemos por decir algo que no le hayamos contado a nadie nunca. ¿Te parece bien?

—Seguro —contesto mordiéndome el labio inferior y frunciendo el ceño.

—Me parece escuchar cierta inquietud.

—No, no estoy inquieta.

Coloca su mano sobre la mía, solo por un instante, pero con eso basta para hacerme sentir tibieza y un cosquilleo en lugares que no tienen nada que ver con mi mano.

—Recuerda, no tenemos que decir nada que no queramos.

—Nada que no queramos decir, de acuerdo —asiento.

Tenn se reclina y su silueta se alinea con las pocas estrellas que resplandecen sobre nosotros. Si levantara las manos, parecería el director de la orquesta del universo.

—Algo que nunca le he contado a nadie… —dice antes de hacer una pausa—. Cuando mi mamá murió, no salí de la cama en dos semanas.

—Ay, por Dios, Tenn —dejo la taza en algún lugar sobre la hierba y me pongo de rodillas de un salto—. ¿Tu mamá *murió*?

—Sí, pero ya fue hace algún tiempo —explica y se queda un momento en silencio—. ¿La conociste? —pregunta, y en su voz escucho la esperanza. Tal vez se debe a que no entiende por qué reaccioné de esa forma ante la noticia.

No la conocí, pero sabía que él la adoraba. Sabía que su platillo preferido en el mundo era el espagueti con pan de ajo que ella preparaba, y que todos los veranos recolectaban hongos cómo si estuvieran entrenando para el apocalipsis. Sabía que, al igual que Nadia, amaba los libros, que coleccionaba conchas marinas en la playa de Cranberry Falls, que cuando era niño le hizo un "perfume" que, en realidad, era un menjurje de maleza y lodo, pero ella se lo frotó en las muñecas y actuó como si Tenn hubiera creado el Chanel No. 5 de la nada.

También sabía que, la mayor parte del tiempo, su madre era la única que estaba ahí para él, y por eso no resulta sorprendente que haya permanecido dos semanas en cama. Yo habría hecho lo mismo.

—Eh, no, lo lamento, no la conocí. Pero me parece terrible que haya fallecido. Lo siento mucho.

Tenn resopla y me doy cuenta de que le cuesta trabajo hablar de esto.

—Fue un aneurisma, dicen que no sintió dolor. Un segundo estaba aquí y luego… ya no.

No sé qué decir, así que callo por un largo rato, pero de pronto mi boca empieza a hablar como por cuenta propia.

—Empezaste con algo muy denso, Tenn. Yo iba a confesar que nadie sabe que una vez cené dos bolsas tamaño familiar de *Cheetos* con sabor a chédar blanco.

Su risa es hermosísima. Surge como una canción y luego lo veo caer de nuevo sobre la cobija.

—Eso cuenta, no tiene que ser algo tan intenso.

—Pero no me parece que tenga el mismo nivel de vulnerabilidad.

—No tiene que igualarse, no es concurso.

Por un rato permanecemos en un ambiente más ligero, me cuenta de la recolección de hongos, de cómo hacer sopa con ellos y hornear pan casero después de recolectarlos. Yo le cuento de mis hermanas, le digo que cuando éramos niñas pensábamos que nuestros nombres conformaban el paisaje como se veía desde nuestro hogar en los acantilados, Sage, Teal y Sky: la salvia del bosque, el verde azulado del mar y, más allá, el cielo en tonalidades de zafiro. Luego tenemos un debate sobre *Marvel* y *DC Comics*: ¿quién ganaría si Tormenta y Hiedra venenosa se enfrentaran? Entonces me interrumpe.

—¿Cuál ha sido tu momento más vergonzoso?

De inmediato pienso en Gregory, el jefe del departamento de arte de la Universidad de Temple, pienso en su desordenada y oscura habitación.

—Paso —exclamo.

—¿En serio? Así de malo es, ¿eh?

—Sí. Fue lo peor, de hecho —confieso y, para este momento, ya estoy recostada en la cobija junto a él. Entre nosotros queda espacio suficiente para que se recueste una persona más, pero a veces, como cuando ríe o habla o respira, lo siento tan cerca que me parece que me toca sin tocarme en verdad. Estamos frente a frente y, no sé por qué, pero de repente confieso algo que no me esperaba—. El fantasma de mi hermana me persigue.

—¿Qué dijiste? —pregunta al tiempo que levanta la cabeza que tenía apoyada en el brazo.

—Mi hermana. Murió a los dieciséis años en un accidente durante una excursión.

—Oh, Jesús.

—Ajá —digo y respiro temblorosa—. Cayó de uno de los acantilados de Cranberry Falls. Buscaron su cuerpo durante semanas, pero supongo que se perdió en la naturaleza —le explico con serenidad, como si el hecho de no poder enterrar como se debía a Sky no me hubiese devastado—. En fin, su fantasma… Bueno, no sé si crees en fantasmas, pero precisamente por eso, decírtelo me hace muy vulnerable. Porque supongo que llegarás a la conclusión de que estoy loca —digo empezando a balbucear—, pero su fantasma… El fantasma de Sky… dice que necesita seguir avanzando y, para poder hacerlo, yo debo hacer las paces con Teal, mi otra hermana, quien me odia, por cierto.

—Lamento que tu hermana haya muerto, Encantadora de plantas —susurra y yo escucho sinceridad en su voz.

—Gracias.

Se queda callado por un momento.

—Yo también tengo un secreto que podría parecerte una locura —dice por fin.

—¿Ah, sí? ¿Tiene que ver con un vampiro o algo así?

Se ríe y siento la calidez de su aliento en mi antebrazo.

—Más bien con *alguien que se fue*.

De pronto siento un incómodo pellizco en el corazón.

—¿Tú? ¿Tienes un "alguien que se fue"?

—Claro. Una amiga de tiempo atrás —dice y, cuando estoy a punto de suspirar aliviada porque usó la palabra *amiga*, me noquea diciendo—: Cuando estuviste en la preparatoria, ¿alguna vez entraste a AOL?

Oh, no. Ay, Dios.

—Seguro, yo y mis hermanas estuvimos en AOL.

—¿Y enviaste mensajes privados y todo eso?

—Seguro —digo riéndome y tratando de sonar casual.

—Bien, pues una noche, cuando tenía dieciséis años, alguien me envió un mensaje privado, alguien que iba en nuestra preparatoria. Empezamos a hablar. Era una chica inteligente y divertida, siempre decía algo acertado.

De pronto me dan ganas de golpear a esa chica en el rostro a pesar de que, en realidad, soy yo.

—¿Ah, sí?

Calla por un momento, como si quisiera decir mucho más, pero se conforma con algo muy simple.

—Sí, pero perdimos contacto. Creo que podríamos decir que me *ghosteó* —y no, no miente. Después de lo que hizo, yo no quise tener nada más que ver con él… hasta ahora, al parecer. Ahora que compartimos una cobija una noche de verano tan hermosa que se siente como si en verdad estuviéramos dirigiendo la orquesta del universo, como si los planetas de piedra lunar y las estrellas de piedra solar giraran en las puntas de nuestros dedos, aquí mismo, en la cima de la montaña Firefly.

Tenn se mueve y siento que jala un poco la cobija debajo de mí.

—Siempre he querido averiguar quién era, ver si aún vive en Cranberry. Y tal vez volver a hablar con ella.

—Mmmm. Sí, me parece lógico.

Nos quedamos en silencio por un rato, un silencio que a mí me resulta incómodo, pero que a él tal vez le sirve de compañía. Entonces voltea a verme y arquea las cejas.

—Oye, ¿sabes algo? Ustedes estaban en el mismo grado. Tú y esa chica.

—¿Ah, sí?

—Ajá —dice y respira rápido pero profundo—. Tengo una idea.

Oh, oh.

—No me digas…

—¿Qué tal si me ayudaras a encontrarla?

De pronto imagino que organiza una investigación en Internet y contrata investigadores privados para que, al final, todos le anuncien que la verdadera identidad de Silvergurl0917 es… Sage Flores.

—¿Quieres que… *yo* te ayude?

—Sí, y tal vez yo podría ayudarte a ti a cambio. Necesitas… ¿hacer las paces con tu hermana? ¿Ayudar al fantasma de tu otra hermana?

—Ajá…

—¿Qué tal si te ayudara con eso?

Niego con la cabeza.

—No tengo idea de cómo podrías hacerlo, pero… —en su rostro veo una expresión de tanta esperanza, *tanta* ternura, que no puedo impedir que salgan las siguientes palabras de mi boca—. Es decir, supongo que podrías… —digo porque, entre más rápido ayude a Sky a avanzar, más pronto podré largarme de Cranberry. Y eso es lo único que quiero, ¿no es así?

En el rostro de Tenn aparece una esplendorosa sonrisa, se ve tan emocionado que incluso se pone de pie de un salto. Me toma de la mano y me ayuda a pararme.

—De acuerdo, entonces tenemos un plan. Yo te ayudo a ayudarle a tu fantasma y tú me ayudas a encontrar al mío.

—Un trato fantasmal —digo—. ¿Te parece que Brené Brown aprobaría este nivel de vulnerabilidad?

—Creo que sí —dice riendo entre dientes.

Pero yo creo que no. Al menos, no si supiera que le estoy mintiendo por omisión.

Tenn extiende la mano para estrechar la mía y cerrar el trato, y aunque yo no quiero, siento como si una cuerda me jalara el brazo y lo extendiera también, como si la oportunidad de volver a tocarlo fuera más importante que hacer un trato en mala fe.

En cuanto mi mano toca la suya y él la sujeta, noto una luz que parpadea detrás de él.

—Guau, ¡una luciérnaga!

—Vaya, ¿estarán migrando temprano este año? Bueno, supongo que… al menos una lo hizo.

Contemplamos al brillante bichito de la misma manera en que el universo debe observar la vida de cada estrella, hasta que centellea por última vez para luego desaparecer.

20

11 DE MAYO, 2001
HACE CATORCE AÑOS

silvergurl0917: entonces, ¿a dónde irás en el verano?

RainOnATennRoof: Pues, buenas noches a ti también. :)

RainOnATennRoof: Voy a Santo Domingo. Mamá y yo nos quedaremos con mi tío.

silvergurl0917: tu tío no tiene internet?

RainOnATennRoof: Sí, si tiene, le pregunté hace un par de días. Pero como es Earthlink, no tiene chat de AOL, desafortunadamente.

silvergurl0917: ah, okey

RainOnATennRoof: ¿Lo pensaste? Me refiero a conocernos.

silvergurl0917: ajá

silvergurl0917: no estoy lista.

RainOnATennRoof: Oh.

silvergurl0917: lo siento. es solo que cada vez que pienso en ello, siento que voy a tener un ataque de pánico y a vomitar

RainOnATennRoof: Sabes que no muerdo, ¿verdad?

RainOnATennRoof: Sería incapaz de lastimarte.

silvergurl0917: lo sé… es solo que…

RainOnATennRoof: Cambiemos de tema.

silvergurl0917: oh

silvergurl0917: okey

silvergurl0917: ¿tu mamá es de santo domingo?

RainOnATennRoof: Para nada, nació aquí. Estadounidense de segunda generación. Mi papá también, pero las familias de ambos son dominicanas.

RainOnATennRoof: Escucha… Sé que no estás lista, pero enterarme de que no estás lista para conocerme me desilusiona bastante. Creo que no seré muy buena compañía en este momento.

RainOnATennRoof: Pienso que debería irme, Silvergurl. Espero que tengas buena noche, ¿okey?

silvergurl0917: no no no, espera por favor. por favor

silvergurl0917: sé que esto no es lo mismo que conocernos, pero

silvergurl0917: 943-4246

RainOnATennRoof: ¿Es tu número? ¿Tu número de verdad?

silvergurl0917: es el lugar donde estaré este domingo a las 10:45, si quieres llamar en ese segundo, literalmente. (si no, alguien más podría responder la llamada)

RainOnATennRoof: Guau.

silvergurl0917: no es lo mismo que conocernos en persona, pero…

RainOnATennRoof: ¿Estás segura de que quieres hablar por teléfono?

silvergurl0917: sí, estoy segura.

RainOnATennRoof: De acuerdo. Te llamaré el domingo a las 10:45.

RainOnATennRoof: Tengo muchas ganas de escuchar tu voz.

RainOnATennRoof: Tengo la impresión de que eso me ayudará a soportar el verano :)

EN EL PRESENTE

Se supone que hoy, después del almuerzo, debo encontrarme con Tenn en una casa que será demolida. Me apresuro, estoy tratando de acabar de cocinar rápido, pero entonces recibo una llamada de Laurel.

—Hola, mujer —digo al contestar, pero lo único que escucho como respuesta es a alguien hiperventilando—. ¿Lau? ¿Qué sucede?

—Estoy en mi auto. En el estacionamiento del Ayuntamiento —explica, suena como si hubiera llorado.

—¿Qué sucedió?

—¡Nada! Bueno, nada aún.

—Laurel, ¿qué demonios pasa? Me estás asustando.

—Te necesito, Sage. ¿Puedes venir pronto?

—Voy en camino —digo al tiempo que apago la estufa y dejo a medio cocinar los macarrones con queso, tomo mis llaves y salgo de casa a toda velocidad.

Me toma algún tiempo llegar al último piso del estacionamiento, pero cuando lo hago me detengo junto al sedán de Laurel, salgo de un salto y me apresuro a llegar al lado del pasajero de su automóvil.

—¿Qué pasó? —le pregunto en cuanto entro.

Tiene el rostro rosado y los ojos inflamados, viste una enorme camiseta raída, *pants* deportivos y sandalias. Si Jorge es responsable de esto, lo voy a...

—Es Jorge.

Parece que sí. Hoy asesinaré a alguien.

—¿Qué hizo?

—Él... —dice antes de dar un profundo y tembloroso respiro. La tomo de la mano, no sé qué más hacer—. Todos los miércoles va al restaurante Mérida a almorzar.

—Okey...

—Es un lugar bastante nuevo. Venezolano. Supuestamente, ahí preparan las mejores arepas de Virginia —dice negando con la cabeza—. Bueno, entré a la banca por internet, así me enteré de los almuerzos. No había revisado la cuenta en, digamos, un año o algo así porque ya sabes que a Jorge le gusta hacerse cargo y pagar las cuentas.

Le gusta controlar, estoy a punto de decir, pero mejor me muerdo la lengua y permanezco callada.

—Y todos los miércoles, desde que contrataron a la recepcionista, la tal Cynthia, aparece un cargo del Mérida. En cada ocasión, la cuenta es de casi cien dólares, a veces más.

—Solo por un almuerzo.

—Eso fue lo que pensé. Así que… revisé el menú y vi que el platillo más costoso cuesta casi cuarenta dólares, o sea que, a menos de que esté pagando varios tragos, ¿qué más puede ser?

Asiento.

—Y hoy es miércoles.

—Hoy es miércoles.

—¿Fuiste al restaurante?

—No. Solo mírame. Conduje hasta aquí en un ataque de, no sé. De rabia, supongo, pero cuando me estacioné, me quedé paralizada y empecé a llorar, luego no pude parar y fue entonces que te llamé —explica. Estrujo su mano un instante y la suelto.

—¿Quieres que vaya contigo al restaurante?

—No lo sé, Sage —responde negando con la cabeza. ¿Qué voy a hacer si… —dice, pero de nuevo empieza a llorar. Busco en mi bolso y cuando por fin encuentro un paquete de pañuelos, le doy uno—. ¿Qué voy a hacer? —pregunta de nuevo, pero no tengo la respuesta porque…

—Lau… ¿qué no es ese Jorge?

—¡Mierda! Sí, es él. ¡Rápido! ¡Agáchate!

Laurel y yo nos agachamos, pero solo lo suficiente para poder seguir viendo por el parabrisas.

—¿Ella es…

—Sí, es la perra esa, Cynthia Peterson.

Cynthia y Jorge van caminando bastante separados, no parece que haya nada impropio, y como en verdad quiero ayudar a Laurel, como quiero que mi hermosa amiga deje de llorar por ese pedazo de mierda, empiezo a lanzar teorías.

—Bien, mira, tal vez Jorge se reunió con un cliente para almorzar y pagó su comida y la *del cliente*. Quizá Cynthia solo viene en su papel de asistente. Mira, ni siquiera se están… —pero mi voz empieza a apagarse en cuanto veo que Jorge abraza a Cynthia de la cintura— … tocando.

Laurel y yo observamos en silencio cómo Cynthia le corresponde a Jorge abrazándolo del cuello y ambos caminan así, abrazados, hasta el automóvil de él. Cynthia ríe y Jorge oculta su rostro en el cuello de ella. ¿Lo está besando? ¿Acariciándolo con la nariz? No puedo ver bien desde donde estoy, pero incluso ignorando ese detalle, es obvio lo que está sucediendo.

—Maldita sea, esto debe ser una jodida broma —exclama Laurel deslizándose hacia abajo en su asiento y cubriéndose el rostro con las manos—. Estúpido infiel, *hijo de puta*, me está engañando y, además, ¿de esta manera tan descarada? ¿Cuánta gente en el pueblo estará enterada de esto? ¿Cuánta gente se reirá de mí a mis espaldas?

—Laurel, ¿lo vamos a confrontar? —pregunto imaginando todas las maneras en que podría hacer que Jorge pague por esto, como atropellándolo con mi camioneta, para empezar.

—No. No. Primero necesito pensar.

Jorge y Cynthia abordan el auto y pasan lento junto a nosotras, pero ni siquiera voltean y no nos notan. Par de idiotas, es como si solo ellos existieran en el mundo.

—¿Qué necesitas, Lau? —pregunto volteando a verla. Ella suspira al tiempo que cierra y abre los puños.

—Creo que necesito ir al faro. Y estar un rato sola.

La imagino en la parte superior del faro, mirando hacia abajo y sintiendo todo ese dolor sobre ella, como rocas, como planetas, tratando de estallar.

—Pero no quieres estar sola para… hacer algo tonto, ¿verdad? Tienes ganas de ¿lastimar a alguien físicamente? ¿Tal vez a ti misma?

Laurel sonríe en medio de todo el llanto.

—No, estoy bien, Sage. Me da gusto que hayas estado aquí cuando confirmé lo que sospechaba.

—¿Estás segura de que no quieres que lo ate a un árbol y lo torture?

—Admito que no es mala idea en absoluto… —dice suspirando—, pero solo necesito estar sola. Necesito ordenar mis ideas, pensar qué debo hacer ahora.

—De acuerdo, pero si me necesitas… —digo asintiendo.

—Lo sé. Sé que estarás ahí.

Cuando voy de vuelta a la propiedad y paso en mi camioneta por la agencia de arquitectura, entorno los ojos y trato de ver a través del vidrio reflectivo. No entiendo por qué la gente como Jorge, como Johnny Miller, lastiman a quienes se supone que aman sin razón alguna. Es decir, es *obvio* que la monogamia no es lo de Jorge. Una parte de él seguro sabía que sería incapaz de mantener su pene detrás de la bragueta para siempre, pero entonces, ¿por qué se casó con Laurel? ¿Por qué hacerle perder su tiempo de esa manera?

Cuando me detengo, veo a Tenn recargado en la valla frente al patio, y noto la inquietud en su mirada.

—Hola —dice en cuanto bajo de la camioneta—. ¿Todo bien?

—Ajá. ¿Por qué no habría de estar todo bien?

—Llegaste veinte minutos tarde y no respondiste mis mensajes de texto. ¿Los viste?

—Oh —exclamo frunciendo el ceño mientras saco el teléfono celular de mi bolsillo y veo cuatro mensajes de él—. Lo siento. Fue un día… olvídalo, es una estupidez.

—¿Quieres hablar de ello? —pregunta mirándome muy serio.

Hoy, sus densas y negras pestañas se ven más rizadas que nunca, lo que me hace preguntarme algo muy tonto: ¿qué sentiría si rozaran mis labios? Pero entonces me obligo a mí misma a detenerme porque, *quién demonios* fantasea con besar las pestañas de alguien.

—Estoy bien —digo negando con la cabeza.

Tenn arquea una ceja en silencio como diciendo *si tú lo dices* y solo abre la reja para que yo pase.

La propiedad es diminuta, los jardines del frente y de atrás son solo pequeñas franjas.

En algún momento del otoño, el banco va a empezar a mostrar esta casa, pero le dieron permiso a Nate de recolectar plantas antes de eso.

—Rosas —dice señalando.

Volteo a ver las plantas que me muestra, en su mayoría son ramas pardas muertas, devoradas por escarabajos.

—Son flores derivadas. Son modernas, no son rosas Heritage.

Tenn toma una de las pocas flores rosadas y se la acerca a la nariz.

—Vaya, no huele a nada.

—Exacto. A veces, cuando haces cruzas para obtener algo específico… como tamaño, color, resistencia a las enfermedades… pierdes otro de los rasgos. Los tulipanes y las petunias modernos también son un buen ejemplo de ello. No huelen a nada.

—¿Cómo sabes todo eso? —me pregunta. Está recargado en el pequeño pórtico o, bueno, lo que queda de él. Es probable que esta casa haya sido linda en algún momento, pero es evidente que en los últimos años el techo se desplomó, las ventanas se quebraron, y la parra virgen ha estado devorando de forma constante lo que queda de ella.

—¿Cómo sé qué?

—Todo eso sobre las plantas.

—Oh —exclamo mientras levanto una violeta silvestre del descuidado jardín, una de las más raras, color púrpura, de hecho—. Iba a ser botánica. Hace mucho tiempo.

Es cierto. Fue un trato que hicimos mis hermanas y yo cuándo éramos niñas. Nadia siempre decía que no debíamos exponer nuestros dones, pero podríamos compartirlos. A nosotras se nos ocurrió que los compartiríamos para ayudar a que el mundo fuera un mejor lugar. Yo sería botánica, viajaría por el mundo para salvar especies en peligro de extinción. Teal sería meteoróloga, aprendería a controlar su don para acabar con las sequías y los incendios forestales. Y Sky sería la rehabilitadora silvestre, calmaría a los animales lo suficiente para que le permitieran atenderlos y curarlos.

—¿Qué sucedió?

—Mi hermana murió —respondo con un suspiro—. Yo ya no podía estar en casa, así que abandoné la universidad y pasé algún tiempo viviendo en mi camioneta, tratando de averiguar qué haría con mi vida —le explico. De pronto recuerdo que un día supe que no podría soportar un segundo más escuchar el incesante llanto de Nadia ni a Teal culparme de la muerte de Sky. ¿Qué vas a hacer con tu don? Me preguntó Nadia mientras yo arrojaba todas mis pertenencias a la camioneta. *Renuncié a él*, fue mi respuesta. Lo que no le dije fue que comunicarme con las plantas ya no se sentía igual que antes. Este don era lo único que compartía con mis hermanas y lo único que tenía yo de original en el mundo. Es decir, claro, Nadia *sabe* cosas y, de vez en cuando, Sonya admite que puede ver fantasmas, pero durante nuestra niñez, lo que me unió a Teal y a Sky fue el hermoso y profundo secreto de que, literalmente, éramos mágicas. Y por eso, cuando Sky se fue, por mucho tiempo no me sentí bien al reconectarme con nuestra magia.

Por eso a Nadia le perturbó tanto verme aparecer con montones de arriates de albahaca hace dos semanas. La verdad es que no pude renunciar a mi don. Al menos, no para siempre.

—¿Viviste en tu camioneta? ¡Qué ruda! —dice Tenn y yo sonrío mientras él se inclina sobre una vara de oro que aún no florece.

—Ajá. Supuse que… bueno, cuando estuve en la preparatoria estaba obsesionada con fabricar joyería, trabajaba sobre todo alambre, pero era… lo único en el mundo en lo que podía perderme por completo, ¿sabes? *—en la joyería y en hablar contigo en la mensajería de AOL—*. En fin, en las afueras de Filadelfia encontré a una orfebre que se especializaba en plata y me aceptó como su aprendiz. Era profesora auxiliar en la Universidad de Temple, pero falleció mientras yo estaba todavía bajo su tutela. Debido a una serie de extrañas coincidencias, terminé quedándome con su empleo y di clases de platería y de modelado en cera, a veces también daba clases de engaste de gemas. Eso duró… vaya, casi cinco años.

—¿Y luego renunciaste?

—Recortes presupuestarios.

—Ah.

De pronto me asusto un poco porque, sin que yo lo escuchara o notara, caminó hasta donde me encuentro y ahora lo tengo frente a mí. Y Tenn es… vaya, corpulento. Me cuesta trabajo evitar que mi mirada se pierda en los tatuajes que tiene en los brazos y que llevan a la curva de sus bíceps y luego a sus gruesos hombros. Él también me examina, sus ojos recorren mis orejas, mis manos y luego vuelven a mi cuello antes de mirar mi pecho tan rápido que no me da tiempo de increparlo.

—Mmm, pero no llevas ninguna joya —dice entre gruñidos.

—Oh —exclamo dando un paso atrás—. Es que yo… Dejar mi empleo fue un poco traumático porque, o sea, *lo amaba*. Adoraba todo lo relacionado con él. Enseñar fue como la burbuja dot-com para mí, y el hecho de tener acceso a un estudio todo el día… Vaya, incluso diseñaba durante los descansos para almorzar. Hacia el final ya había empezado a desarrollar mi propia línea de joyería y la iban a exhibir en una pequeña *boutique* a una calle de la universidad. Sería una línea en bronce blanco y labradoritas, pero luego, bueno, ya sabes, mi jefe me despidió, no pude seguir pagando la renta y… —mi voz empieza a desvanecerse en cuanto me doy cuenta de que he comenzado a divagar—. Y todavía no he desempacado todo ese material. No he sacado de las cajas ni mis proyectos ni los suministros que traje, no he trabajado en nada relacionado con la joyería en… Ay, Dios, en meses. En todo caso, me cuesta mucho trabajo ver mis piezas ahora y, mucho más, usarlas.

—Comprendo —dice mirando la parte baja de mi cuello una vez más—. Cuando mi mamá falleció, lo único con que me quedé fueron sus libros porque mi papá vendió todo lo de valor. No pude leerlos en, alrededor de un año. Pensar en ellos me lastimaba demasiado —explica tragando saliva—. Luego, un día, tomé uno y ya no pude detenerme. Los leí todos en dos o tres meses, y créeme que eran *muchos* libros.

—¿Muchos de Brené Brown?

—Algunos —dice con una gran sonrisa que ilumina su rostro. Toca la manga de mi blusa suavemente con la punta de los dedos y, por la forma en que percibo el hormigueo bajo la tela, siento que lo que toca es mi piel—. Tú también volverás a trabajar en tus joyas y, cuando eso suceda, pasará lo que con mis libros.

—¿Empezaré a citar a Brené Brown al azar en mis conversaciones con mis colegas? —pregunto y él sonríe.

—No. Te vas a volver a perder por completo en algo que amas.

Esta conversación se ha tornado un poco intensa, intento alejarme, me inclino para tomar otra violeta, y cuando me incorporo, la cabeza me palpita. Me toco las sienes y retrocedo.

Tenn se me queda mirando un largo rato.

—¿Estás bien?

—Yo... —me froto los ojos—. Estoy bien, es solo que no almorcé hoy y creo que...

—¿No comiste nada?

—Tuve una emergencia familiar —explico negando con la cabeza. Laurel es parte de mi familia, así que no estoy mintiéndole—. ¿Te molesta si voy calle abajo a comprar una hamburguesa? No tardaré más de diez minutos —le digo. Él comienza a asentir, pero se detiene de pronto.

—Espera, tengo una mejor idea —dice señalando su automóvil con la cabeza—. Vamos.

—¿Vamos a dónde?

—Vamos por algo para que comas, Encantadora de plantas.

—¿Pero qué hay de... —exclamo señalando la casa y él agita la mano como restándole importancia.

—Volveremos después, no hay problema —dice y con un gesto me invita a seguirlo hasta el Boss.

Cruzo los brazos. No sé por qué, pero siento que abordar el Mustang de Tenn hoy será una experiencia de la que no podré volver. Siento que, en este momento, estoy al borde de un bosque exuberante y sombrío, pletórico de misterios, de tesoros. Donde hay un círculo de hadas con contornos encendidos por una especie de fuego, hadas que me invitan a bailar. Muchos peligros, huellas mágicas que no son del todo humanas, rodeadas de polvo de oro.

Sería *tan* fácil dar media vuelta y fingir que nunca hubo ahí algo nuevo y tal vez terrible, o algo quizá *valioso*, algo al alcance de mis manos como una joya rara. Como tanzanita o como un trozo de zafiro anaranjado, tan brillante como un fuego fatuo flotando apenas por encima de las puntas de mis dedos.

Podría voltear e irme, podría ir por una hamburguesa a Pal's, podría volver a casa y terminar de cocinar los macarrones con queso.

—Vamos, Sage —me dice con una seductora e imperfecta sonrisa que hace que sus ojos se arruguen—: déjame alimentarte.

—¡AY, MIERDA! ¿ACASO ME ENGAÑAN MIS OJOS? ¿ES ESO UN *truck* de tacos?

—No, tus ojos no te engañan —dice Tenn mientras se estaciona al lado de la carretera, justo frente al lago—. Son los mejores malditos tacos en todo Cranberry.

—Y tal vez los únicos. Porque Holy Guacamole cerró hace un par de años, ¿no? —me refiero al único restaurante mexicano que hubo en Cranberry en más de una década. Milagros, la propietaria, era una de las amigas de Nadia y, cuando cerraron, se retiró y se fue a vivir a Arizona. Estoy casi segura de que ahora en el local hay una ferretería.

—También en el lugar de barbacoa en el lago venden tacos —dice, pero yo hago una mueca enseguida.

—¿En Jack's Grill? Tacos para blancos, querrás decir. Porque eso es lo que venden ahí.

—Ajá —dice riéndose—. Cierto, no saben a nada, ¿verdad?

—Estoy segura de que la última vez que estuve ahí vendían tacos de queso de cabra con elote crudo —digo y me estremezco de solo recordarlo.

—¿Cómo eran?

—¿Pero cómo? ¿Crees que ordené una mierda así? Esa noche preferí un costillar entero al *whisky*, muchas gracias.

—Un costillar *entero*, ¿eh? —exclama sonriendo y mirando todo en mi rostro como si lo estuviera descubriendo apenas—. Cásate conmigo.

—Cállate —digo mientras abro rápido la puerta del auto para que no alcance a ver cómo se sonrojan mi cuello y mis mejillas.

Ordeno dos tacos de pechuga de pollo ahumada con queso Oaxaca y rebanadas de aguacate salpicado con jugo de limón. Como guarnición, un trozo de elote asado y bañado en mantequilla, crema y queso. Tenn ordena una quesadilla de filete para él y agua de sabor para ambos, y luego nos sentamos en una de las mesas para *picnic* junto al lago.

A estos lagos les llaman "Las manos de Dios" porque a alguno de los colonizadores con autoridad suficiente para bautizar grandes cuerpos de agua le recordaron a *La creación de Adán* de Miguel Ángel: la relajada y pálida mano de Dios señalando al primer hombre, y este correspondiendo a su gesto con la suya. Aunque uno de los lagos es conocido como "la mano más larga" y el otro como "la mano más corta", francamente nunca recuerdo cuál es cual. De cualquier forma, son los lagos más populares de Cranberry. Ahora mismo, a pesar de que es mediodía y apenas estamos a media semana, hay gente por todos lados salpicando la arena con toallas de color púrpura y rojo, con sombrillas amarillas a rayas y hieleras azules repletas de sándwiches de Subway, cervezas Corona y *cake pops*.

—Ay, Dios mío, ¡esto está buenísimo! —exclamo a pesar de que tengo la boca llena.

—*Told you so. Real flavor. Real* ajo y chile: sabor de verdad —termina diciendo en español.

—¡Real carne *also!*

—¡Sí! —dice riendo.

—Cuéntame, ¿cómo es la comida dominicana? —le pregunto y él traga el bocado de quesadilla.

—¿Cómo sabes que soy dominicano?

Shit! Se supone que no lo sé, ¿cierto? Me lo dijo hace diez años… cuando él era RainOnATennRoof y yo Silvergurl0917.

—Eh… ¿no me dijiste tú mismo? ¿Me enteré porque es un pueblo pequeño? Para ser honesta, no recuerdo, lo siento, yo…

—No, no, tienes razón. Es solo que no estoy acostumbrado a que la gente sea tan específica al respecto. La mayoría de las personas en el pueblo dan por hecho que soy negro y nunca sé si debería corregirlas para que sean más precisas, decirles que soy negro *y* latino. Nunca sé si se van a ofender o algo así, o si siquiera entenderían que es *posible* ser ambas cosas. Me irrita mucho nunca saber qué decirles cuando…

—Cuando, en realidad, esas personas son quienes suponen algo y lo dan por hecho.

—Así es —dice encogiéndose de hombros—. En fin. La comida dominicana, bueno, ¿sabes?, mi mamá no la cocinaba mucho. Más bien preparaba platillos sacados de recetarios de Betty Crocker y Nigella Lawson. Comíamos espagueti y *coq au riesling*.

—Pero tú cocinabas sopa de hongos.

—Oh, claro. Todos los años cocinábamos sopa de hongos desde que iniciaba el otoño y hasta que terminaba el invierno. Ya te había contado que ella también horneaba pan fresco, o sea, porque dejaba que la masa se elevara todo el día. En ocasiones, también me cocinaba pollo guisado con tostones.

—Mmm, *yummy!*

—Y a veces, para el *brunch*, los fines de semana, cocinaba mangú.

—¿Mangú?

—Sí, es un guiso con plátanos, huevos, carne frita y queso. ¡Delicious!

—*Oh my God*, suena increíble, Tenn.

—Sí, lo era, lo era —dice mientras se limpia la boca con una servilleta. De pronto me mira y sus ojos centellean—. Oye, tengo una idea.

—¿Ah, sí? —yo también tengo una idea, que Tenn me lleve a la playa con una hielera llena de tostones y sopa. O que me lleve a casa y cocine *coq à* los ríos o lo que quiera que haya dicho hace un momento. Mi idea es nosotros, juntos, comiendo en la mesa del comedor de su casa. A la luz de las velas. Luego en la cama.

—Sí, sobre cómo hacer las paces con tu hermana.

En cuanto menciona a Teal, aunque por fuera sonrío y arqueo las cejas, por dentro me desplomo.

—Oh, continúa, por favor.

—Supongo que ustedes tenían platillos así, como mi mangú, cosas que comían cuando todo iba bien, pero que ya no preparan.

—Ajá… —digo asintiendo lento.

—¿Qué tal si la sorprendes? ¿Qué pasaría si prepararas su cena preferida?

Trato de imaginar la felicidad en el rostro de Teal al verme sacar del horno la charola con enchiladas gratinadas, pero por alguna razón, me cuesta demasiado trabajo. Es mucho más fácil imaginarla escupiendo en la comida o quitándome la charola de las manos y lanzándola por la ventana.

—Podría intentarlo este fin de semana —digo porque, a pesar de todo, es mucho mejor idea que las que he tenido yo.

—Bien, entonces ya tienes un plan para tu fantasmal situación: preparar la cena. En cuanto a mi fantasma… —dice al tiempo que saca una tarjeta de su bolsillo—. Escribí algunas cosas que recuerdo cuando solía hablar con ella —dice y me la entrega.

- *un montón de hermanitos y hermanitas*
- *vive (o solía vivir) cerca de un poste de luz*
- *estudió en St. Theresa (?)*
- *es un año más chica que yo (generación del '04)*
- *resopla cuando se ríe.*

—"Un montón de hermanitos y hermanitas" —pregunto incrédula. Estoy segura de que cuando hablábamos, nunca le dije a Tenn que tenía hermanos imaginarios.

—Bueno, ella dijo muchas veces "hermanos", así que di por hecho que tenía muchos y muchas. Además, se hacía cargo de ellos todo el tiempo. Por lo ocupada que estaba, sonaba a que tenía miles.

Eso suena muy preciso. Y, en efecto, ahora recuerdo haber dicho muchas veces "hermanos" porque me aterraba la idea de que, si le decía que tenía "dos hermanas menores", descubriera que se trataba de mí.

—De acuerdo —digo mientras vuelvo a mirar la tarjeta—. Y vivía "cerca de un poste de luz". Esta información es muy precisa, Tenn, en verdad ayuda —digo y él resopla.

—Bueno, solo escribí todo lo que se me ocurrió en el momento, pero iré añadiendo cosas conforme las recuerde.

—¿Estudió en St. Theresa?

—Sí. En una ocasión permitió que le llamara cuando estaba ahí.

—¿Ah, sí? —lo recuerdo, fue cuando rechacé su oferta de reunirnos en persona. Como sabía que se sentiría decepcionado, quise ofrecer una parte de mí, incluso si solo era el número telefónico de una iglesia en la que sabía que estaría. La idea era no darle mi número telefónico fijo *real*.

En un instante me transporto a ese momento. Las paredes que me rodean están revestidas en madera, la alfombra tal vez alguna vez fue azul o violeta, pero con el tiempo se volvió gris lodo. Los libros en las repisas tienen títulos como: *Jesús al volante: veintiún historias de compasión católica en tiempos modernos*. Su voz se escucha tan profunda en el teléfono, que lo hace vibrar. ¿Eres tú, mi Silvergurl?, pregunta. *Sí, soy Silvergurl*, contesto riéndome. Escucharlo me pone aún más nerviosa de lo que estoy por hablar a escondidas por teléfono con un chico desde la oficina del director de educación religiosa.

—Sí, solo hablamos como cinco minutos porque ella tenía que irse. Sin embargo, se rio mucho y, en una ocasión…

—Resopló.

—Sí, fue muy lindo —dice riendo de buena gana.

No, no fue lindo. Volví a casa y lloré, me sentí muy avergonzada.

—Bien, ¿y qué quieres que haga con esta información?

—Pues, tú eres de la generación del 2004, ¿cierto? ¿Podrías pensar en tus compañeras y ver quién podría coincidir con esta descripción? ¿O tal vez echar un vistazo en el anuario? Yo busqué, pero la verdad es que conocía a muy pocos de los que estudiaron en la escuela un año después que yo.

—Sí, podría hacer eso —asiento lentamente.

—Toma —dice al tiempo que saca un grueso cuaderno color azul marino con letras doradas en relieve. Es el anuario 2003 de Cranberry High School, el último año que él estudió ahí—. Traje el de mi año en caso de que no lo tuvieras.

—Gracias. Para ser honesta, ni siquiera podría decirte dónde quedaron mis anuarios —digo, pero conociendo a Nadia, sé que podrían estar aventados en una u otra repisa, debajo de cientos de libros más, de veladoras y piedras. En cuanto me lo entrega empiezo a hojearlo, pero sin ver ni leer nada en verdad—. Tenn. ¿Puedo preguntarte algo?

—Sí, lo que quieras —contesta y su mirada vuela a mis labios tan rápido, que si hubiera parpadeado, no lo habría visto. Tengo que mirar en otra dirección porque, de lo contrario, mi tren de ideas se va a descarrilar.

—¿Por qué estás tan empeñado en encontrarla?

Tenn inhala profundo y voltea hacia el lago. En verdad es un día perfecto, el agua permanece tan inmóvil que parece un trozo de turmalina Paraíba pulida, el azul del cielo, con sus abundantes y contrastantes nubes como crema batida y algodón de dulce, me recuerda al té de conchita azul.

—Yo también dejé la universidad —dice después de un rato—, nunca terminé y eso le rompió el corazón a mamá porque lo único que siempre quiso para mí fue que estudiara, que tuviera una educación completa. Y… —suspira—, supongo que, al igual que tú, pasé algún tiempo errando. Fui cantinero, trabajé como guía de turistas en cuevas en la zona occidental. Vendí lámparas de sal del Himalaya en una tienda, también para turistas, en Sedona —me cuenta sonriendo y yo no puedo evitar sonreír de vuelta—. No me agradaba volver a casa y ver la decepción en la mirada de mi madre. Le expliqué que los estudios no eran para mí, al menos, no en aquel tiempo, pero no le gustaba escuchar eso.

—Me imagino —digo en voz baja.

—Por eso empecé a viajar a casa cada vez menos. Luego ella… vaya. Mamá murió. Y, después de, más o menos un mes, traté de recordar el tiempo en que ella y yo fuimos felices, en verdad muy, muy felices cuando estábamos juntos. Me di cuenta de que fue cuando yo estaba en el último año de la preparatoria, cuando hablaba con esa chica. Y, aunque suene estúpido, me pregunto si encontrarla me permitiría, no sé, sentir lo mismo de nuevo.

—¿Sentir *qué* de nuevo? —pregunto, parpadeo varias veces, y él solo me mira directo a los ojos.

—Sentir que… todo va a estar bien —contesta encogiendo los hombros—. Extraño esa sensación. Mucho.

Cierro los ojos por un momento y, cuando siento que logré que las lágrimas regresen a mi interior por el camino por donde vinieron, respiro hondo.

—Sí, a mí también.

21

EN CUANTO VUELVO A CASA, LE ENVÍO UN MENSAJE A Laurel para ver cómo está. No quiere hablar de que sorprendió a su marido chupándole el cuello como vampiro a una asistente en un estacionamiento, prefiere hablar de otra cosa.

¿Van a hacer algo para el cumpleaños de Nadia? Ya falta poco, ¿no?

—Mierda —murmuro mientras saco la aplicación del calendario. En efecto, faltan tres días para el cumpleaños de Nadia, es el sábado. Va a cumplir... cierro los ojos y calculo. Setenta y cuatro.

Los últimos ocho cumpleaños ordené que le enviaran flores. Le mandé unos pendientes de gatitos que yo misma esculpí y que se parecían a *Vieja*, su gatita fallecida unos años antes. En una ocasión hice un rosario con cuentas de cuarzo rosado. Le envié tarjetas de regalo para comer en Olive Garden y en Logan's, también para comprar en Corrina's, su pastelería preferida. Hice todo lo que pude para tratar de compensar el hecho de que rara vez volvía a Cranberry.

De pronto recuerdo la sugerencia de Tenn, preparar una cena especial para ganarme de nuevo el aprecio de Teal.

De acuerdo, que así sea: dos pájaros de un tiro.

Sí, respondo el mensaje de Laurel. ¿Quieres ayudar?

¡Vaya. Que. Sí. Maldita. Sea!

TENN Y YO NOS REUNIMOS EN UN ESTACIONAMIENTO cubierto de hiedra frente al cementerio Persimmon, el más antiguo de Cranberry. No he estado aquí desde que era adolescente, alcancé a Laurel y a un par de amigas más para beber una botella de sangría que alguien robó del refrigerador de su casa sin que sus padres lo notaran. Esa noche el cielo se veía tan claro, que sentí que podría estirarme y tocar la lechosa blancura de las estrellas. Nos rodearon conejos silvestres que no dejaban de saltar y solo se dispersaron cuando el vino nos embriagó lo suficiente para hacernos aullar como lobos.

Ahora es mediodía, los rayos de sol son tan densos que siento que mi piel arde a través de la delgada camiseta blanca que tengo puesta. Tenn no ha llegado, pero aun así empujo la oxidada reja de fierro y siento que voy atravesando capas y más capas de tiempo. De tiempo y de *historias*. La mayoría de estas tumbas son tan antiguas que no tienen marcas. Lo único que indica que están aquí son los bloques de tierra mohosa hundida formados en una hilera como esmeraldas engastadas en un collar.

Amá Sonya nunca se acerca a los cementerios ni a las funerarias, me pregunto si los evita porque ve, escucha o percibe a los fantasmas que hay ahí, con sus contornos borrosos, vagando desesperados por establecer el contacto humano que no tienen manera de conseguir salvo, quizás, a través de ella. Supongo que ahora entiendo un poco mejor por qué niega su don: yo tengo solamente un fantasma y con eso me basta.

—Hola.

La voz me asusta tanto que doy un salto y casi me tuerzo un tobillo al chocar con una piedra blanca que podría ser una lápida.

—Mierda, ¡me asustaste!

Tenn camina hacia mí y mira mis pies enseguida.

—Lo lamento, ¿te encuentras bien?

—Sí, estoy bien.

No dice nada por un instante, solo siento su mirada ascender de nuevo lento, recorrer mis piernas casi desnudas: llevo *shorts* que me llegan a la mitad de los muslos. Luego voltea, me parece ver que sus pómulos están un poco más rosados de lo normal.

—Lamento llegar tarde. ¿Encontraste algo?

—No, acabo de llegar también.

—De acuerdo, pongámonos a trabajar entonces.

Caminamos hasta el extremo del cementerio mientras buscamos. El lugar se extiende hasta una zona que cubren los árboles y a la que casi no llega luz. Ahí vemos una franja ancha de plantas nativas, trilios florecientes de un rojo más intenso que la sangre y, en medio, encontramos nabo indio con apenas algunos retoños y sus elegantes flores parecidas a los lirios, pero del color del peridoto. Me inclino hacia ellas con la mano extendida para solicitar su permiso y varias se desvían hacia mí. Dios y la creación de Adán, pero claro, aquí las plantas son Dios.

—Creo que podríamos cultivar algunas de estas —le digo a Tenn—. Hay muchas y las plantas nativas se están volviendo muy lucrativas —no he acabado de cerrar la boca cuando me doy cuenta de lo horrible que eso suena. Plantas nativas. Lucrativas. Capitalismo. Solo me queda suspirar.

—Me parece bien.

Traemos las charolas y las palas de mano de la parte trasera de mi camioneta y nos ponemos a trabajar teniendo cuidado de no despejar por completo ni un pie cuadrado.

—Tienes muchos libros en tu camioneta —dice Tenn mientras coloca tierra alrededor de un trilio sin flor.

—Sí... deberías ver mi casa. Nadia podría fabricar muebles con todos los libros que tiene.

—Nadia es tu abuela, ¿cierto?

—Tía abuela.

—Ah.

Me siento y recuerdo que, aunque en el aspecto emocional no estuvo presente para nosotras, en lo físico siempre lo estuvo a través de los libros.

—Cuando éramos pequeñas nos leía libros de June Jordan y Sandra Cisneros. Poesía. Nos leía mitos fundacionales, recetarios y novelas sobre mujeres que se hartaron y se mudaron al otro lado del mundo —digo y me doy cuenta de que el último género que describo era una suerte de premonición en mi caso.

—Entonces, nada de Biblias para niños, leones, brujas ni guardarropas para ustedes, ¿eh?

—No —contesto riendo—. No empecé a leer cosas así sino hasta que estuve en la universidad —le explico mientras extiendo la tierra sobre las raíces que voy extrayendo y las cubro con hojas tomadas del suelo del bosque—. Aunque, ahora que lo pienso, sí, tal vez un poco. Me refiero a las historias de brujas. Nadia tenía, y aún tiene, muchos libros sobre magia. De hecho, algunos de los cuentos que nos contaba en la noche eran en realidad hechizos —le digo y, mientras recuerdo, no puedo evitar sonreír—. Decía que éramos "sus brujitas salvajes", si, así, en español. *Her little wild brujas* —traduzco, pero él comprende lo que digo—. Yo era la bruja de la naturaleza salvaje, Teal era la bruja de los relámpagos inclementes y Sky la bruja *of wild creatures*: de las "criaturas salvajes", como decía Nadia, siempre en español también.

Desde que Sky murió, Nadia no volvió a decir que éramos sus brujitas ni a llamarnos por nuestros sobrenombres en español, y, cuando pienso en ello, no podría decir que mi sonrisa desaparece, pero sin duda se apaga un poco.

—La bruja de la naturaleza salvaje —repite sonriendo, pero no por completo—: me agrada.

—¿Y tu mamá? ¿Cómo te llamaba?

—Tenía siete años cuando se fue —digo encogiendo los hombros—, pero recuerdo que me decía "querida", en español. *Dear.* Decía mucho *querida* —tanto, que si ahora alguien me dice así, incluso si apenas es un anciano saludándome en la tienda por la mañana cuando compro comestibles, siento como si me enterraran un cuchillo en las entrañas.

—Lo lamento, debe de haber sido difícil.

Casi repito mi guion de costumbre. *Descuida. Fue peor para Teal.* Pero sé que no es cierto, lo que sucedió fue que a ella le permitieron vivir y expresar lo que sentía, a su manera, claro. Yo tuve que aprender a tranquilizarla, pero creo que nunca lo logré en realidad.

—¿Y tu papá?

—No lo conocí —vuelvo a encogerme de hombros—. Y tampoco quiero. ¿Qué hay del tuyo?

Tenn se detiene y se sienta sobre la tierra. Para este momento ambos estamos demasiado sucios, pero sé que es parte del trabajo.

—Él, pues…

De pronto recuerdo lo que me contó sobre su padre cuando hablábamos por AIM y sufro solo de pensar en ello. Por lo que decía… parecía que no una gran persona.

Antes de que termine lo que va a decir, escuchamos relámpagos crepitar con tanta fuerza que el suelo se sacude. Oscuras nubes que yo no había notado se juntan sobre nosotros como un manto y… estallan. La lluvia es tan inmediata y densa que ni siquiera alcanzo a ver mi mano cuando la estiro frente a mí entre las capas de gris.

—¡A la camioneta! —grito y empezamos a correr al estacionamiento equilibrando las charolas en los brazos.

Abro la parte de atrás de la camioneta lo más rápido que puedo, metemos y empujamos las charolas y, como si nos hubiéramos puesto de acuerdo en silencio, subimos de un salto, nos sentamos con las piernas cruzadas y nos quedamos mirando la lluvia mientras la puerta trasera que acabo de abrir nos sirve como toldo.

Tenn voltea a verme, mira mi camiseta y gira la cabeza de nuevo hacia la lluvia rapidísimo. Me parece incomprensible, frunzo el ceño, pero luego miro abajo también.

Brasier negro. Camiseta blanca. Lluvia inclemente. Genial.

La camiseta de él también es bastante delgada, lo cual me permite notar músculos marcados en zonas donde ni siquiera sabía que los había. La tela color azul claro cuelga de ellos de tal forma que me dan celos. Tengo celos de una camiseta, sí. Esa es la persona en la que me he convertido.

Cruzo los brazos sobre el pecho.

—Eh, ¿Tenn? Escribí los nombres de algunas chicas que podrían ser tu amiga de la mensajería de AOL.

—¿Oh, sí? —pregunta y voltea a verme con cautela, pero en cuanto nota que los brazos me cubren los senos, se relaja.

—Te los enviaré por mensaje de texto, pero te advierto que no me diste mucho material para trabajar. A eso debes sumar el hecho de que cuando yo estaba en la preparatoria no era precisamente una extrovertida mariposa a la que le gustara socializar…

—Comprendo. Hace tiempo me dijiste que eras experta en no ser *cool*, ¿te referías a esa época?

Me quedo paralizada por un momento, busco en mi cerebro, trato de recordar… cierto. Lo dije cuando me dio *ride* a casa, aquella noche del Lounge, cuando lo acusé de ser demasiado *cool*. *Cool* a un punto ridículo, irritante. Odioso.

—Oh, bueno, nunca he sido *cool*, para ser honesta.

—¿De qué hablas? —pregunta resoplando—. ¿Tú? ¿La mujer que hizo que un guardabosques casi se orinara en los pantalones con hablarle fuerte?

—Yo… eso fue…

—¿La mujer que puede ver una rosa durmiente y saber con exactitud de qué tonalidad y color serán sus flores? —pregunta inclinándose aún más. Está tan cerca que su voz hace vibrar mi esternón como un relámpago—. ¿La mujer que puede tocar una semilla y saber dónde fue encontrada? ¿Incluso si fue en una mugrosa tienda de conveniencia en el Mango de Florida?

Inhalo aire por la boca o, más bien, ahogo un grito.

—Yo…

—¿La mujer que puede tallar metal, engastar gemas y todas esas cosas?

Tenn se inclina aún más, su rostro parece deleitarse con lo que sea que ve escrito en el mío, lo que sea que el mío revela.

—Mi camioneta no es nada *cool*. Nada como tu Boss —logro decir en un susurro. Él sonríe y arruga sus ojos oscuros de esa traviesa manera que hace que el estómago me dé vueltas y mi corazón se acelere.

Creo que sabe que deseo besarlo.

Creo que sabe que he querido besarlo desde que lo vi en la oficina de Nate hace tres semanas. Desde que tenía quince años. E incluso sabiendo todo eso, no retrocede, permanece inmóvil, suspendido en un universo fabricado únicamente con posibilidad.

Siento como si los relámpagos de afuera hubieran llegado hasta aquí, el aire entre nosotros se siente cargado como el instante previo a la inevitable caída.

No se ha movido, pienso. *Solo se acerca cada vez más.*

Como una planta que se inclina hacia mi mano diciéndome: "Sí".

Así que correspondo, me inclino hacia él. Y entonces, beso a Tennessee Reyes.

22

LO PRIMERO QUE NOTO ES LO SUAVES Y CÁLIDOS QUE SON sus labios. Lo segundo es el sonido de sorpresa que parece provenir de su garganta. Me alejo de un salto.

—Lo lamento —digo ahogando un grito—. Pensé…

—No, no, es decir, pensaste bien —dice con una voz ronca que me vuelve loca. Luego acuna mi rostro entre sus manos y, esta vez, es él quien presiona sus labios contra los míos.

Estoy demasiado consciente del calor de su cuerpo, de cómo la barba de algunos días me raspa una y otra vez mientras sus labios cerrados están sobre mi boca, en la línea de mi mandíbula, ahí donde el contacto tiene un efecto dominó como las ondas que aparecen en el lago tras caer la piedra, siento el placer aumentar tan rápido que no sé qué hacer conmigo. Toma mi labio inferior y lo toca con la punta de su lengua. Yo devuelvo el gesto, pero dejando que mis dientes envuelvan su labio en una sutil mordida.

De inmediato sus manos comienzan a deslizarse por mis hombros hasta llegar a mi cintura, me jala hacia su regazo y se reclina. Dos charolas de plantas chocan entre sí, pero a nosotros no nos importa. Me inclino hacia él y, en esta ocasión, cuando nos besamos, lo hacemos con la boca abierta. Nuestras lenguas se encuentran y gimo, él levanta las caderas de forma involuntaria, solo un poco, pero lo suficiente. Lo suficiente para que yo lo sienta, grande, erecto, contra una parte de mí que ya está húmeda. Lo suficiente para que yo retroceda porque estoy a *nada* de tener un orgasmo.

—¿Así es esto usualmente? —pregunto dando una gran bocanada.

Él se apoya en los antebrazos y yo escucho su densa respiración.

—¿Usualmen... Espera —dice parpadeando—. ¿Este fue tu primer beso?

—No —niego con la cabeza, no sé cómo explicarlo—. Es como... Nunca sentí tanta—excitación. Electricidad. Nunca estuve tan cerca de un orgasmo así de *rápido*—. Quiero decir, nunca sentí tanta intensidad. Esto no me resulta normal. No es común, ¿cierto?

Me mira y sonríe a medias, su mirada desciende lentamente hasta mi cuello, pasa por mis senos, llega hasta mi centro, permanece fija en el sitio donde él está erecto. Niega con la cabeza.

—No, no es normal —dice antes de enderezarse. Y seguimos besándonos.

Mis manos recorren su pecho, mi peso recae en sus pectorales mientras me contoneo sobre su cuerpo una, dos, tres veces. Él sujeta mi cintura con fuerza y gruñe de una manera que hace hervir mi vientre. Su mano empieza a ascender, se desliza sobre mi pecho, por encima de mi camiseta, sobre mi seno, yo interrumpo el beso y gimo. Cuando su pulgar pasa sobre mi pezón, juro que me estremezco y me contraigo en un sutil orgasmo, un preludio de lo que podría suceder si continúo haciendo esto con él. No me he quitado ni una sola prenda y acabo de venirme un poquito en, ¿cuánto? ¿En solo unos segundos tras haber besado a este hombre? Esto me asusta un poco, me repliego de golpe, me levanto de sus caderas, me muevo con torpeza hasta que logro poner mis piernas frente a mí como si fueran una especie de armadura.

—Mierda. ¿Te lastimé? —dice al tiempo que se apoya en los brazos para levantarse, mirándome.

Niego con la cabeza, no sé cómo articular con palabras lo que estoy sintiendo, así que solo digo una tontería.

—No tuve sexo sino hasta los veintiocho.

Él abre la boca como si fuera a decir algo, pero la cierra enseguida al ver que no hay una respuesta obvia.

—Ese es mi momento más vergonzoso. No tuve sexo hasta antes del año pasado, fue mi primera vez.

Se incorpora, se sienta y cruza lento las piernas frente a mí. Yo me fuerzo a no mirarlo por debajo de la cintura, pero incluso así alcanzo a ver… algo.

—Eso no es… —empieza a decir, pero calla, como si estuviera tratando de despertar de una ensoñación—. Eso no es vergonzoso, Sage.

—Pero lo fue. Fue el momento más embarazoso de toda mi vida.

—Oh —exclama mientras mira las lágrimas que empiezan a inundar mis ojos—. Pero no fue porque tuvieras veintiocho años. Algo más debió de haber sucedido, algo que te avergonzó.

—Algo, muchas cosas sucedieron —confieso asintiendo y sintiéndome miserable.

—¿Quieres hablar al respecto?

Cierro los ojos con fuerza, densas lágrimas empiezan a brotar de ellos, pero cuando los abro y miro alrededor, Sky no está en ningún lugar. No sé cómo lo hace o a dónde se va, pero supongo que sabe cuándo debe respetar mi privacidad.

—¿No estás enojado porque nos detuvimos?

—Escucha —dice tomando mis manos—: nunca me enojaría por algo así. ¿Comprendes?

—Comprendo —digo asintiendo. Él me mira a los ojos varios segundos.

—Creo que necesitas pay —dice.

—¿Ah, sí?

—Ajá. ¿Por qué no me sigues en tu camioneta? Tengo pay en casa.

—Oh, en tu casa —digo sintiendo que el corazón me salta un poco—. ¿Estás seguro de que no habrá problema si voy?

Tenn sonríe, es una sonrisa dulce y maliciosa al mismo tiempo, pero me hace sentir mejor de inmediato.

—Estoy seguro. Vamos, Sage. Ambos necesitamos pay.

—GUAU —EXCLAMO AL BAJAR DE MI CAMIONETA. ME ENcuentro frente a una casa alpina. La gran construcción en forma de "A" está hecha solo de piedra y el azul de la lechada que las une es un libro de cuentos. Pero no, no me pregunten lo que eso significa, solo sé que es la única manera en que puedo describir este tono de azul. En el techo color verde mohoso hay tragaluces empotrados, así como enormes ventanas por toda la casa. No tiene porche, pero ni siquiera lo necesita, los ventanales de piso a techo abren hacia un panorama de capas y más capas de bosque.

—Tu casa es hermosa.

—Gracias, pero no es mía —dice Tenn—. Mi mejor amigo me deja vivir aquí mientras corre sus aventuras arqueológicas en buques y en icebergs.

—Mejor amigo… —murmuro. Voy detrás de él mientras subimos por los escalones, también de piedra, que llevan a la dorada puerta tallada del frente—. ¿Te refieres a Abe Arellano?

—Ajá —contesta y me sonríe mientras abre la puerta—. ¿Cómo supiste que era él? ¿Lo conoces?

Una vez más, menciono algo de su vida que me dijo cuando era Silvergurl, pero esta vez tengo una excelente coartada.

—Vi muchas fotos de ustedes dos juntos en el anuario escolar.

—Ah, claro. Sí, Abe es como un hermano para mí.

El interior es tan acogedor como lo imaginé estando fuera, de las paredes verdes cuelgan tambores y máscaras. Sobre cada uno de los muebles hay como diez capas de cobijas y cojines decorativos de distintas texturas y patrones posibles, como coloridos patrones navajos con azul intenso, varios tonos de café y el púrpura de la phalsa. El suelo es como un mosaico de azulejos que me provoca frío en las plantas de los pies en cuanto lo piso tras haberme quitado los zapatos.

—Es como si un *board* de Pinterest hubiera estallado aquí —digo boquiabierta.

—Abe contrató a su hermana para que decorara la casa, así que no te impresiones demasiado. Respecto a él, quiero decir. Fue Iris quien hizo todo el trabajo.

—Considérame impresionada —digo—. Por el trabajo de Iris, claro.

Tenn me conduce a la cocina abierta, hay un rincón para desayunar empotrado en una ventana en saliente con vista a un estanque en la parte trasera, repleto de peces de un anaranjado resplandeciente.

—Guau, ¿Iris también hizo el estanque?

—Ajá. Es muy buena, ¿no? —dice mientras saca un contenedor del refrigerador y lo coloca sobre la barra de la cocina—. Espero que te guste el chocolate

—Lo amo —contesto y lo veo cortar varias rebanadas—. Entonces, ¿siempre tienes algo de pay en el refrigerador o…

—Ah, no. Eeeh, en la panadería hay una dama que…

—¡Oh! —exclamo—. Y… ¿sales con ella?

—¡No, no! No estoy saliendo con nadie —exclama y, cuando lo veo lamer el chocolate de su dedo pulgar, siento un revoloteo en el estómago. Se lava las manos y me trae una gran rebanada de pay—. A ella solo le agrada regalarme cosas.

—No me digas. ¿Y supongo que eso no tiene nada que ver con el hecho de que eres hermoso, alto y sexy?

Sus cejas descienden mientras me mira como escudriñándome, tiene las mejillas sonrojadas, estoy segura de que yo también.

—Tú eres hermosa, *bajita* y sexy —dice sonriendo.

—Y a pesar de eso, en mi refrigerador *no* hay pay gratuito —me quejo y veo que me mira de una forma que me aterra: porque me da la impresión de que le podría saltar encima en cualquier momento. Para mitigar mi impulso, sigo hablando—. En fin, respecto a mi momento más vergonzoso en la vida…

—Sí, dime.

—Se llamaba Gregory.

—Ya odio al tal Gregory.

—Sí —digo resoplando—. En fin, era mi jefe en Temple. Era el director del departamento —explico y me llevo un bocado de pay a la boca—. ¡Vaya! Esto está delicioso.

—¿Te gusta?

—Por supuesto. Dale gracias de mi parte a tu novia de la panadería.

—Ella no es mi… —comienza a explicar, pero luego solo ríe en cuanto ve mi sonrisa—. Continúa.

—Bien, pues yo pensé que la situación era… No lo sé. Romántica. Pero no porque él lo fuera o hubiese hecho algo romántico alguna vez. Era solo un profesor loco y distraído que siempre estaba explicando teorías complicadas y recomendando un montón de libros rarísimos de los que nadie había oído hablar en su vida.

—¿El tipo de profesor que, además, se reía *de ti* cuando confesabas nunca haber oído hablar de esos libros? Sí, sé de qué tipo hablas.

—Se reía *de mí*, ¿cierto? No me di cuenta de eso sino hasta demasiado tarde. En cualquier caso, me parecía adorable —confieso encogiéndome de hombros—. Y, además, yo siempre había tenido esa fantasía, ¿sabes? De mi primera vez. Que habría velas y una especie de música mística y, de acuerdo, tal vez no que él me volvería loca, pero…

—Pero debería haberlo hecho. Solo digo. O sea, no tenías por qué *no* esperar que te volviera loca.

—Bueno, estaba tratando de ser realista —digo antes de dejar mi tenedor sobre el plato y colocar las manos en las rodillas—. Y, algo más: para mí era necesario sentir que él era el correcto. El hombre indicado. Por eso permanecí virgen tanto tiempo. Porque, entre los hombres con quienes salí que, bueno, finalmente no fueron tantos, no hubo ni uno que yo sintiera que era *el correcto*.

—¿Y con ese tipo, Gregory, sentiste eso?

—Viéndolo en restrospectiva, no—digo negando con la cabeza—. Yo misma me convencí de que era el indicado porque, para ser franca, creo que me cansé de esperar. En todo caso, él estaba al tanto de mi falta de experiencia. Sabía lo que yo quería para mi primera vez, y me dijo que había planeado todo para complacerme.

Miro a Tenn, terminó de comer su pay, escucha con paciencia, me observa.

—Y… bueno, me llevó a su departamento, luego a su habitación y yo seguía pensando: *Bien, ahora va a hacer lo que quiero, va a poner algo de música. Va a sacar las velas…* Pero no, no hizo nada de eso, continuó desvistiéndome y besándome y, cuando por fin iba a suceder, pregunté: "¿Y qué hay de las velas?". Es decir, eso era todo lo que se me ocurrió decir para lidiar con… el hecho de que él no era adecuado. Se veía confundido, pero no sé por qué, o sea, habíamos tenido una *larga* conversación al respecto y…

—Pero no te escuchó.

—Exacto. Y eso fue algo de él que descubrí demasiado tarde. Greg *nunca* escuchaba —digo con un suspiro—. En todo caso, de pronto dio un salto, buscó por ahí y encontró una vela sucia. Olía a perfume de anciana: intenso, floral, de los que te irritan los ojos. Y luego simplemente me cogió —digo al tiempo que junto mis manos y muevo los dedos nerviosa—. Me sentí horrible.

—O sea que él no —hace una pausa—. ¿No te preparó? Es decir, ¿con sus dedos o de otra manera?

—No… no lo hizo —digo negando con la cabeza—. Yo estaba demasiado nerviosa, estaba temblando. No estaba preparada en absoluto, como dijiste. Cuando comenzó, cuando me di cuenta de que las cosas no iban a mejorar para nada, me quedé mirando la vela consumirse, todo el tiempo —confieso y miro por la ventana. Veo que empezó a llover de nuevo, las hojas y las ramas del pino y el sauco bailan bajo las gotas—. Me parece tan extraño que ese sea el recuerdo más vivido de mi primera vez. No dejaba de pensar, ¿De dónde sacó esa vela sucia? ¿Se la regaló su madre hace como mil navidades? ¿La encontró en el fondo de un tiradero? Y de pronto, todo terminó —digo encogiéndome de hombros—. Rodó para bajarse de mí, se dio una ducha y ordenó pizza.

—¿No te abrazó?

—No, no hubo nada de eso —niego con la cabeza—. De todas formas, yo no estaba de humor —tomo el tenedor, lo arrastro por el plato y junto en un pequeño montículo las migajas de corteza de pay que quedan—. En fin, luego volvió a hacerlo. Me penetró, empujó, empujó y empujó y yo solo me quedé como *Okey*. Supuse que no podría ser peor, pero lo fue.

—¿Te lastimó? —me pregunta con la mandíbula tensa.

—No, no fue así. Él… bueno, cuando estaba en mí, empecé a sentir náuseas. Me volví a sentir muy mal otra vez y le pedí que se detuviera. Sus palabras exactas fueron: "Espera, ya casi acabo", entonces grité, le dije: "¡Detente!" —explico y miro a Tenn que, salvo por los músculos de su mandíbula, está paralizado—. Y enfureció. Empezó a hablarme de una forma muy *condescendiente*. Dijo que actuaba como si me estuviera violando, que estaba imaginando cosas, que estaba loca. Finalmente le dije que no era así, que creía que no me gustaba mucho el sexo —digo y, para poder continuar, tengo que bajar la vista—. "Algunas mujeres simplemente no son buenas en la cama", me dijo.

Esa fue la parte más vergonzosa. Que, de alguna manera, hiciera parecer que era mi culpa. La vergüenza me afectó de una forma tan profunda que recuerdo que las mejillas me ardieron durante horas después de lo sucedido.

—Ese tipo es una verdadera mierda —la forma en que Tenn gruñe me asusta—. Lo lamento, Sage, pero no se me ocurren palabras lo bastante fuertes para referirme a ese individuo.

—Gracias, aprecio que tengas ese sentimiento —le digo sonriendo, pero él continúa tenso, tiene las manos en puño, los hombros paralizados, los ojos vidriosos y afilados como dagas—. En fin, me despidió al terminar el semestre, dijo que se debía a recortes presupuestarios, pero estoy segura de que la razón no oficial fue que yo era mala en la cama —digo y trago saliva—. Lo peor no fue lo terrible que fue el sexo ni que me culpara de ello, sino tener que dejar mi trabajo. Enseñar platería era un sueño hecho realidad para mí, ¿sabes?

Tenn suspira, se pasa la mano por la incipiente barba que le ha crecido ese día, la "apetitosa barbita que parece empezar a brotar", como la describió Laurel.

—Saber lo que te hizo me está matando, maldita sea —dice y me mira a los ojos—. ¿Sabes que ese tipo se estaba proyectando, verdad? Porque solo un imbécil que es una verdadera mierda revuelta en la cama es capaz de culpar a una mujer.

—Pues, no tengo tanta experiencia, así que... —digo y vuelvo a bajar la vista, miro mis manos.

—No, Sage, no —dice al tiempo que hace su silla a un lado. Coloca su mano debajo de mi barbilla y levanta mi rostro con suavidad. Cuando habla, lo único que alcanzo a ver son las minúsculas manchas doradas de sus ojos—. ¿Recuerdas que me preguntaste si esa intensidad, lo que sentimos en la camioneta, era normal?

Asiento.

—No lo es. Debes saberlo: no lo es. Cuando te besé, sentí que el espíritu se me salía del cuerpo, quiero que lo sepas. Fue tan increíble que sentí como si me hubiera muerto al besarte. Sé que no hemos pasado una noche juntos, pero ni siquiera necesito eso para saber que es imposible que seas incompetente en ese sentido.

Me enjuga dos lágrimas y yo solo puedo tragar saliva.

—Pero tal vez les dices eso a todas las mujeres con las que flirteas.

—Pasó mucho tiempo antes de que sintiera el deseo de flirtear con una mujer, Encantadora de plantas. En muchos años solo ha habido una —dice en un murmullo y tan cerca de mí que siento su aliento en la mejilla.

—Solo para aclarar: te refieres a mí, ¿cierto?

—Claro que me refiero a ti —dice riendo—. Sí, Sage, eres la única en mucho tiempo.

Sé que dije que no volvería a caer en la trampa de la dulzura de Tenn, pero ahora que miro en lo profundo de sus ojos, solo puedo ver sinceridad. Y la cuestión es que… ya no somos adolescentes. Quizás su interés en mí ahora sí significa algo. Al menos, eso es lo que empiezo a sentir.

—¿Vas a volver a besarme? —pregunto.

—¿Quieres que lo haga?

—Sí.

Coloca sus labios sobre los míos, son tan suaves como las hojas de los cosmos carmesí. Entonces se separa un poco.

—Pero solo nos besaremos, ¿de acuerdo?

Comprendo de inmediato, Tenn quiere que sepa que no tiene expectativas, que con él puedo sentirme segura.

—De acuerdo —digo. Me toma de la mano y me lleva al sofá, donde pasamos los siguientes veinte minutos besándonos como adolescentes mientras la lluvia comienza a aplacarse afuera, y de pronto solo quedan las gotas que caen de los árboles como tinta y escriben historias en todo el paisaje.

—CUANDO HABLAMOS HACE RATO, ME PREGUNTASTE POR mi papá —dice sosteniendo mi mano cuando caminamos a mi camioneta.

—Ah, ¿sí?

—De hecho, voy a reunirme con él el sábado por la noche.

—Oh, ¿en serio? Iba a preguntarte si querías venir a la fiesta de Nadia, pero…

—Desearía poder ir —dice sonriendo, pero con mi papá es imposible posponer o cancelar compromisos.

Me recargo en mi camioneta sin casi notar el agua que traspasa la parte trasera de mi camiseta.

—¿Dónde van a cenar?

—Mi papá no ofrece cenas —dice riendo—, programa *reuniones*. Con él todo es… —suspira y desliza su dedo sobre mis nudillos—. Me preguntaste por él y la forma más simple de explicar las cosas es esta: con él, todo es una transacción. Todo. Incluso el amor de su hijo —dice con una sonrisa triste—. Me reuniré con él por primera vez después de muchos años porque tiene en su posesión algo que deseo en verdad muchísimo.

Quisiera preguntarle de qué se trata, pero no estoy segura de merecer esa confianza aún, no sé si hemos llegado a ese punto.

—¿Y crees que te lo dé?

—No lo sé. Ya veremos.

—Espero que lo haga —digo estrujando su mano.

Tenn contempla mi rostro, su mirada viaja de mis ojos a mi nariz, a la boca y de vuelta de nuevo.

—Yo también lo espero.

23

—GUAU, ¡LAUREL SE LANZÓ DE LLENO COMO DE costumbre! —dice Sky con los brazos cruzados mientras inspecciona las bolsas que tapizan la mesa del comedor. En el interior hay banderines, serpentinas, platos de cartón extra elegantes y cubiertos de plástico. Miramos por la ventana y la vemos apresurándose a entrar de nuevo a la casa con los brazos llenos de globos.

—Yo solo le pedí que trajera un pastel —le explico—. Eso fue todo.

—Parece que está tratando de distraerse y no pensar en el infiel de *Jorge-Jorge, el que solo coge* —contestó Sky con un afortunado juego de palabras y yo no añado nada porque… bueno, tiene toda la razón.

Laurel entra a la casa jadeando y me entrega los globos.

—De acuerdo, solo falta que vaya por una cosa más al automóvil: el pastel.

—¿Estás segura de que no necesitas ayuda?

—Segura, ¡puedo sola! ¡Mejor comienza a preparar esas enchiladas, mujer! ¡Ya casi es hora!

Todavía tenemos dos horas, pero le hago caso y empiezo a picar las cebollas. De pronto Teal aparece bajando por las escaleras y tallándose los ojos.

—¿Qué demonios es todo esto?

Miro a Sky y la veo contemplando con nostalgia una fotografía de nosotras tres cuando éramos muy, muy pequeñas. Está enmarcada en latón martillado y cuelga de la pared, junto a una mesa. Yo tenía siete años, Teal cinco y Sky dos. Tengo a Sky en los brazos y sonreímos diciendo *¡cheese!* Es horrible, nuestras sonrisas son más grandes que nuestro rostro. Sky no recordaba a mamá en absoluto, solo nos conocía a Nadia, a Teal y a mí, y a veces me pregunto si nos conocía del todo.

Miro a Teal.

—Es el cumpleaños de Nadia, ¿recuerdas? Te envié un mensaje de texto y dijiste que estarías aquí.

—Oh, cierto. Mierda, lo olvidé.

Al escucharla cierro los ojos y respiro profundo. A lo largo de nuestra vida, no le he pedido prácticamente *nada* a esta mujer y, aun así…

—Le pediré a Dawson que cubra mi turno.

Parpadeo.

—¿En serio? —pregunto boquiabierta, casi conmocionada.

—Sí —dice y ya escucho el enojo en su voz.

Laurel entra en ese momento.

—Oh, ¡hola, Teal! —exclama. Teal la saluda y vuelve a subir a su cuarto pisando fuerte sobre las escaleras. Laurel lleva el pastel a la barra—. Pastel matinal de canela cubierto de churros —dice y voltea a verme—. ¿Qué sigue? ¿Necesitas que cocine los frijoles? ¿La carne? ¿O que pique el cilantro? —pregunta agitadísima.

—¿Por qué no tomas un descanso y bebes una taza de café? Ya has hecho suficiente.

—No, para nada es suficiente. ¡No has ni comenzado con las enchiladas! —exclama al tiempo que toma el cuchillo de mi mano y empieza a rebanar cebollas moradas como si fuera concursante de *Chopped:* Eliminado.

A Laurel le fascina organizar, planear y preparar, siempre ha sido así. Por eso creo que hará maravillas cuando convierta el faro abandonado en una dulce y acogedora posada. El único problema es que, cuando está estresada, sube el nivel de intensidad más allá del diez, y entonces lo mejor que puedes hacer es quitarte del camino antes de terminar tapizada en *Post-its* con frases de autoayuda garabateadas y sosteniendo un planificador en el que ella ya detalló tus actividades para todo el año.

—Lau… —digo en voz baja colocando mi mano sobre su antebrazo—. Estás volviendo a hacerlo.

—¿Volviendo a hacer qué? —pregunta y voltea a verme—. ¡Oh! ¿Me he vuelto a convertir en Martha Stewart ahogándose en una calamidad de tazas de cafeína?

Asiento y ella suspira.

—De acuerdo, beberé una taza de café. O… ¿tal vez mejor de té? —dice al ver la taza de té de manzanilla que le entrego con un guiño.

En cuanto tengo la salsa hirviendo y las tortillas enrolladas y rellenas de queso, me siento a su lado.

—¿Estás lista para hablar de lo sucedido? —le he enviado cientos de mensajes de texto desde aquel día que espiamos a Jorge y a Cynthia Peterson, pero ella siempre cambia de tema.

—Todas las noches me enderezo y entro caminando a su oficina —dice y deja su taza de té sobre la mesa—. Tengo mi discurso listo. Sé lo que le diré sobre ella y sobre él. Sé que le diré que ya le hice una maleta y ni siquiera se ha dado cuenta —la voz se le quiebra, respira hondo—, pero en cuanto entro me quedo paralizada. Si acaso me mira, dice: "Hola, nena, ¿podrías traerme un trago?" —explica encogiéndose de hombros—. Eso es lo más lejos que he llegado al tratar de confrontarlo: yendo por una maldita cerveza para él.

—¿Confrontar a quién? —pregunta Teal cuando aparece de nuevo con un vestido rosa intenso que deja ver sus hombros y un lindo chongo desprolijo.

Laurel y yo nos miramos. No sé qué leer en su rostro. ¿Es pánico? ¿Confusión?

—Oh... —exclamo—. Laurel tiene dificultades con... el faro... y...

Está bien, Sage, puedes contarle —dice Laurel.

—¿Contarme qué?

Vuelvo a mirar a Laurel y la veo asentir.

—Jorge se está acostando con su asistente.

—¿Que está *qué*? —la furiosa voz de Teal es tan intensa que casi hace eco—. ¿Te está engañando *otra vez*? ¿Después de toda la mierda que te obligó a soportar cuando eran novios?

—Admito que no he confirmado que se esté acostando con ella —dice Laurel—, pero trató de morderle el cuello en un estacionamiento público a mediodía, así que creo que no me arriesgo mucho si lo doy por hecho.

Teal nos mira por un instante y asiente lento, como si hubiera tomado una decisión.

—Necesitas algo mucho más fuerte que un té de manzanilla —afirma, gira y abre de golpe la puerta del congelador. Busca y busca hasta que saca una botella helada con una etiqueta donde se ve escrito *MOONSHINE* con un marcador Sharpie.

Laurel tira el té de manzanilla en el fregadero y le extiende su taza a Teal.

—Llena, por favor.

Teal saca dos tazas más.

—¿Tú también quieres, Sage?

—¿Yo? —pregunto paralizada.

—No, la *otra* Sage —me dice fulminándome con la mirada y con la mano apoyada en la cadera, y, aunque todavía me da la impresión de que me odia, por primera vez siento un matiz. Percibo que Teal sufre. Que odiarme lo suficiente *a mí* le permite seguir sin sentir ese dolor de una forma tan aguda, como si se ahogara en él. Que, quizás, ese odio no es algo en sí mismo, solo está vinculado de manera inexorable con algo más que ella no se atreve a ver. Como si creyera que el mero hecho de mirarlo la mataría.

—Acepta —me ordena Sky desde atrás de Teal. El cabello le llega a la cintura, su rostro no parece en absoluto el de una chica de dieciséis años. *Los fantasmas no crecen, no envejecen*—. Acepta la bebida, Sage —repite asintiendo—. Eso ayudará.

Miro a Teal.

—Seguro, sírveme un trago.

PARA CUANDO NADIA LLEGA A CASA, TODAS ESTAMOS cómodas y calentitas.

—¡Sorpresa! —gritamos, pero fracasamos en grande en hacerlo al unísono. Solo se escuchan nuestras risas mezcladas. Nadia parece deleitarse al vernos porque ve que Teal y yo estamos en la cocina al mismo tiempo, pero *sin* amenazarnos con cuchillos carniceros. Ella también bebe Moonshine y, de hecho, acaba con lo que quedaba en la botella. Comemos enchiladas recién salidas del horno y yo anoto un punto para el equipo "¡Hermanas volviéndose a llevar bien!" en cuanto Teal exclama: "Guau, no había comido enchiladas en mucho tiempo", y lo dice con una *sonrisa genuina*. Luego, tras media hora de beber, Laurel trata de enseñarnos a bailar la danza del vientre.

—¡Ay, Jesús! ¡No! —chilla Laurel—. ¡Dije que nada de empujar el vientre de esa forma lasciva, Nadia!

—Pero entonces, ¿cómo se supone que voy a "sacar" y "meter" sin…

—¡Alto! ¡Esto tiene que acabar! —grita Teal cubriéndose los ojos con las manos—. ¡Basta!

—¿Por qué? ¿Acaso es tan difícil? —digo mientras hago girar las caderas sin parar.

Laurel evalúa mis movimientos.

—Sage, solo estás moviendo el pecho en cuadrado.

—¿Cómo? —digo y miro hacia abajo—. Oh, ¿dónde volvieron a quedar mis caderas? —digo y presiono las manos sobre ellas—. Ah, aquí están. De acuerdo.

—Lo que necesitamos ahora es *agua*. Agua y pastel. De otra manera, mañana tendremos una resaca épica —dice Teal mientras saca botellas de agua del refrigerador y nos indica que volvamos a la mesa de la cocina. Sky está en la sala, afuera, mirando hacia dentro. Tiene las manos detrás de ella, principalmente veo su silueta, su rostro es indescifrable. Arqueo las cejas y ella solo sacude la cabeza.

—¿Qué tal si le preparan algo de café a esta *old lady*? ¿A la "vieja del cumpleaños", eh? —exclama Nadia en español y Laurel toma la cafetera para preparar el café.

—Sage, entonces —dice Laurel—. ¿Cómo van las cosas con el tal Tennessee Reyes?

—¿Quién es ese?

—Mi compañero. Mi compañero del *trabajo*.

Me quedo mirando mi rebanada de pastel con tanta intensidad que Laurel adivina.

—Sucedió algo, ¡¿verdad?! —dice gritando.

—¿Cómo? —frunzo el ceño y le resto importancia a su pregunta moviendo el brazo con flojera—. ¿Entre yo y Tenn? *No*, por supuesto que no.

—Ay, por Dios, eres pésima mintiendo —gruñe Teal.

—¡Suelta la sopa! Dios bien sabe que no te dejaré en paz hasta que lo hagas —dice Laurel al tiempo que coloca en la mesa cuatro tazas de café endulzadas y con crema dependiendo de la preferencia de cada una. Se sienta y con un gesto me indica que empiece a hablar—. ¿Es bueno?

—¿Bueno para qué? —digo y bebo un sorbo de café.

—Para cogerte —dice Teal poniendo los ojos en blanco.

—Cuida esa manera de hablar —exclama Nadia fingiendo que frunce el ceño.

—De acuerdo —recapitula Teal—. Laurel se refería a si es bueno para *fornicar.*

—Ay, Dios santo —digo cubriéndome los ojos—. Solo nos besamos.

—¡Lo sabía! —dice Laurel levantando el puño —. ¡Te lo dije!

—Solo nos besamos —repito—. Nada de coger ni forni… lo que acabas de decir —explico. Teal resopla y, por un segundo nos sonreímos.

Sky está recargada en la abertura de la cocina. La miro. Pensé que estaría feliz porque es obvio que me estoy acercando a nuestro objetivo común, ¿no? Pero cuando la veo, parece devastada, está incluso acurrucada en ella misma, como si estuviera a punto de llorar. La miro inquisitiva, pero entonces…

—¿Qué demonios estás mirando? —pregunta Teal.

—¿Cómo? No, nada —contesto negando con la cabeza y digo lo primero que me pasa por la mente—. Tenn quiere que le ayude a encontrar a una chica con la que solía conversar en la preparatoria en el servicio de mensajería de AOL: AIM.

Laurel inclina la cabeza y me mira entrecerrando los ojos. Mierda, estoy tan ebria que olvidé que ella sabe *perfectamente* con quién solía conversar Tenn en AIM en la preparatoria.

—Pues tú misma estabas todo el tiempo en el chat de AOL, Sage —dice Nadia, mi mentira me inunda de una manera tan intensa que suelto el tenedor como si me quemara y, al retraer la mano, vuelco la taza de café.

—Mierda —digo y corro por servilletas de un salto. Pero antes de que logre atravesar la cocina, Sky entra y se para frente a mí, se estira entre Laurel y Teal y empieza a dibujar sobre la mesa con el dedo usando el café que derramé.

—¿Por qué se mueve el café de esa forma? —pregunta Laurel asombrada. Ellas no pueden ver a Sky, desde su perspectiva, el café se mueve solo como una tinta con vida propia.

Sky está escribiendo algo. *E… X… T…*

—¿Qué es esto? ¿Una broma? —pregunta Teal fulminándome con la mirada—. ¿Es este *tu regalo*, Sage?

—¿Desde cuándo puedo yo hacer *eso*? —pregunto—. ¿Ves algún árbol escribiendo con el café?

Y mientras tanto, Sky sigue trazando letras. *EXTRA…*

—Es ella, ¿no es cierto? —pregunta Nadia en voz baja, mirándome. ¿Por qué *todas* me miran?

—No sé a lo que te refieres —digo en un tono tan inseguro, que la mentira no puede ser más evidente. Quisiera preguntarle a Sky qué diablos cree que está haciendo en nombre de este planeta verde de Dios. ¿Acaso no se da cuenta de que está arruinando *todo*? Pero entonces termina de escribir con una floritura.

EXTRAÑO ESTO.

Y después, en letra manuscrita, firma:

Sky

—¿Qué carajos? —grita Teal levantándose tan rápido que casi tira la silla—. Esto no está *nada* bien, Sage.

—¡Yo no lo hice! —grito—. ¿Por qué siempre me culpas de cosas que yo no hago?

—¡Porque todo *siempre* lleva de vuelta a ti! Sin importar si hablamos de Sky, de que nos abandonaste *una semana* después de su funeral, o de la estupidez que hiciste con Johnny, o…

—Chicas —dice Nadia con fuerza—. Siéntense.

Me siento. Teal se sienta. Pero no dejamos de matarnos con la mirada.

—Sage, ¿cuánto tiempo lleva Sky persiguiéndote? —pregunta Nadia.

Miro hacia abajo y cierro los ojos. El silencio es tan visceral que me oprime como un tornillo gigante.

—Desde que murió —digo. Es un recuerdo tan vívido en mi mente, que cae sobre mí como lluvia. Recuerdo que, semanas después del funeral, cuando por fin… cuando *finalmente* pude llorar, fue en el sofá rojo de Nadia, ahí mismo, en la sala. Recuerdo que fue por la noche, a finales del verano, que la luz entraba por la ventana en capas de verde dorado. Y cuando levanté la vista vi a mi hermana muerta mirándome confundida. *Creo que nos conectamos de alguna manera*, me dijo antes de desvanecerse esa primera vez.

En cuanto confieso, se produce una conmoción. Teal, por supuesto, es la primera en estallar.

—¿Y no se te ocurrió decirnos? ¿No te pareció que era información importante? ¿No imaginaste que tal vez nos gustaría *saber…*

—Teal —dice Nadia con sutileza.

—Como sea —grita Teal y camina atropelladamente hacia el porche. En el camino toma su bolso y sus llaves.

Sale y cierra la puerta de un golpe.

—¿Está con nosotras ahora? —pregunta Nadia.

Miro a la derecha y veo a Sky trepada en la barra, sentada sobre hojas de papel que crujen bajo su peso. *Los fantasmas no pueden afectar el mundo físico.* Se inclina hacia adelante y coloca la barbilla sobre sus manos, el cabello casi le llega a las rodillas. *Los fantasmas no crecen, no envejecen.*

—Solo viene cuando lloro —le digo a Nadia—. Y a veces me trae café. Café con sabor a chocolate y frambuesas —. Esa era la combinación que Nadia y yo recreamos justo en esta cocina para evitar pagar los exorbitantes precios de Starbucks. Dos porciones de jarabe de chocolate, una de frambuesa y montones, montones de crema. Sky siempre era nuestra pequeña ayudante en la cocina en aquella época, cuando Nadia todavía horneaba flanes todo el tiempo.

—No puedo decir que no me hayas decepcionado —dice Nadia suspirando—. Teal tiene razón, debiste habernos dicho en cuanto comenzó a suceder.

Cierro los ojos y respiro profundo, los abro.

—Nadia, hay algo que he necesitado decirte desde hace mucho tiempo.

Laurel coloca su mano sobre la mía.

—Voy a hacer un par de llamadas desde mi automóvil —dice—. Sé que Laurel comprende lo que voy a expresar al fin, que son cosas que solo necesita escuchar Nadia. Todas las letras, las oraciones están bajo mis pies como paja de pino, como escarabajos, como serpientes. Se deslizan, van subiendo por mis piernas, pasan por mi vientre, mis pulmones y mi garganta, llegan a la punta de mi lengua y entonces asiento. Y entonces empiezo a hablar, incluso antes de que Laurel llegue a la puerta.

—Nadia, he estado sola toda mi vida, y ahora voy a esforzarme lo más posible por explicar lo que quiero decir con eso —respiro profundo—. Desde los siete años tuve que preparar la comida para las niñas, pasé dos de ellos parada en un banquito de madera porque ni siquiera alcanzaba los quemadores de la estufa. Cuando se enfermaban, era yo quien medía las dosis de sus medicinas en los pequeños vasos de plástico, y estaba tan inmersa en cuidarlas *a ellas*, que ni siquiera notaba cuando *yo* me enfermaba.

El dolor se manifiesta de inmediato en su rostro.

—Yo las recibí, mija, y sabes que trabajé mucho para proveerles todo lo que...

—¡Lo sé, Nadia! Por Dios, no estoy diciendo que no me sienta agradecida. Lo que digo es que no tuve niñez, ni siquiera me permitiste llorar cuando mamá se fue, dijiste que Teal era más pequeña y necesitaba que *yo* la abrazara cuando *ella* lloraba.

—No recuerdo haber dicho eso —dice Nadia parpadeando.

—Qué conveniente —porque siempre es así, ¿no? Para la persona que te hizo daño es muy fácil olvidar mientras tú eres quien se queda con el trauma para toda la vida.

Nadia mira alrededor con los ojos un poco vidriosos, lo que me hace pensar que tal vez estoy atravesando la coraza, pero por supuesto...

—Ya es tarde, Sage, este no es el momento para... —empieza a decir.

—La razón por la que no le conté a nadie lo que sucedía con Sky fue porque, para ese momento, yo ya había aprendido, por repetidas experiencias, que no me ayudarías, que solo saldrías corriendo a la iglesia y me regañarías por incomodar a Teal, pero que *a mí*, ¡a mí no me ayudarías! Y *yo* necesitaba tu ayuda

—digo rompiendo en llanto—. Porque era una niña y necesitaba ayuda.

Me mira por un momento.

—Esta no es la forma en que quería que acabara mi cumpleaños.

Frunzo el ceño. Vaya, el juego de la culpabilidad, qué buena jugada.

—Oh, ¿y acaso crees que planeé esto? ¿Piensas que planeé que Sky regresara de la tumba para escribir mensajes con café e incomodarnos a todas? —digo y le lanzo una mirada fulminante al fantasma—. Excelente idea, por cierto, Sky. Seguro ahora sí vas por el *camino seguro* a tu vida en el más allá.

Nadia se pone de pie, se mueve lento, mira hacia donde está Sky, ve, pero no la percibe.

—Las recibí a las tres —repite al aire—. Sin dudarlo por un instante.

—¿Eso fue lo que te dijiste a ti misma cuando yo estaba en el hospital con la neumonía que me dio por cuidar a las niñas en lugar de reposar cuando a las tres nos dio gripe? —le pregunto—. ¿Eso fue lo que te dijiste cuando tuve que enseñarle a Sky a ir al baño sola cuando era muy pequeña? ¿Eso fue lo que te dijiste cuando me saltaba comidas porque estaba demasiado ocupada preparando las de ellas? —continúo y me pongo de pie—. ¿Eso fue lo que te dijiste cuando hiciste que me quedara en casa para limpiar la habitación de Teal el día que ellas se fueron de excursión a los acantilados?

Su única respuesta consiste en levantarse, caminar hasta su habitación, entrar y cerrar la puerta con suavidad. Y yo me quedo admirando el impresionante control que tiene.

EN CUANTO ME VE CAMINANDO HACIA SU AUTOMÓVIL, Laurel abre los seguros de las puertas.

—¿Cómo te fue?

—Pues… —digo con un suspiro—. Por fin le dije a Nadia Flores que me descuidó la mayor parte de mi niñez.

Laurel asiente. No hay mucho que explicar, lo sabe todo. De hecho, ella fue quien me hizo notar el abandono cuando éramos niñas. Incluso creo que su mamá lo supo antes que nosotras porque, a lo largo de todos los años de preparatoria, envió a la escuela con Laurel más alimento para que yo también pudiera almorzar. Porque, siempre que podía, enviaba a casa guisados y pollo rostizado para que yo no tuviera que cocinar otra caja de macarrones y queso para nosotras tres mientras Nadia daba clases e impartía tres cursos de estudios bíblicos en una sola tarde.

—Estoy orgullosa de ti, chica. ¿Cómo lo tomó?

—Pues… no le agradó. Eso resume todo.

—Lo siento, cariño.

—No hay problema, era algo que necesitaba decirse —digo con un suspiro mientras miro por la ventana—. Aunque, claro, habría sido más agradable si las diabluras no hubieran comenzado sino hasta terminado su cumpleaños —digo. Laurel se queda un momento en silencio.

—No me contaste sobre Sky —me increpa, y yo solo suspiro y asiento. Por alguna razón, no pude hablarle a nadie sobre Sky. Ni siquiera a Lau.

—Tenía… tenía miedo de que si se lo decía a alguien, pensaran que yo fui culpable de su… ya sabes —parpadeo y una lágrima escapa de mis ojos—: de lo que Teal siempre me acusa —confieso con otro suspiro.

—Pero no fue tu culpa, Sage. Solo díselo la próxima vez que la veas, ¿de acuerdo? Creo que le vendría bien el recordatorio.

Esta vez, ambas nos quedamos calladas.

—Ahora dime, ¿por qué le estás mintiendo a Tennessee Reyes?

—Ay, Dios mío —exclamo y me reclino en el asiento del automóvil. Vaya, qué cambio de tema tan abrupto—. ¡Porque sí! Me pidió que le ayudara a buscar a esa persona y, si le decía: *Ah, sí claro, era yo*, tendríamos que hablar… tendríamos que hablar de cosas muy serias.

—¿De la forma en que te lastimó su último año en la preparatoria, por ejemplo?

—Sí, de eso —digo gruñendo—. Y yo solo quiero avanzar en la vida, Lau. Estoy cansada de espetar cosas que son ciertas e incómodas, y de que todos se enojen por ello. De Johnny Miller a… —digo agitando la mano y señalando la casa de Nadia—. A esto. necesito una pausa, un descanso. Quiero besar. Quiero, quizás en algún momento, incluso tener un orgasmo.

—Vaya, ¿qué no es eso lo que todas queremos? —dice Laurel riéndose, y yo empiezo a reírme también y siento su mano en mi hombro—. Sage, solo prométeme que si tú y Tenn empiezan a enamorarse, es decir, enamorarse en verdad, prométeme que le dirás la verdad —dice y mira en otra dirección—. Porque, no querrás iniciar una relación con base en una mentira, ¿sabes?

—Sé que tienes razón, te lo prometo —digo y tomo su mano y la estrecho—: si me enamoro de Tenn Reyes —otra vez—, le diré la verdad —mi corazón se encoge de una forma muy incómoda, como si supiera que en ese instante estoy diciendo toda una sarta de mentiras, pero como no puedo pensar en ello ahora, solo volteo a ver a Laurel y digo—. Ven, vamos a preparar rebanadas de pastel para que lleves a casa.

24

24 DE AGOSTO, 2001
HACE CATORCE AÑOS

silvergurl0917: omg. ¡¿¡¡volviste!?!!

RainOnATennRoof: Hola, mi Silvergurl. Ajá, llegué ayer apenas.

silvergurl0917: ¡¿¡¿¿cómo te fue??!?!

RainOnATennRoof: Bien. Hacía calor. Lo mejor fue la comida que preparó mi tía y lo mucho que bailamos. Bailé como imbécil y todas las abuelas de la calle TUVIERON que bailar conmigo.

silvergurl0917: omg, suena adorable.

RainOnATennRoof: Espera a que te fuercen a bailar merengue con la vecina de noventa años de tu familia, y entonces me dirás qué tan adorable te parece.

silvergurl0917: omg, no puedo dejar de reír.

RainOnATennRoof: :)

RainOnATennRoof: Te extrañé, Silvergurl.

silvergurl0917: ;)

silvergurl0917: yo también te extrañé, Tenn Reyes <3

EN EL PRESENTE

"Prométeme que si tú y Tenn empiezan a enamorarse en verdad, le dirás la verdad".

Estoy cubriendo las enchiladas con papel aluminio y me siento un poco molesta con Laurel. Porque, comprendo, como su matrimonio se cimentó en una enorme mentira llamada: "Jorge *sí puede* mantener su bragueta cerrada", ahora se siente lastimada y lo proyecta. Pero esto es... muy distinto. Tenn y yo ni siquiera somos pareja, únicamente nos estuvimos besuqueando dos veces, ni más ni menos, y tocó mi pezón *por encima* de la ropa. Nada de eso garantiza una relación amorosa.

Cuando el lavavajillas deja de retumbar, me vuelvo a sentar en la mesa con mi teléfono celular en la mano. Le dije a Tenn que le enviaría un mensaje con nombres de excompañeras de la preparatoria que podrían ser su chica de AIM. No le estoy mintiendo, no exactamente, ¿o sí? Porque cualquiera de ellas podría ser su Silvergurl. No lo son, pero *podrían* serlo.

Entonces pienso en la promesa que le hice a Laurel y gruño. Pero de todas formas, empiezo a escribir el mensaje.

Hola. Hay algo que debo decirte respecto a tu amiga en AIM.

De repente viene un recuerdo y dejo de ver mi teléfono. Tengo diecisiete, llevo un vestido nuevo azul cerúleo, el más lindo que pude encontrar en el centro comercial. "Viste de azul para que sepa que eres tú". Voy subiendo por la alfombra beige que cubre las escaleras en la casa de un desconocido, las paredes vibran por el sonido de un bajo eléctrico, estoy muy asustada, siento que el corazón se me sale. *Te estaré esperando, Silvergurl.*

Pero no estaba esperando, al menos, no a mí.

Borro toda la oración y escribo una lista: Joan Watson, Farah Zapata y Tabitha Williams. Bum. Enviado.

Espero que esto te ayude, añado.

Después de eso paso un paño con agua jabonosa sobre el fantasmal garabato que hizo Sky con el café: *EXTRAÑO ESTO. Sky.* Borro todo y queda el blanco inmaculado del mantel de plástico.

ME LAVO LA CARA Y VEO DESLIZARSE POR EL LAVABO LAS manchas brillantes color violeta y magenta que deja la sombra difuminada con que cubrí mis párpados y el lápiz labial. Levanto la cabeza y grito.

Sky está detrás de mí, parada como el clásico villano de película de terror.

—¡Jesucristo! —balbuceo—. ¿Estás *tratando* de provocarme un ataque cardíaco?

—Lo siento, Sage.

—Está bien —digo mientras me seco las mejillas con una toalla—. Por favor, no vuelvas a hacerlo, ¿de acuerdo?

—No quise asustarte, pero no me estoy disculpando por eso.

—De acuerdo —digo y tomo el humectante nocturno.

—Siento haber arruinado todo en la fiesta.

—Sky —digo con un suspiro—, para ser honesta, la manera brutal en que las cosas estallaron era algo que de todas formas sucedería tarde o temprano. No seas tan dura contigo misma.

Se queda callada un rato.

—Es que no pude soportarlo —añade—. Estar aquí sin estar aquí. Todas ustedes riendo. Celebrando. Sentí que volvía a morir.

El corazón se me rompe como cada vez que se raspaba una rodilla o se golpeaba la cabeza cuando era *chiquita*, como decía Nadia en español.

—Desearía poder abrazarte —le digo.

—Yo también —dice sonriendo tristísima.

Apago la luz del baño y voy a acostarme. Sky se coloca junto a mí, ambas miramos la plateada luna llena. Se encuentra alineada a la perfección frente a mis albahacas y las hace ver como siluetas de árboles en la distancia dibujados con tinta azul.

—¿Sky?

—¿Sí?

—¿Recuerdas que me dijiste que a veces soñabas con Cranberry Falls? ¿Incluso ahora?

—Eh…

—Cuéntame más al respecto. Es decir, ¿qué sucede en tus sueños?

Sky traza la luna con su dedo extendido frente a nosotras. En mi habitación, tonalidades de verde profundo y de azul verdoso cubren todo salvo la luz de luna que nos define, todo salvo la piedra de luna astillada incrustada en nuestros contornos.

—Bien, pues, a veces allá arriba puedo ver la luna o la luz del día.

—¿Como a través de un tragaluz?

—Supongo. Y a veces hay animales…

—Animales.

—Lobos. Zorros. Búhos —dice sonriendo—. Pero no hay osos. Aún no.

—¿Qué más?

—Mmm, es un sitio acogedor, alrededor hay montículos de hojas, de roble, creo. Ya veces hay alguien ahí.

—Alguien… —repito. Lo que dice me alarma, pero no sé por qué. Después de todo, son solo sueños, ¿no?

—Sí. Alguien. Como seres que me cuidan.

—¿Cómo?

—No lo sé, creo que es algo que siento.

Frunzo el ceño, no me está diciendo gran cosa, nada que ayude.

—¿Y cómo se ven esos seres?

—No lo sé. Como te dije, todo es borroso, ni siquiera puedo ver los rostros. Solo siento que brillan a mi alrededor, me deslumbran.

—¿Te deslumbran?

—Sí, como… ¿recuerdas el collar con piedra de ojo de tigre que me regalaste?

—Sí, engastado en alambre chapado en oro —tuve que ahorrar incluso el dinero que recibí en *mi* cumpleaños para poder fabricarle ese regalo.

—Ajá. ¿Recuerdas ese efecto? ¿El brillo, el centelleo? Es como si ellos estuvieran hechos de eso, de ojo de tigre engastado en oro —dice y finalmente separa la vista de la luna y me mira—. ¿Por qué quieres saber todo esto?

—Porque sí… —digo encogiéndome de hombros. *Los fantasmas no crecen, no envejecen. Los fantasmas no pueden afectar el mundo físico. Los fantasmas no sueñan*—. No es por algo en particular, solo es curiosidad.

25

ESTA MAÑANA NATE ESTÁ TRABAJANDO EN CRANBERRY Rose, supervisa los distintos cargamentos. Pasa y se detiene a saludarme mientras yo descargo los trilios y los nabos indios.

—Sage, tú y Tenn están haciendo un trabajo asombroso —no deja de decir mientras toma algunas de las charolas que tengo en las manos para ayudarme. Caminamos juntos hasta el siguiente invernadero tipo túnel—. Es decir, sé que este proyecto, la idea de enviarlos a ambos para ver si en nuestro pueblo había algo especial oculto por ahí, era muy experimental, pero ustedes nos han sorprendido al abuelo y a mí.

—Pero no hemos encontrado muchas cosas… —digo con el ceño fruncido.

Nate sonríe y, para mi sorpresa, su sonrisa no me provoca nada. Por supuesto, sigue siendo muy guapo, pero esa sonrisa ya no es un amanecer. Es más como una lámpara, una lámpara muy linda, para la que no pienso sentarme a escribir una oda ni nada parecido.

—No me malinterpretes, lo que han encontrado es fabuloso porque, aunque las plantas son maravillosas, lo que vendemos aquí son historias. ¿Un áster de Nueva Inglaterra encontrado en una antigua finca? ¿Flores del bosque en un antiguo cementerio? Si podemos considerar las estadísticas de Instagram como un indicador, la gente se va a volver loca por comprar *estas* historias.

—¿Instagram?

—Oh, sí, publicamos la historia del áster cuando lo encontraron y se volvió viral hasta cierto punto. ¡Gracias a ella conseguimos casi tres mil seguidores nuevos!

—Demonios, Nate, eso es fabuloso —exclamo. Sigo mirándolo por el rabillo del ojo porque, después de todo, sale con mi hermana, quien en este momento me odia más que nunca, algo que parecía imposible hasta anoche. Nate actúa demasiado normal, así que aclaro la garganta y le pregunto—. ¿Y cómo van tú y Teal?

—Bien, ¿creo? —dice sonriendo mientras caminamos de vuelta a mi camioneta—. Eso espero porque en verdad me agrada.

—Ah, qué bueno, es decir… —toso de pronto. ¿En serio estoy pensando darle información de Teal a su nuevo novio? Parece que sí porque, después de toser, continúo—. Estoy segura de que ya te dijo que no nos llevamos muy bien últimamente. Anoche tuvimos una discusión y no sé si…

—¿En serio? —dice al tiempo que se detiene y frunce el entrecejo—. No, no lo mencionó.

—Oh —digo.

—Lo siento, estoy un poco sorprendido. Teal siempre me dice lo mucho que te admira.

—¿Te dice *qué*? —exclamo con los ojos abiertos como platos, y él se ríe.

—En serio, eso es lo que hace, porque te admira. Siempre dice que le gustaría ser más como tú.

—¿Más como *yo*? —¿así de débil?, ¿siempre diciendo algo incorrecto?, ¿arruinando todo a mi alrededor?

—Sí —dice Nate sin dejar de sonreír—. Amable, independiente. Es una de las cosas que adoro de ella. ¡Es tan honesta!

Pero, ¿lo es? Porque, basándonos solo en esta conversación, parece que Teal ha estado mintiendo un demonial. Ya sea a mí, al decirme la mierda de ser humano que soy, o a Nate por decirle lo mucho que *no* me odia. Mi instinto me dice que se trata de lo segundo.

Continuamos caminando, damos vuelta en una esquina y ahí, recargado en mi camioneta, veo a Tenn. Dios, no puedo evitarlo, mi sonrisa es más amplia que el atardecer de cualquier planeta. Él me sonríe de la misma forma.

—Ey, hola —dice Nate agitando la mano para saludarlo—. ¿Cómo estás, *man*? Pensé que podría venir a ayudarles a descargar las plantas, pero me parece que terminaron.

—En el mensaje que te envié hace poco te dije que no había problema, que yo podría sola —digo sin que la sonrisa de atardecer se borre de mi rostro.

—¿Ah, sí? Bien, tal vez solo quería verte.

Nate señala detrás de él y empieza a caminar en reversa, como si hubiera notado que, de acercarse un poco más, correría el riesgo de recibir un choque eléctrico, producto de la salvaje tensión sexual entre Tenn y yo.

—Eh, debo ayudar a descargar un envío de mantillo. No duden en llamarme si necesitan algo —dice, y Tenn y yo nos despedimos de él sin siquiera voltear a verlo, sin dejar de mirarnos.

—Entonces —dice metiendo las manos en los bolsillos.

—Entonces… —digo yo recargándome en la cadera—. ¿Cómo te fue en la reunión? ¿La reunión con tu papá?

—Pfff, no fue genial en realidad —dice con un suspiro—. ¿Qué tal el cumpleaños de Nadia y el platillo preferido de tu hermana?

—Tampoco resultó genial —ahora es mi turno de suspirar.

Me mira de arriba abajo, da algunos pasos y abre la puerta del lado del pasajero de su auto.

—Tengo una idea —dice señalando el interior.

Camino, paso junto a él y subo al Boss.

—¿Qué idea?

—Es una sorpresa —dice y guiña antes de inclinarse un poco para darme un largo y dulce beso.

—Mmm —saboreo—. Ya me está gustando esta parte de tu idea.

Entonces vuelve a guiñar y cierra la puerta.

—Creo que también te gustará el resto.

Empieza a conducir y de pronto me entrega su teléfono. Mi corazón se encoge un poco cuando miro la pantalla y veo el perfil de Facebook de Tabitha Williams.

—Estuve averiguando un poco sobre los otros dos nombres, ambas tienen muchas fotografías con sus padres. No recuerdo bien, pero me parece que la chica de AIM no tenía padre o madre, o tal vez ninguno de los dos…

—Ah —exclamo sintiendo que el estómago se me revuelve como si hubiera subido descalza a la punta de una montaña rusa. Deslizo las fotografías de Tabitha, en una de ellas alaba a alguien llamada Aimee Decker, la mujer que "ayudó a criarla". Tiene algunas fotos de perfil: una con su perro y otra con quien supongo que es su esposo. Ella viste de blanco y él tiene un esmoquin. Vuelvo a dar clic en su perfil, deslizo la pantalla, pero la configuración tiene todo en "privado", por lo que no puedo ver quiénes son sus amigos, sus comentarios ni sus publicaciones.

—Regresa a la fotografía de la boda —me dice Tenn.

—De acuerdo.

—¿Ves donde está etiquetado su esposo?

—Ajá...

—Pues, me preguntaba si no te importaría hacerme un favor —dice sonriendo—. Dado que nos estamos ayudando con nuestros respectivos fantasmas y todo eso.

—Seguro —digo con un entusiasmo tan falso que me amarga la lengua—: lo que sea.

—Si estás en Facebook, ¿podrías enviarle un mensaje a su esposo desde tu cuenta? A ella es imposible escribirle por la configuración de privacidad de su perfil.

Doy clic en el perfil de su esposo. Está casada con Daniel Jagger.

—El perfil de él también es privado —le digo a Tenn.

—Así es, pero tiene Messenger abierto.

Es cierto.

—¿Qué necesitas que le diga?

—Dile que eres una amiga de antaño, que tienes curiosidad y te gustaría saber cómo le va. Porque *eras* amiga de ella, ¿no?

Frunzo el ceño y me encojo de hombros. Tal vez alguna vez almorcé con Tabby, quizás en dos ocasiones. Se sentaba detrás de mí en biología, en nuestro primer año.

—Supongo. Es decir, no éramos enemigas ni nada que se le parezca —explico y aclaro la garganta—. ¿Por qué no le envías el mensaje tú?

—Si yo estuviera casado —dice riéndose— y un tipo me enviara un mensaje para preguntarme por mi esposa, lo ignoraría por completo.

—Sí, suena lógico —digo asintiendo mientras jugueteo y rozo el suelo del Boss con el dedo gordo del pie —. Y… o sea, entiendo que trates de recuperar ese sentimiento, fue lo que me dijiste, la sensación de que todo estaría bien. Pero, no te parece que esto… —digo al tiempo que le devuelvo su teléfono— ¿es ir demasiado lejos? ¿Qué tal si ella no es la chica de AIM? Es decir, ¿vas a enviarles mensajes a todas las parejas y los maridos de las chicas de mi generación? ¿Hasta dónde vas a llegar?

Frunce el ceño y tensa la mandíbula.

—No tienes que hacerlo, Sage, no tiene importancia.

—Para ti sí la tiene.

No dice nada por un minuto eterno. Estamos en la carretera, escuchamos el sonido del aire que pasa y la grava que las llantas hacen saltar por todos lados, y sin embargo, nunca había sentido un silencio como este. Ni siquiera hace ocho años, cuando Nadia me llamó para decirme que hubo un accidente, el hueco segundo que me golpeó el estómago antes de que lo dijera. *Sky se cayó.*

Finalmente, Tenn suspira.

—¿Alguna vez te ha sucedido que jodes algo de una manera tan espectacular que luego pasas años y años recordándolo?

Sky, besando mi mejilla. ¿Estás segura de que no quieres venir con nosotras? Y yo, tragando saliva. *Sí, segura.*

—Yo… arruiné las cosas con esta chica y siento que le debo a mi mamá algo, corregir mi vida, ¿sabes? Tal vez, volver a ese sentimiento que mencioné. Aceptar el error que cometí entonces es parte importante de ese proceso —dice al tiempo que detiene el automóvil frente a un bosque denso y oscuro. Voltea a verme, en sus ojos algo brilla, una honestidad que desarma—. *Sé* que las probabilidades de que no la encuentre son elevadas, pero lo voy a intentar de todas maneras.

Al escucharlo, asiento, pero me cuesta trabajo mantener el contacto visual con él, así que solo saco mi teléfono del bolso.

—Le enviaré el mensaje ahora mismo.

—Gracias —dice sonriendo y se relaja.

Pero antes de que yo pueda contestar, *de nada*, baja del automóvil.

—¿DÓNDE ESTAMOS?

He estado siguiendo a Tenn mientras camina por un estrecho sendero en el bosque. Entre más pasos doy, más ruidoso se vuelve el canto de los grillos, hasta que siento como si tocaran la piel de mi cuello, mejillas y mis manos. Está oscuro y los árboles son tan gruesos que en el interior del bosque parece el crepúsculo, pero también prevalece la calma, el viento hace crujir los árboles, las manchas solares salpican nuestros cuerpos como seda tibia y dorada.

Tenn extiende las manos.

—Esta es la razón por la que me mudé a Cranberry —dice y baja los brazos—, estas tierras son de mi madre.

—¿Ah, sí?

—Sí. Treinta y dos acres de bosque. Tenía el sueño de construir una casa aquí, pero… se lo fueron impidiendo las cosas de la vida.

Miro alrededor con más cuidado y veo que es un terreno *espléndido*. Está lleno de hermosos pinos de hoja fina y de florecientes sanguiños y duraznillos, pero también hay robles centenarios por aquí y por allá con troncos que se extienden tanto, que ocupan la superficie de un automóvil, y con ramas tan gruesas y bajas que no sería difícil cubrirlas con un mantel y cenar sobre ellas como si fueran mesas. De inmediato pienso en cómo se vería una casa aquí, justo en medio de toda esta exuberancia. Imagino una puerta con mosquitero que abre hacia un sanguino rosado en primavera, me imagino mirando por la ventana de una alcoba y sorprendiendo a la luna que, como moneda de plata fulgurante, baña los brazos de estos antiguos robles.

El corazón me duele por esta mujer, Alba Reyes. Ayer busqué su obituario y descubrí que era una persona *en verdad* muy buena, merecía tener la casa de sus sueños en el bosque, en *este* bosque.

—Entonces, ¿vas a construir una casa aquí?

—No —dice. Volteo y veo que se ha detenido y tiene la mirada fija en los árboles—. Mis padres nunca finalizaron su divorcio, estuvieron separados más de diez años antes de que mi mamá finalmente lograra terminar todo el papeleo, y entonces mi papá decidió que no firmaría. Le dificultó tanto las cosas, que ella se dio por vencida.

—¿Por qué no firmó? ¿Todavía la amaba? —pregunto. Tenn se ríe, pero su risa suena hueca.

—No, solo quería castigarla por haberlo dejado —dice y empieza a avanzar rápido—. En fin, como nunca se divorciaron, heredó todos sus bienes. Sus pertenencias, cuentas bancarias y propiedades —seguimos caminando, pero vamos desacelerando—. Así que… todo esto le pertenece a él ahora. Se suponía que anoche lo convencería de que me permitiera comprarlo, pero me dijo que ya lo había vendido.

—¿A quién? —pregunto jadeando.

—A un banco. Esta es una propiedad de altísimo nivel. La playa queda a poco menos de veinte minutos y toda la zona entre el bosque y el centro ha sido desarrollada. Yo sabía que tarde o temprano empezarían a molestar a mamá y a pedirle que vendiera, pero ella no lo habría hecho jamás.

—¿Y por qué no te permitió tu padre comprar las tierras? Es decir, así no deberían ser las cosas. Eres su hijo, el hijo de ella. Debió *dártelo* incluso —digo tan enojada que tengo las manos tensas en puño.

—Le hicieron una oferta que no pudo rechazar, dijo que me daría una parte, pero yo no quiero nada de él. Nada de esto —dice y respira profundo—. Aquí esparcí las cenizas de mi madre. No dejó un testamento, pero yo sabía que querría permanecer en su tierra. Este era el objetivo de su vida, ¿sabes? Retirarse, venir a vivir aquí, sentarse en el porche con varias entradas que tendría la casa y ver a sus nietos jugar en la naturaleza. Eso era lo que siempre me decía.—explica. Nos reímos un poco, pero es un momento triste, delicado—. Y ahora van a construir una comunidad cercada justo encima. Sobre *ella* —dice negando con la cabeza, con los ojos vidriosos—. Es la metáfora perfecta de lo mucho que mi padre la hizo sufrir en la vida, en serio.

No sé qué hacer, así que solo lo envuelvo con mis brazos.

—Lo siento mucho, Tenn —susurro y me abraza también, con una mano extendida sobre mi espalda y la otra sobre mi cadera. Se inclina un poco sobre mí y me besa en la cabeza.

—En una semana van a destruir el bosque, lo harán añicos. Esto es lo único que me queda de ella, de su sueño.

Empiezo a llorar. Sky aparece de inmediato, está sentada en la rama de un árbol a lo lejos, en su rostro leo que lo escuchó todo y que comprende lo terrible e incorrecta que es esta situación. Coloca la mano sobre su corazón antes de voltearse para darnos privacidad.

—Es horrible —digo tras unos minutos y necesito jalar mi blusa para enjugarme las lágrimas del rostro.

—Ey —dice Tenn en voz baja—, pero no te traje aquí a llorar, Encantadora de plantas.

—¿No? —volteo resollando—. ¿Para qué me trajiste entonces?

Tenn me mira y todo vuelve: el brillo de sus ojos, su amplia boca y esas pestañas que se engrosan cada vez que sonríe y su rostro se arruga.

—Vamos a recolectar hongos.

26

1 DE ENERO, 2002
HACE TRECE AÑOS

silvergurl0917: hola. feliz año nuevo :)

RainOnATennRoof: Feliz Año Nuevo, Silvergurl.

RainOnATennRoof: ¿Tienes resoluciones para 2002?

silvergurl0917: ;)

RainOnATennRoof: Ay, no. ¿Qué significa eso?

silvergurl0917: tengo una resolución.

silvergurl0917: reunir el valor suficiente para verte.

RainOnATennRoof: ¿En serio?

silvergurl0917: sí

RainOnATennRoof: O sea, no estás bromeando.

silvergurl0917: no. pero primero debo trabajar en mi ansiedad y mis miedos

RainOnATennRoof: ¿Qué tipo de miedos?

silvergurl0917: no lo sé. Tal vez, miedo a decepcionarte.

RainOnATennRoof: No quisiera contradecirte, pero eso me parece imposible.

silvergurl0917: okey, chico seductor. eso es muy lindo y todo, pero leerlo no hace que mis miedos solo se evaporen y ya.

RainOnATennRoof: :) Pero ¿cómo se te ocurre pensar que podrías decepcionarme?

silvergurl0917: pues

silvergurl0917: lol

RainOnATennRoof: Silvergurl…

silvergurl0917: porque yo… yo no me veo para nada como las chicas con quienes sueles salir

RainOnATennRoof: ¿¿A qué te refieres??

silvergurl0917: **respira profundo**

silvergurl0917: yo no soy lo que se diría *cool*, ¿sabes? No tengo jeans de marca costosa ni nada de eso. mi cabello es una pesadilla. es… ay, dios mío, cuando llueve como que… explota, no comprendes.

RainOnATennRoof: A mí no me importan las marcas costosas. Y creo que el cabello explosivo es seeeexy ;)

silvergurl0917: omg, ¡¡¡Tenn!!!

silvergurl0917: estoy riendo tan fuerte que mi tía va a oírme.

RainOnATennRoof: :)

silvergurl0917: en serio, yo… soy súper bajita de estatura. tengo cuerpo como… o sea, no parezco modelo, ¿okey? los jeans a la cadera no me van nada bien. tampoco nada que implique desnudar el vientre. además, no sé maquillarme del todo y… creo que es una tontería que me sienta celosa, pero me parece que todas las chicas con quienes flirteas son… perfectas, súper inteligentes. y no se pasan todo su tiempo libre cuidando a sus hermanitos, ¿sabes?

RainOnATennRoof: Espera, ¿"todas las chicas" con quienes flirteo? Lol. ¿De qué estás hablando?

silvergurl0917: ya sabes… de chicas…

RainOnATennRoof: Escucha, Silvergurl, Solo hay… una chica que me interesa ahora y me importa un sorbete qué tipo de *jeans* usa o si se maquilla, ¿okey? Literalmente no me importa nada de eso. Me importas tú. :)

silvergurl0917: omg. ahora estoy llorando

RainOnATennRoof: No llores, Silvergurl :)

silvergurl0917: jajajajaja, okey, okey. solo estoy sollozando un poco entonces.

RainOnATennRoof: :) De acuerdo. ¿Qué te parece esto? Tú trabajas en tu ansiedad y tus miedos y yo me enfoco en buscar el lugar perfecto para conocernos.

silvergurl0917: :)

RainOnATennRoof: me parece un buen trato <3

EN EL PRESENTE

—Es un poco tarde para encontrar morillas —dice Tenn mientras avanzamos entre los matorrales pisando fuerte—. Y no me gustan mucho los hongos de azufre.

—Creo que nunca he comido ninguna de esas dos variedades.

—¿No? ¿Nunca fuiste a recolectar hongos con tu familia?

Pienso en Nadia y en mamá. Cuando yo era pequeña, hacíamos excursiones a Cranberry Falls y, una vez al año más o menos, nos deteníamos a mirar huellas humanoides plasmadas en el lodo, tan etéreas como una oración.

—No. hongos, no.

Tenn permanece un momento en silencio y luego señala lo que me parece un hongo portobello rodeado de helechos bebés.

—Nunca comas esos ni nada que se les parezca.

—¿Por qué? ¿Tendría un denso viaje alucinatorio?

Sonríe y yo siento que mi corazón se inflama, se entusiasma y se entibia.

—Forma parte de la familia *Amanita* y es muy difícil saber cuáles son comestibles y cuáles, como dices, te dan boleto para un viaje alucinatorio… antes de hacerte caer muerta.

Me inclino junto a él y paso mi mano por encima de los hongos. No forman parte de mi don, pero viven tan cerca de las plantas que percibo su conciencia como el canturreo del palpitar de un corazón oculto en sus células. Pum, pum, pum. Estos no son tóxicos.

Tenn se pone de pie y continuamos caminando.

—Pero tú puedes diferenciarlos, ¿cierto?

—Ajá. Ese no es tóxico, pero tampoco es lo que estoy buscando.

—¿Tu mamá te enseñó todo esto?

—Así es. Era experta recolectora. Pero pesar de sus enseñanzas e incluso tras años de experiencia, ahora prefiero apegarme a lo que es fácil de identificar.

—Como los hongos que sufren…

—Hongos *de azufre* —me corrige riendo con ganas—. Aunque "hongos que sufren" suena a una divertida película de horror.

—"Una pesadilla alucinatoria" —digo imitando la profunda y característica voz de los narradores de los avances de las películas en el cine, y al verlo reír con ganas, me siento orgullosísima—. Entonces, si no son "hongos de azufre", ¿qué estamos buscando?

—No te lo diré —contesta sonriendo a medias.

—¿Por qué no?

—Porque quiero que uses tus poderes de Encantadora de plantas cuando lo encontremos.

—¿Ah, sí? —pregunto y, en ese momento, me tropiezo.

Tenn toma mi mano rápido y me ayuda a estabilizarme. Está tan tibia, es tan grande y maravillosa.

—Ajá.

Caminamos en silencio un rato hasta que escuchamos una lechuza ulular a lo lejos. Me recuerda lo que dijo Sky respecto a sus sueños, que los animales la visitaban. Yo había planeado ir a ver a Amá Sonya hoy para preguntarle más sobre todas esas reglas de los fantasmas que Sky parece estar rompiendo, pero esto, caminar por un hermoso bosque con este hombre espléndido es mucho mejor que sentarse en una fría casa de mármol llena de letreros gritándome que debo ser AGRADECIDA y sentirme BENDECIDA.

—Oye, Sage —dice Tenn—. ¿Cómo lo haces?

—¿Cómo hago qué?

—Ya sabes, ¿cómo percibes todos esos detalles de las semillas y las plantas? ¿Cómo percibes cosas que nadie podría saber, ni siquiera los botánicos más entrenados y premiados?

Laurel es la única que en verdad sabe todo sobre nuestros dones. Es probable que, después de que lo amenacé con la viña, Johnny Miller sospeche algo, pero es tan estúpido, que ni siquiera se había dado cuenta de que cada vez que Teal enfurecía caían rayos alrededor. Para notarlo habría sido necesario que poseyera características específicas, que hiciera cosas que otros seres humanos hacen de forma natural, como preocuparse por los sentimientos de alguien más y prestar atención. Estoy segura de que, hasta la noche que lo clavé a un sanguino, no había imaginado algo siquiera.

—Mi familia, las mujeres de mi familia… tienen dones.

Nos detenemos, Tenn saca dos botellas de agua de su mochila y me da una. Permanece en silencio, me está escuchando. Bebo un poco y continúo.

—El don de mi hermana Sky era entenderse con los animales, podía entrenar a un halcón en su hombro como si fuera un periquito. El de Teal es afectar el clima.

—¿Como Tormenta? ¿La de *X-Men*?

—Exacto, solo que Teal no puede controlarlo. Si se enoja, más vale que te mantengas alejado de los pararrayos.

Tenn se ríe y me mira de arriba abajo, de abajo arriba, de una manera que hace que mi rostro y otras partes de mi cuerpo se enciendan y cosquilleen.

—Y tu don es entenderte con las plantas

—Las plantas, así es.

Espero que se ría o que diga que son tonterías, pero no hace nada de eso, solo asiente como si acabara de decirle lo más natural del mundo, como: *Nací en Cranberry* o *Mi color preferido es el índigo mezclado con leche, es decir, como atornasolado, pero no del todo.*

Toma la botella de agua que tengo en las manos y, cuando sus dedos tocan los míos, mi mano completa se transforma en una zona erógena. Guarda las botellas en su mochila y se acerca más a mí, sus ojos se ven tan oscuros ahora, que reflejan el bosque entero sumergido en la noche. Siento que entro en pánico.

—¿Cómo fue tu primera vez? —le pregunto—. Parpadea y retrocede. Dios mío, estoy segura de que estaba a punto de besarme, ¿por qué no dejé que lo hiciera en lugar de hacerle una pregunta personal y, quizá, demasiado íntima?

—Solo para aclarar las cosas: te refieres al sexo, ¿cierto?

Asiento con la cabeza.

Creo que se da cuenta de lo nerviosa que me he puesto porque vuelve a mirarme con una sonrisa extraña antes de inclinar la cabeza hacia el frente e invitarme a caminar a su lado.

—Fue en mi primer año de la universidad. Era una amiga, fuimos a una fiesta juntos y nos besamos. Me dijo que deberíamos ir a su departamento y yo acepté.

No… no estoy preparada para los celos que me invaden. Es decir, eso sucedió cuando Tenn tenía dieciocho o diecinueve años. Yo todavía estaba en Cranberry, llorando como loca por él y, definitivamente, no estaba aún en la etapa en la que, para hacer el duelo por la muerte de nuestra amistad, me pasaba los días lanzándole dardos a su retrato. Cuando veo que va a continuar, respiro y me preparo.

—Todo duró unos buenos treinta segundos —dice riéndose—, pero ella fue amable al respecto —dice. No esperaba que continuara hablando, pero lo hace—. Salí con chicas por aquí y por allá, luego viví en Denver un tiempo y conocí a Pia, fue mi relación más duradera, casi tres años. Vivimos juntos y todo el asunto, pero cuando mi mamá murió, digamos que, se largó en cuanto pudo.

—*Pero ¿por qué?* Ay, Jesús, de por sí, la muerte de una madre es algo muy difícil de superar estando solo.

—Las cosas no iban bien entre nosotros y esa fue la gota que derramó el vaso porque empecé a pasar cada vez más tiempo viajando acá para tratar de arreglar todo el desastre que se produjo a partir del fallecimiento de mamá, y Pia se quedaba en Denver. En algún momento, conoció a alguien más.

Trato de imaginar qué tipo de mujer fue capaz de, teniendo la suerte de estar en una relación con Tenn Reyes, elegir a alguien más *mientras* él atravesaba el duelo por la pérdida más importante de su vida. Me cuesta trabajo no odiarla.

—Espera —dice en voz baja de pronto y se mete por una zona más tupida del bosque, fuera del sendero. Lo sigo.

Y ahí, creciendo de un retorcido tronco derribado, vemos un grupo de hongos. Parecen varias mesas pequeñitas amontonadas, como algo que Alicia habría dejado pasar cuando fue diminuta en el País de las maravillas.

—Esto —dice Tenn con asombro—, esto es lo que estaba buscando —agrega al tiempo que me indica con un gesto que me acerque más a él y empieza a sacar materiales de su mochila.

Paso la mano por encima de los hongos y dejo que mi dedo pulgar caiga un poco hasta rozar la punta de uno de ellos.

Hace mucho tiempo, cuando éramos adolescentes, Teal y yo reñimos y ella dijo algo con la intención de herirme profundamente: "Hablar con las plantas es asqueroso. No es natural. Eres *antinatural*".

No me lastimó tanto como planeaba, aunque no porque yo supiera que sus palabras eran producto de la envida. Teal siempre odió el hecho de no poder controlar su don y se desquitó mucho por eso conmigo, como si fuera mi culpa o algo así.

No, si no me importó lo que dijo fue porque "hablar con las plantas" lo siento como lo más natural en todo el universo. Para mí es natural escuchar las canciones de la vegetación y de la tierra y los hongos, llegar hasta sus células con mi mente y las puntas de mis dedos y percibir algo que solo podría describir como su "conciencia". Porque, en efecto, las plantas son conscientes, saben de qué color vistes, saben si estás bloqueándoles la luz y, además, tienen un sistema nervioso y pueden experimentar dolor. En mi caso, hablar con ellas es tan simple como inhalar y exhalar.

De hecho, con las plantas literalmente compartimos un ancestro en la evolución. En algún momento de nuestra historia, nuestras líneas convergieron en una sola, así que, ¿cómo podría ser antinatural hablar con ellas?

—¿Qué eres? —le pregunto al hongo con un susurro reverencial y luego escucho.

—Es una seta de ostra —anuncio algunos segundos después. También es comestible.

—¡Ay, mierda! —exclama Tenn y señala su brazo, la zona en la que tiene los tatuajes de los hongos, y veo que el vello que los cubre está erizado—. Solo supiste eso, ¿eh? Así nada más, gracias a tu don, ¿cierto?

Vuelvo a escuchar el asombro en su voz, me mira con ese oscuro y resplandeciente calor de sus ojos. Aclara la garganta y mira abajo. Me parece que no quiere que vuelva a ponerme como loca.

—Si pudiéramos ver a través del suelo del bosque —dice—, veríamos por todas malditas partes los hilos de los hongos, las hifas ramificadas que forman el micelio. Estos hongos son el fruto, digamos. El resto, todos los otros elementos que no podemos ver, son el cuerpo.

Me siento en el suelo, cierro los ojos y coloco mis manos sobre la tierra. Me conecto y, en cuanto percibo a qué se refiere, siento que algo hace clic en mí. es como si estuviera conectada a la matrix, pero en lugar de las letras y números color verde lima de código informático, lo que siento son las venas blancas del micelio conectándose con todo en este bosque, a través de millas y más millas de microscópicos hilos de seda.

Escucho su voz más cerca de mí, pero no abro los ojos.

—Sí, lo percibo —digo susurrando.

—¿Puedes captarlo?

—Ajá.

—¿Cómo se siente?

Niego con la cabeza y mantengo los ojos cerrados.

—Es como… no lo sé —digo y abro bien los ojos—. No, espera, lo sé. A veces las plantas se vuelven muy parlanchinas, en especial algunos árboles viejos —miro a mi alrededor, veo los grandes robles, amplios, altísimos, ancestrales—. En una ocasión, escuché a un árbol decir que lo que conectaba todo en este mundo era una historia. Las historias son lo que mantienen al mundo unido. Y eso es lo que veo, este… micelio… así es como se siente. Como historias que conectan a todas las plantas, como la tela de araña más compleja y hermosa de todos los tiempos.

Tenn está ahora muy cerca de mí, sentado a mi lado. En sus ojos vuelvo a ver todo el bosque, el mundo entero, y yo estoy ahí también. Esta vez, cuando se acerca aún más, no me retiro.

—Sage —dice con voz ronca. Y entonces me besa.

Todo mi cuerpo se siente vivo, siento mis venas, venas que fueron creadas y que se conectaron con las de los hongos de este mismo pueblo, venas que, a su vez, se conectan con las venas, redes e hilos de todo el mundo. Todo por lo que fluye la electricidad de la vida. Se conectan con las historias. Uno podría decir que los hongos son mucho más antiguos que las historias, pero solo si no se cree que ellos las contaban desde entonces también.

Mi historia en este momento es esta: Tenn besándome con una gran dulzura, su lengua tocando la mía, convenciéndome de abrir un poco más mi boca. Tenn, de quien me enamoré a los quince. A quien he amado desde entonces.

Solo nos besamos y, en este bosque destinado a ser destruido, eso es más que suficiente a pesar de que, cada vez que pienso en el cataclismo, me quiebro en mil pedazos. Por ahora, sin embargo, el bosque contiene historias y sueños, así como motas de luz solar que se cuelan entre los árboles y nos bañan mientras nos besamos como dulces girasoles transformados en luz.

27

TENN ME COCINA SOPA DE SETAS Y NO ME PERMITE NI mover un dedo. No, nada de eso. Me lleva a la casa alpina y, como mi estómago lleva un buen rato gruñendo, me sienta y me da pistachos y una barra de chocolate. Luego solo me permite mirar mientras pica cebollas en el procesador de alimentos y deja caer los trozos en una enorme cacerola de hierro fundido. Añade dientes de ajo y, mientras todo se saltea en mantequilla, él lava y corta en rebanadas las setas de ostra para luego añadirlas al guiso.

—Dijiste que tu familia no recolectaba alimentos —dice mientras ralla queso.

—Ajá —contesto con pereza. Estoy tan cómoda y me siento tan tibia que solo dejo caer la cabeza sobre mis brazos cruzados sobre la superficie de la mesa.

—¿Entonces qué recolectaban? ¿Hierbas?

—Era una especie de broma —aclaro sonriendo.

—¿Ah, sí? Explícame.

Creo que le agrada escuchar mi voz mientras cocina. Me pregunto si así era cuando su mamá cocinaba para él: dos personas pasando tiempo juntas mientras preparan un platillo delicioso.

—Nadia dice que al principio había Dioses. Dioses y este mundo.

—Mierda —dice y prueba el queso—. No me esperaba un mito fundacional.

—Bueno, no te inquietes —digo resoplando—. No recolectábamos dioses.

—Qué lástima, suena asombroso.

—Así es —digo al tiempo que muerdo un trozo de chocolate y me quedo pensando un momento—. Nadia siempre dice que nuestra familia se mudó aquí porque sentíamos que los dioses todavía habitaban estas montañas. Dice que si te internaras lo suficiente en Cranberry Falls, en el momento correcto, encontrarías sus huellas.

—¿En serio? —pregunta, pero no suena incrédulo, sino emocionado—. ¿Y las has visto?

—No —niego con la cabeza—. Desde que mi mamá y Nadia vieron algo la última vez, nadie ha encontrado nada más. Me parece que, hasta antes de que yo naciera, ellas solían salir a "recolectar" huellas con frecuencia.

Tenn se queda en silencio un rato.

—¿Por qué se fue tu mamá? —pregunta finalmente.

Yo parpadeo y levanto la cabeza.

—No tienes que decirme si no quieres. Comprendo que tal vez no puedas.

—No, está bien —digo encogiendo los hombros—. Mi madre apenas tenía dieciséis años cuando me tuvo, dieciocho cuando tuvo a Teal y veintiuno cuando nació Sky. Cada uno de nuestros padres la abandonó tras ver la prueba positiva de embarazo. Ninguno quería tener que lidiar con un bebé, y luego mamá conoció a alguien más —explico y suspiro—. Supongo que ese alguien fue muy claro con ella, le dijo que no quería hijos, y no solo se refería a no tener hijos con ella, sino a que tampoco quería a las hijas que había tenido antes. Y bueno, entre él y nosotras, lo eligió a él.

—Hijos de puta. Todos —masculla y luego suaviza su expresión—. Disculpa, no quería ser ofensivo.

—¡No eres ofensivo para nada! Estoy de acuerdo contigo —digo riéndome—. Mamá nos abandonó cuando más la necesitábamos —admito. De pronto siento el escozor de las lágrimas en los ojos, pero miro alrededor y no veo a Sky. La imagino explorando el bosque o, quizás, hablando con felinos salvajes. La otra noche me sorprendió al decirme que el Viejo Noemi, quien vive a una calle de nuestra casa, estaba enfermo. Me parece que ha estado fisgoneando en todas las casas del vecindario, lo más probable es que se haya aburrido de ver las estupideces que cometo todo el tiempo—. No puedo imaginarme tener bebés siendo tan joven, pero por otra parte, tampoco me imagino abandonando a mis hijos.

—¿Y no has tenido contacto con ella desde entonces?

Niego con la cabeza. El don de mamá consistía en desaparecer. No me malinterpretes, la he buscado en Internet desde que estaba en la preparatoria, desde que compramos la computadora de escritorio. ¿Qué he buscado? No lo sé, el anuncio de una boda tal vez. Un obituario. Pero no encontré nada.

Tenn me mira un rato antes de volver a agitar la sopa.

—No me gusta verte triste.

—Lo siento.

—No lo hagas, solo decía.

Pero entonces me pongo muy contenta porque Tenn coloca un bol de sopa de setas de ostra y queso frente a mí. Le salpica un poco de pimienta negra con el molino y unas gotas de aceite de oliva. Toma su propio bol y una hogaza de suave pan cubano, corta dos trozos gigantes, uno para cada uno.

—*Bon appétit* —exclama.

Es la mejor sopa que he comido en mi vida. Ni siquiera podría decir qué más contiene además de las setas, el queso, la pimienta y el aceite de oliva, pero la combinación es gastrorgásmica. De hecho, tengo que comer muy lento para no derramarme la sopa en toda la blusa.

—¿Alguna vez has escuchado de la reencarnación literal? —le pregunto y sonrío al verlo negar con la cabeza y con la boca llena de pan—. Teal nunca ha sido partidaria de las religiones organizadas, pero este concepto le agrada. Le gusta pensar que cuando uno muere vuelve a la tierra, luego los átomos y las moléculas que lo constituyen se transforman en tierra también. Que una persona se vuelve tierra y plantas, y nutre todo lo vivo, de la misma forma en que otros la nutrieron a ella cuando estuvo viva.

Tenn me mira con una de sus sonrisas burlonas.

—¿Estás tratando de decirme que nos estamos comiendo el cuerpo de mi mamá en esta sopa?

—Ay, *por Dios*, Tennessee, ¡no! ¡Para nada! Jesús mío, ¡No!

—Bueno, es que, como esparcí sus cenizas en su bosque y fue ahí donde recolectamos las setas…

—No, no es eso lo que trato de decir. Solo me parece una teoría bastante *cool*. Ay, *my God!*

—Mi mamá me daría un zape en la cabeza por decir eso *mientras* comemos —dice riendo de buena gana.

—¡Y con todo derecho!

Nos quedamos en silencio un momento mientras absorbo con un trozo de pan lo poco que queda de sopa en el bol.

—¡Ay! —exclamo apoyando la cabeza en las manos—. No quiero ir a casa. Este día ha sido perfecto, demasiado perfecto para que acabe con Nadia mirándome de forma hiriente y Teal actuando como si nunca hubiera existido para empezar.

—Entonces no lo hagas —dice Tenn en tono casual, como si no estuviéramos él y yo *solos*, en esta *casa*… de *noche*.

—¿No te importa que me quede?

—Hay un cuarto de huéspedes —dice negando con la cabeza—. No tengo ropa de dormir para mujeres, pero te puedo prestar una de mis camisas.

—¿Tienes un cepillo de dientes adicional? —pregunto mientras me reclino.

—Sí. Los compro en paquetes de cinco.

—Okey —digo al tiempo que respiro y asiento.

—¿Okey?

—Sí.

Trato de tomar los boles para lavarlos, pero él niega con la cabeza.

—Yo lavaré los trastes. ¿Por qué no tomas una ducha?

—Eh…

—A menos de que no quieras ducharte.

—Ay, no por Dios —digo al tiempo que veo mis brazos y mis piernas cubiertos de tierra—. Claro que quiero.

—Entonces adelante. En el baño hay toallas y guantes de baño limpios apilados en los estantes, los verás enseguida. Para tomar una de mis camisas, echa un vistazo en mi vestidor. Es la habitación a la derecha, al final del corredor. Elige la que quieras.

Asiento como si todo fuera de lo más natural. Como si fuera normal que esté a punto de desnudarme en el baño de Tennessee

Reyes, de ducharme con su jabón y ponerme una de sus camisas para dormir. Cosa de todos los días.

—Apresúrate, mujer —dice sonriendo al verme solo parada ahí con, al parecer, cara de aturdimiento—, yo también quiero ducharme.

Y como no necesito que descifre mis pensamientos al ver mi rostro pensando en *este* escenario, me apresuro.

La habitación de Tenn está en tinieblas, así que corro una cortina. Siento como si estuviera husmeando un poco, pero de todas formas miro alrededor, lo suficiente para notar que, de todas las habitaciones, esta es la que más se siente como él. Las paredes no están cubiertas de obras de arte ni artesanías, pero hay dos paisajes pintados de forma libre en varios tonos de azul, en ambos hay lunas, uno es un detalle del otro, el completo. Hay dos vestidores, uno alto, otro bajo y ancho. En el menos alto hay un par de lámparas y una *laptop* cerrada. En medio hay una charola color azul medianoche de vidrio soplado donde Tenn deja sus llaves y un brazalete de cuero. Levanto el brazalete como en trance, nunca lo he visto usarlo, de hecho, ni el brazalete de cuero ni joyería. Mide casi una pulgada y media de ancho y en la parte exterior tiene intricadas espirales grabadas. En la cara interior hay dos palabras, también grabadas: *SANTO DOMINGO*. Se supone que se sujeta con un botón anaranjado de vidrio, pero está roto, solo la mitad del botón sigue cosida. Se siente como algo que usa con mucha frecuencia y aprecia bastante. Lo vuelvo a colocar sobre la charola con delicadeza. Con un gesto reverencial.

La cama es grande y tiene sábanas color avena que parecen de satín. Hay pocas almohadas, lo cual es ya una mejoría en relación con lo que he visto en las habitaciones de la mayoría de los hombres. En medio de la cama también hay una cobija ornamental que se ve suave, tejida con lo que parece ser lana de merino del color del trigo.

Todo en esta habitación es simple y acogedor, pero al mismo tiempo, muy, muy *cool*. Como él.

Escucho que algo golpea en la cocina y de pronto me da terror la idea de que me sorprenda husmeando, así que abro un cajón y, ¡ay, por Dios!, *boxers*. Continúo abriendo cajones hasta que encuentro una camisa negra acanalada y unos pantalones de pijama en algodón azul.

En el baño envuelvo toda mi ropa y formo una pequeña pelota con incluso mi ropa interior mientras le ruego a Dios que Tenn tenga lavadora y secadora en casa. Hoy sudé mucho y no pienso volver a ponerme estas prendas sin haberlas lavado con mucho detergente y en un ciclo de lavado muy agresivo. Su jabón… ¡ohhh! Huele a cuero y bergamota, ahora me queda claro por qué siempre huele a té Earl Grey. Y gracias a todos los dioses ancestrales: su acondicionador no contiene silicona.

Como no veo ningún peine, lentamente me desenredo el cabello con los dedos. Hay una botella grande de loción sin aroma, pero ningún producto para el cabello. No importa, siempre llevo en mi bolso una pequeña botella de crema de manteca de karité para las emergencias de rizos, así que la uso. Después me pongo su ropa, me paso el hilo dental, me cepillo los dientes y me siento como una mujer nueva.

Siento que es necesario destacar el hecho de que un hombre tenga bastantes jabones, guantes de baño y loción. Lo sé, lo sé, la barra en general es bastante baja, pero aun así, todo esto hace que Tenn me guste aún más.

Salgo del baño con los brazos cruzados, cubriéndome el pecho, y camino por el corredor. Él está en la sala, sentado en el sofá viendo un juego en televisión. Al verme, casi se le cae la mandíbula. Su mirada vaga por el paisaje de mi cabello húmedo, se desliza hasta mis caderas y los muslos y vuelve a ascender.

—Ey —dice con voz ronca.

—Hola —digo sonrojada. No recuerdo cuándo fue la última vez que un hombre reaccionó así al verme, pero en sus ojos veo un ardor distinto por completo. Tal vez porque sabe que no llevo ropa interior, pero no lo sé. O quizá tiene que ver con el deseo. Es posible que me desee tanto que su sentimiento atraviesa su piel como metal fundido, tan rojo como las azaleas, tan ardiente como el picor del chile.

—Oh, mierda —digo para romper con la intensidad del momento—, dejé mi ropa sucia en el baño, envuelta en la toalla.

—Descuida, meteré todo a lavar.

—No, yo puedo hacerlo, solo muéstrame…

—Sage —dice sonriendo y sus ojos vuelven a arrugarse—: eres mi invitada. Solo siéntete como en casa, ¿de acuerdo?

—De acuerdo —digo y asiento con la cabeza.

—Yo también me daré una ducha. No me tomará más de quince minutos.

—Okey.

Estoy demasiado nerviosa para sentirme *como en casa*, pero me siento en el sofá y les echo un vistazo a algunos canales de televisión. Luego me levanto y camino por el perímetro de estas dos áreas, la sala y la cocina, solo me detengo después de algunas vueltas para mirar por los ventanales. Veo el atardecer, las nubes envolviendo el cielo entero como brazos, bañadas de violeta y de un rosado intenso. Veo los árboles meciéndose en el viento como si escucharan una música cósmica que nosotros no percibimos. En lo profundo de los matorrales incluso avisto una cierva y, detrás de ella, las manchas blancas como algodón en el pelaje de sus dos bebés.

—Ey.

Volteo y lo veo. Ahora soy yo quien no puede quitarle la vista de encima. Su cabello está mojado y, no sé por qué, pero eso me parece sexy. Los rizos y las ondas se ven un poco más oscuros. La incipiente barba sigue ahí, enmarcando esos generosos labios rosados. Lleva una camisa blanca y pantalones negros de algodón, ambos lo más delgados posible. Tiene las manos en los bolsillos, lo que hace que la tela se tense entre sus piernas, y yo tengo que obligarme a mirar por encima de su clavícula y a hacerme un recordatorio mental: *No mires su entrepierna. Por favor, Dios, no me dejes mirar ahí.* Pero su maliciosa sonrisa me hace sentir que escucha cada uno de mis sucios pensamientos.

—¿Lista para ver tu habitación?

—Sí, claro.

Me conduce hasta el cuarto para invitados. Es más femenino que el suyo, la cama está cubierta con un edredón amarillo brillante, las paredes pintadas de color verde césped y de ellas cuelga un tríptico de litografías.

—Es muy acogedor —digo y escucho la tensión en mi voz porque ahora estoy en una *habitación* con Tenn Reyes. Carajo, la chica de dieciséis años que aún vive en mí se está comportando como una verdadera tarada.

—Ah, vaya, se está haciendo tarde —dice asintiendo al mismo tiempo que aclara la garganta. Levanto la cara y veo que el reloj que está ahí, a plena vista, indica que solo pasan de las nueve, así que… eh, *no*, no es cierto—. Estaré al lado. Si necesitas cualquier cosa, solo dime —dice con las mejillas sonrojadas y sin hacer contacto visual conmigo.

—Eh… ¿gracias?

—De nada —dice asintiendo—. Buenas noches, Sage.

Y solo cierra la puerta al salir.

28

¿*ESO ES TODO?* QUIERO GRITAR. ¡¿TODO ESE FLIRTEO VISUAL E insinuaciones sexuales con la mirada y lo único que me da es *las buenas noches a las nueve de la noche*?!

Siento el escozor de las lágrimas y las enjugo con furia de mis ojos antes de que caiga la primera siquiera. Y no es porque quiera tanto que "me cojan", como dijo Teal, sino porque me resulta imposible no preguntarme si mi miedo más terrible podría ser verdad: Tenn no me desea en realidad. Que toda esa recolección de hongos, el flirteo y los besos que para mí significaron tanto para él no sean nada.

Volteo y entonces sí, casi grito de verdad: Sky está en la ventana con la cara presionada sobre el vidrio. Al verme, lo atraviesa y entra caminando.

—¿Qué diablos haces aquí? —siseo.

—Tú eres quien ha estado llorando —me contesta con un susurro—. ¿Qué esperabas que hiciera? ¿Trepar árboles todo el día? La casa más cercana ¡está como a cuatro millas!

—Como sea —digo al tiempo que me dejo caer sobre la cama con un suspiro y me quedo sentada.

—¿Y ahora por qué estás molesta?

—Shh —digo—. No hables tan alto.

—Él sabe que existo, ¿verdad? —me pregunta mascullando.

—Sí, Sky, pero creo que no es buena idea que me escuche conversando con un fantasma al que no puede ver.

—De acuerdo —dice resoplando.

—Si en verdad te interesa saber, estoy un poco decepcionada porque pensé que él iba a actuar —explico encogiéndome de hombros—, pero no hay problema. Lo más probable es que yo no lo atraiga, así que, como sea.

—Ay, por Dios, Sage, ¿por qué eres tan tonta? —dice poniendo los ojos en blanco—. Lo que espera es que *tú* des el primer paso.

—¿Por qué haría algo así? —digo negando con la cabeza.

—¿Tal vez porque el último tipo con quien estuviste te provocó un trauma? ¿Y porque Tenn es un buen chico y no quiere presionarte? ¿Porque no quiere que hagas nada que no desees hacer?

—¿Cómo sabes todo eso? Se supone que tienes que respetar mi privacidad cuando esté haciendo cosas como besar o contar mis secretos sin reservas.

—Lo sé, la respeto, pero… —dice al tiempo que se sienta a mi lado en la cama—. Es como dijiste: hay historias en todos lados. Y yo puede sentirlas en mi entorno por lo que soy, un fantasma. Puedo sentir la historias y las conversaciones que has tenido, puedo percibir cuando piensas en ellas —dice sonriendo de lado—. También siento esto y te puedo decir que, cuando Tenn estuvo en la sala de baño, se dio un *tremendo* discurso a sí mismo para hacer las cosas bien.

—¿En serio? ¿Hacer las cosas bien en qué sentido?

—Respecto a ti, tonta. Tenn no deja de decirse que debe ir lento. No quiere lastimarte.

Ay, no puede ser. Dios mío. El llanto me inunda los ojos tan rápido que empiezan a dolerme.

—Ningún hombre en mi vida se había preocupado por no lastimarme.

Mientras me enjugo las lágrimas, el rostro, el cabello y todo en el cuerpo de Sky se vuelve más vívido y sólido. Cuando por fin dejo de cubrirme el rostro con las manos, la veo sonreír.

—Entonces, ¿qué estás esperando? Ve y consigue lo que *tú* quieres, Sage.

La miro de reojo.

—Pero no vas a mirar, ¿verdad?

—Ay, *por Dios*, ¿estás *loca*? Para nada. Iré a sentarme un rato en el techo —dice y empieza a salir por donde entró—. Ve —dice siseando y señalando la habitación de Tenn antes de atravesar la ventana y desaparecer.

Me toma diez minutos llegar a su puerta, la mayor parte del tiempo la paso acomodándome el cabello con los dedos y aplicándome bálsamo de labios. Cuando por fin llego, paso dos minutos más tratando de encontrar octágonos en las venas de la madera de su puerta y, luego, *por fin*, me preparo y toco.

—Adelante.

Cuando abro la puerta lo encuentro en la cama, sobre las cobijas y con el teléfono celular en la mano, pero en cuanto entro lo deja en la mesa de noche.

—¿Estás bien?

—Sí.

—¿Quieres agua? ¿Té? ¿Un vaso de vino?

Niego con la cabeza y me acerco más. Puedo hacer esto, sé que puedo.

Me acerco a la cama y me subo. Gateo hacia él y, cuando me siento a horcajadas sobre su cuerpo, solo dice "oh" de forma casi imperceptible. No se mueve en absoluto, está paralizado, tenso. Las líneas de los músculos que se perciben a través de su camisa se endurecen. Me toma menos de treinta segundos sentarme sobre él, pero cuando lo hago, su respiración ya es mucho más densa y lo siento erecto bajo mis nalgas.

—Sage —murmura—, dime qué deseas.

—Te deseo a ti.

Sonríe y, pasado un instante, levanta los brazos para tocarme. Desliza sus manos sobre los costados de mis costillas y, finalmente, permite que descansen sobre mis caderas.

—¿Me deseas cómo?

Puedo hacer esto.

—Te deseo en mí, sobre todo mi cuerpo —digo mirando su pecho al colocar mis manos sobre él—. Te quiero dentro de mí.

Me sujeta con más fuerza y yo gimo sintiendo el intenso calor entre mis piernas. Él desliza una mano sobre uno de mis senos, yo solo cierro los ojos y jadeo.

—Espera —dice al tiempo que me toma de la cintura y me ayuda a sentarme en la cama.

—Lo siento, ¿hice algo mal? —le pregunto al verlo ponerse de pie. La tienda de campaña que se forma en sus pantalones me recuerda a los postes del cableado telefónico.

—¿Bromeas? Eso fue, esto es, —empieza a decir negando con la cabeza. Ver que no encuentra la palabras hace que mi corazón se enternezca—. Recuéstate un minuto y cierra los ojos.

—De acuerdo —digo y obedezco. Incluso coloco mis manos sobre mis ojos—. ¿Es esto una especie de gusto sexual raro?

—Quizá —dice riendo con ganas, su risa es tan profunda que resuena en mi vientre. Lo escucho moverse de prisa. Se escucha un ruido metálico y como si alguien arrugara papel—. ¿Son condones? ¿Esa es mi sorpresa? ¿Unos mil condones? —pregunto y el vuelve a reír.

—Solo espera. Sé paciente, Encantadora de plantas.

Estoy tan relajada que dejo caer mis brazos, mis ojos continúan cerrados. Me hundo en la cama, el edredón es muy suave y huele delicioso, a Earl Grey, cuero y algo más que es solo él, algo tibio y dulce que me envuelve.

—De acuerdo, ya puedes abrir los ojos —dice pasados cinco minutos.

Cuando abro los ojos, lo que veo me hace sentarme de inmediato y cubrirme la boca con la mano, me quedo boquiabierta y respiro con dificultad.

Diría que está oscuro... si no fuera por la luz de las velas.

Hay velas por todos lados. En los vestidores, en las mesas de noche. Incluso hay algunas en el suelo, arrinconadas en varias zonas de la habitación. Son velas de todos tipos y formas, anchas y delgadas, me da la impresión de que compró varios paquetes en algún lugar como Williams Sonoma. La combinación de colores es gris y blanco, los pabilos parpadean y me permiten verlo a través de un resplandor amarillo anaranjado que baila. Está parado frente a la cama.

—¿Te gusta?

Asiento con la cabeza, es lo único que puedo hacer porque me he quedado muda.

Tenn se inclina hacia la mesa de noche y toma su teléfono.

—Ahora bien, en cuanto a la música... no sé qué te agrada —dice al tiempo que abre una aplicación y desliza el dedo sobre botones y palabras. Luego oprime *play* y escucho el tañido de la guitarra al inicio de “Let’s Get It On” de Marvin Gaye. Me río tan fuerte que resoplo y vuelvo a caer sobre la cama—. ¿No era eso lo que tenías en mente? Okey, okey —dice y presiona otros botones. Entonces escucho "I'll Make Love to You", la canción de Boyz II Men.

—Oh, por Dios —digo resollando—. ¡Eso es todavía más cursi!

Voltea, sonríe y yo prácticamente pierdo la cabeza, me río demasiado.

—No necesito música, Tenn —digo cuando al fin logro calmarme—, en serio. Las velas —digo mirando alrededor absorbiendo el resplandor— y tú, eso es todo lo que necesito.

—¿En serio?

—Sí, en serio.

—No voy a mentir, estoy nervioso —dice al tiempo que deja su teléfono sobre la mesa de noche y traga saliva.

—¿Por qué?

—Quiero hacer las cosas bien para ti —explica con una sonrisa. Se inclina sobre mí y empieza a besarme: la frente, las mejillas, los labios. Su lengua se desliza hacia el interior de mi boca, sonríe y la saca por un instante.

—Voy a hacer de esta una experiencia maravillosa —lo ronco de su voz me provoca escalofríos.

Y es justo lo que hace. Se quita la camisa y me quita su camisa, nos recostamos lado a lado y, cuando me abraza, siento el vello de su pecho arañar mis senos desnudos. La piel de los brazos se pone de gallina de un extremo a otro. Me besa de una forma apacible, prolongada, luego con prisa, como si me necesitara. Nos despojamos del resto de la ropa y, de tener prisa, pasamos al frenesí. Besa mis senos, su lengua les da ligeros golpes a mis pezones antes de succionarlos, luego estiro mi mano y lo tomo, lo siento erecto, un poco resbaladizo, él hace lo mismo conmigo. Nos besamos y nos seguimos tocando, de pronto empiezo a hacerlo de una forma hasta cierto punto descuidada porque estoy cerquísima de venirme, pero a él no le importa. De hecho creo que le agrada, creo que le encanta ver que llevamos cuatro minutos haciendo esto y yo ya casi llego al clímax.

—¿Alguna vez te han lamido la vulva? —me pregunta con un gruñido al tiempo que retira mi mano de su pene.

Niego con la cabeza sintiendo un ligero escalofrío que me recorre todo el cuerpo.

—Esa es una manera un poco… —trato de decir, pero me he quedado sin aliento—. Es una manera obscena de decirlo.

—¿Te gustaría que lo dijera de una manera más sutil? ¿Te han devorado? ¿Te han comido la concha? —cada una de las sucias frases que salen de su boca hace que los músculos se me tensen, pero la última es la mejor—. ¿Te han hecho cunnilingus? —dice y ambos reímos con ganas.

—No sé si me agradaría, pero podrías intentarlo —digo frunciendo el ceño—. Si no te molesta, claro.

—No me molesta, cariño.

Y no miente. Abraza mis muslos con sus brazos, me jala hacia su boca y ambos gemimos en cuanto empieza a beberme con la lengua. Él se siente tan cómodo que no deja de gemir, lo profundo de su voz se va incrustando en mi piel. Yo también me siento muy bien con lo que hace, su lengua húmeda y caliente se concentra tanto en el punto donde más lo necesito, que solo pasa un minuto antes de que yo sacuda las caderas, jale su cabello y gima extasiada.

—Oh, por Dios, me vengo —digo. Él disminuye la presión enseguida y yo me desvanezco entre temblores, me vuelve a besar de una manera dulce y suave, sin retroceder jamás.

—¿Te encuentras bien? —me pregunta al levantar la cabeza y mirarme con una tierna sonrisa. Y, de acuerdo, Tenn Reyes puede sonreír con toda la ternura del universo, pero acaba de hacerme venir lo más duro que me he venido en toda mi vida.

Entonces toma un condón y se lo pone, y mientras tanto, yo me siento y disfruto de la vista. Su cuerpo es magnífico, adoro su piel morena mezclada con la luz dorada de las velas. Todo en él es hermoso.

Trepa sobre mí y empieza a hablar en una especie de susurro.

—Si algo no te agrada, dime de inmediato.

Asiento con la cabeza.

Se desliza poco a poco dentro de mí y ambos gruñimos, nuestros rostros se rozan antes de besarse, antes de ese dulce, lento y meloso beso que nos damos el instante previo a que él comience el repetido embate.

Y sucede que… todo me agrada.

Me gusta lo lleno que lo siento dentro de mí

Me encanta que no deje de verificar que todo esté bien, ya sea mirándome a los ojos y preguntando: "¿Está bien esto?" "¿Está bien aquello?".

Me agrada que él me mueva, una pierna aquí, otra allá, o que levante mi cadera en esta parte, que me acomode hasta obtener lo que quiere mientras yo jadeo y enrollo mis manos sobre su hombro y su brazo con tanta fuerza que lo rasguño hasta que empieza a sisear.

—Te gusta eso, ¿eh? Ese es el punto, ¿no es cierto?

Supongo que me gusta, pero siento tan bien que ni siquiera puedo confirmarlo. Pero él lo sabe. Sabe que no debe cambiar nada, que debe seguir batiendo fuerte y lento. Entonces desliza sus manos entre mis piernas, gira con suavidad y, así nada más, vuelvo a venirme. Y él también. Y dura una eternidad. Cuando por fin nos desvanecemos, el único sonido que se escucha es el ritmo de nuestra densa y salvaje respiración.

Va al baño y desaparece al pasar la puerta, supongo que va a deshacerse del condón. Luego yo necesito orinar, nos sonreímos antes de que yo cierre la puerta. Cuando me lavo las manos, me miro en el espejo por un minuto.

Veo mi cabello, prácticamente está seco, pero bastante alborotado debido a toda la acción.

Mis ojos resplandecen. De felicidad.

Tengo los labios rojos e inflamados.

Entonces frunzo el ceño.

¿Qué diablos estoy haciendo?

Antes de coger, incluso antes de besarnos, le dije una mentira por omisión, permití que pensara que yo no era Silvergurl.

No debería importar, eso fue hace más de diez años. Para este momento deberíamos haber *avanzado*. Yo debería haber olvidado a RainOnATennRoof, y él a mí.

Sigo respirando demasiado rápido. Coloco mi mano sobre el corazón y lo siento palpitar con fuerza. *Mierda*: creo que estoy teniendo un ataque de pánico.

Le mentí a este hombre, a este hombre al que —estoy casi segura— que amo. Me queda claro que ese amor adolescente nunca desapareció, más bien fue como una semilla y luego él se tuvo que ir, pero sin dejar de regarla y nutrirla. Ahora me encuentro aquí, viniéndome en su pene, pensando que es el hombre más hermoso, amable y dulce que he conocido.

Respiro hondo y enjugo un par de lágrimas.

La cuestión es que Tenn no *necesita* saberlo, ¿cierto? En algún momento se olvidará de ella, de la mítica Silvergurl, la olvidará y se enfocará en mí, en lo que está aquí y tiene frente a él. Y entonces ambos dejaremos todo esto atrás.

Escucho un suave golpeteo en la puerta.

—Hola, ¿estás bien?

Abro la puerta. Tenn se ha puesto de nuevo los pantalones de algodón, pero en su cadera se sigue notando la profunda V que desciende desde la cintura. Tiene el entrecejo fruncido.

—Estoy bien —contesto, pero él no me cree.

—¿Qué sucede? —dice al tiempo que me toma de la mano y me conduce a la cama para que ambos nos deslicemos debajo de las cobijas. Me envuelve con su brazo y se queda mirando mi rostro perplejo.

—Tenn, ¿ahora… somos pareja?

Sonríe como nunca y yo no puedo evitar corresponder a su gesto.

—Claro, ahora somos pareja —dice y vuelve a fruncir el ceño—. A menos que no sea eso lo que quieras.

—¡Sí, sí quiero! —digo, tal vez con demasiada efusión, antes de cerrar los ojos y suspirar. Cuando los abro, él vuelve a sonreír—. Sí, eso es lo que quiero.

Me observa de cerca y de pronto temo lo que podría descifrar. Las mentiras acumuladas una sobre la otra, una pila tan alta que empieza a parecerse a la montaña Firefly, sólida y pletórica de historias que no quiero que nadie descubra, divulgue o lea. Por eso cambio el tema.

—¿Cuándo compraste todas esas velas?

Tenn ríe y se reclina. Yo doy un suspiro silencioso, me siento aliviada.

—El día que nos besamos y me contaste sobre tu trabajo como instructora y lo que sucedió —confiesa mientras levanta el brazo y apoya la cabeza en su mano—. Estaba furioso, Sage. Si no fuera ilegal, buscaría a ese tipo y le daría una paliza. O dos, o tres. Pero como no sabía qué hacer —dice encogiendo los hombros, salí a correr, levanté pesas y me preparé una taza de café. Nada de eso funcionó, así que terminé en Bed, Bath & Beyond.

—Entonces sabías que esto iba a suceder, ¿eh? —digo riendo y resoplando.

—No *sabía*, pero quería estar listo si el momento llegaba —dice mirándome muy serio—. Mereces mucho más de lo que te sucedió.

Y tú mereces algo mucho mejor que yo.

Tenn no sabe lo que estoy pensando, cree que las lágrimas que derramo se deben a mi pasado. Las enjuga con besos hasta que desaparecen y de pronto está erecto de nuevo y yo húmeda, así que nos volvemos locos, nos movemos con furia y se siente tan bien que me permito olvidar todo, lo suficiente para poder dormir cuando acabamos, para dormir profundo, envuelta en los brazos de Tennessee Reyes.

29

1 DE MARZO, 2002
HACE TRECE AÑOS

RainOnATennRoof: Lo tengo.

silvergurl0917: ¿tienes… qué? ¿tú y tu mamá por fin encontraron la seta garra de oso?

RainOnATennRoof: Ja, en realidad es "seta cabeza de oso". Gracias por preguntar, pero por desgracia no, esa variedad continúa eludiéndonos.

silvergurl0917: :(entonces todavía no habrá cena con setas de langosta.

RainOnATennRoof: Pues, todavía podríamos encontrarlas. No debemos perder la esperanza ahora.

silvergurl0917: :) pero ¿entonces qué encontraron?

RainOnATennRoof: Más bien, yo encontré algo: el lugar perfecto para conocernos en persona.

silvergurl0917: ¿ah?

RainOnATennRoof: ¿Conoces a Sebastian Song? Va a organizar una fiesta épica para celebrar las vacaciones de primavera. Será el próximo fin de semana en su casa, en Shore Springs.

silvergurl0917: ah, sí, creo que escuché hablar de esa fiesta

RainOnATennRoof: Estaré ahí. Y tú también. ;)

silvergurl0917: solo hay un problema con ese plan.

RainOnATennRoof: ¿Ah, sí?

silvergurl0917: no estoy invitada a la épica fiesta del receso de primavera en Shore Springs.

RainOnATennRoof: Claro que sí. Aquí está tu invitación. Aquí estoy yo, invitándote. Justo ahora.

silvergurl0917: :) ¿sí?

silvergurl0917: pero… ¿cómo nos encontramos?

RainOnATennRoof: Viste de azul para que sepa que eres tú.

silvergurl0917: ¿cualquier tono de azul?

RainOnATennRoof: Cualquiera, no importa.

silvergurl0917: bien. ¿qué tal un vestido azul?

RainOnATennRoof: ¿En serio?

silvergurl0917: sí, en serio :)

RainOnATennRoof: Pero ¿de verdad? ¿Hablas en serio? ¿Irás a la fiesta?

silvergurl0917: ¡sí! hablo súper, súper, pero de verdad súper en serio.

RainOnATennRoof: Ay, mierda, es verdad. De acuerdo.

silvergurl0917: entonces supongo que te veré el próximo sábado ;) literalmente

RainOnATennRoof: Sí. Te estaré esperando, Silvergurl.

EN EL PRESENTE

Cuando despierto noto que llueve un poco, pero las nubes deben ser muy ligeras porque la luz del sol pasa entre los árboles. Me hacer recordar los terrenos de la mamá de Tenn. Recuerdo que nos besamos ahí, entre los rayos de una luz amarilla como la equinácea, en el mismo bosque que en una semana dejará de existir. Y al pensar en ello el dolor me invade como una navaja afilada que se clavara en mi pecho, que abriera mi garganta. En nuestro pueblo hay varios vecindarios que necesitan reparación, ¿por qué el banco no se enfoca mejor en trabajar en eso? ¿Por qué los banqueros tienen que tomar algo valioso, algo cada vez más difícil de hallar y simplemente destruirlo en mil pedazos? ¿Y por qué todos fingen que, de alguna manera, eso es un símbolo de progreso, un acto civilizado?

Suspiro, creo que es inútil sufrir por la naturaleza perdida, me siento impotente. Por eso mejor trato de reprimir todo: la rabia y la pena, así que voy a lavarme la cara y salgo de la habitación.

Escucho la voz de Tenn, viene de la cocina.

—Sí, por supuesto —dice con el teléfono pegado a la oreja—, se lo diré —añade y sonríe y guiña en cuanto me ve—. Yo exhalo con fuerza, pero sin hacer ruido. Supongo que a una parte de mí le inquietaba que pudiera haberse arrepentido de lo que sucedió anoche, pero por la forma en que se ilumina su rostro, parece que mi inquietud es infundada.

Se despide, termina la llamada y me entrega una gran taza de café.

—Gracias —el calor de la taza me reconforta de inmediato.

—¿Te sientes bien?

Asiento. Nos sonreímos algunos segundos y luego se inclina para besarme en la mejilla.

—Me gusta cómo te ves en la mañana.

—¿Cómo me veo? —pregunto y él me mira de arriba abajo.

—Bien cogida —responde y yo río hasta que empiezo a resoplar.

—¿Con quién hablabas? —pregunto cuando por fin me tranquilizo.

—Con Nate. Tiene una nueva aventura para nosotros.

—¿Ah, sí?

—Sí, quería que te contara sobre una pista que le hicieron llegar.

—¿Respecto a una planta?

—Así es. Se trata de una pareja en Dogwood Hills. Me dijo que tenían una rosa.

—Una rosa Heritage, ¿supongo?

—Más bien, dicen que es azul —explica encogiéndose de hombros.

—¿Azul? Eso no es posible.

—Fue lo mismo que dijo Nate —explica Tenn antes de beber un sorbo de café—. ¿Cuál es el problema con las rosas azules?

Bebo un sorbo también y trato de adivinar en cuanto percibo el sabor. Chocolate con frambuesa.

—Eh… —me siento en la mesa del comedor—. Son imposibles en esencia. Por genética, las rosas no pueden crear un azul genuino. Durante décadas los cultivadores, los genetistas y quienes cultivan híbridos han invertido millones o incluso miles de millones de dólares en tratar de crear una rosa azul, pero lo más que se han acercado ha sido a un lavanda frío.

Tenn se apoya en la barra y continúa bebiendo café.

—Estoy seguro de que he visto rosas azules, en buqués del supermercado.

—Sí, pero esas rosas no son naturales. Si colocas el tallo de una flor blanca en agua con colorante, la absorberá y sus retoños serán de cualquier color de *Skittles* que elijas. También lo hacen mucho con los buqués de crisantemos, los hay de color rosa intenso y amarillo fluorescente.

—¿Entonces no crees que la rosa de la que habla Nate sea azul en verdad?

—No. Si lo fuera, Cranberry Rose se convertiría en la empresa de plantas más lucrativa del mundo en un instante, pero, como dije, es imposible. Naturalmente, iremos a verificarlo, el rumor es sin duda intrigante.

—¿Vamos después de desayunar entonces? —dice mientras abre el refrigerador y se agacha para ver qué hay. Y claro, yo aprovecho para contemplar un buen rato su trasero. —Lo siento, solo soy humana—. Disculpa, tengo pocos comestibles, ¿crees que desayunar sopa de setas sería demasiado raro?

—Sería el mejor desayuno —digo sonriendo.

Y lo es. Tenn tuesta más pan cubano, le unta mantequilla y, entre eso y la sopa y la forma en que me coloca en la barra y me besa como si yo supiera mejor que cualquier sopa, pan o café, este tal vez es el mejor desayuno de toda mi vida.

—HE ESTADO PENSANDO EN LO QUE PODRÍA HACER PARA ayudarte con tu hermana —dice Tenn en nuestro trayecto para ir a ver la supuesta rosa azul.

—¿Ah, sí? —las nubes son densas y generan un poco más de frescura que de costumbre. A lo lejos, los rayos de sol arden con un dorado esplendoroso y rosado, y tornan el panorama onírico.

—Ajá. Tal vez podrías hacer algo para ella.

—¿Hacer algo para ella? —frunzo el ceño pensativa—, pero no algo de comer —digo porque Dios bien sabe que, aunque la idea no fue mala, todo el asunto terminó en catástrofe.

—Sí, puedes hacer algo que le recuerde quién era ella cuando le agradabas.

Trato de pensar en qué podría ser eso, pero la verdad es que me cuesta trabajo recordar un tiempo en el que yo siquiera le haya simpatizado a Teal. ¿Permitirme cuidar de ella? Sí, claro, me lo permitía, pero siempre tuve la extraña sensación de que también me culpaba de que mamá se hubiera ido. Era como si incluso me guardara resentimiento por prepararle pan tostado con mantequilla y canela o por asegurarme que hubiera hecho la tarea porque eso lo debería haber hecho mamá. Es algo que se manifiesta incluso ahora, no puedo hacer nada lindo por ella sin que actúe como si la estuviera acuchillando por la espalda.

Después de todo, no resulta tan sorprendente que no haya logrado hacer las paces con mi hermana.

—¿Jagger te contestó? —pregunta Tenn. Daniel Jagger… claro, el esposo de Tabitha Williams. Lo contacté por Facebook como parte de una mentira que le dije al hombre que tengo al lado, el hombre por quien he desarrollado *sentimientos profundos*. Si pudiera volver en el tiempo y golpearme en la cara, iría ocho años atrás, al momento en que me negué a ir de excursión con Sky y Teal a Cranberry Falls. Sin embargo, el día que acepté este acuerdo para ayudarnos con nuestros respectivos fantasmas sería la segunda fecha a la que volvería.

Abro la aplicación en mi teléfono, veo la notificación de un mensaje directo y siento el terror en el vientre. Ahora tendré que mentir más. Esto se está convirtiendo en un tornado de falsedad y seguiré atrapada de una manera inútil mientras las letras y las palabras continúen girando con violencia a mi alrededor, tornándose cada vez más densas… *a menos de que* decida confesar la verdad y hacer lo que Teal dice que siempre hago: arruinarlo todo. Pero no, eso *no* sucederá… gracias a mi increíble cobardía.

Leo el mensaje y mi terror se convierte en algo aún más agudo. Trato de ahogar un grito, pero no lo logro.

—¿Sage? ¿Qué sucede?

—Tabitha está muerta —digo y vuelvo a ver el mensaje. Hola, Sage, muchas gracias por preguntar por Tabby. Por desgracia hace un año… —: un accidente automovilístico.

La mandíbula de Tenn se tensa un poco y aún más cuando se pasa la mano por ella.

Respiro temblorosa. *Miente*, pienso, *solo sigue mintiendo* porque, al parecer, soy fabulosa para eso.

—¿Quieres que le diga algo específico?

—Solo lo usual, si quieres. Deséale condolencias, etcétera.

—Lo siento, Tenn.

—Es… —dice negando con la cabeza—. Yo… también lo siento —dice mordiéndose los labios por un instante—. En realidad no importa si ella era la chica de AIM o no. Era demasiado joven.

"Solo prométeme que si tú y Tenn empiezan a enamorarse, es decir, enamorarse en verdad, prométeme que le dirás la verdad". La voz de Laurel suena con fuerza en mi mente. "Porque, no querrás iniciar una relación con base en una mentira, ¿sabes?".

Me toma cinco minutos más reunir el valor para intentarlo.

Respiro hondo.

—¿Tenn?

—¿Ajá?

—Respecto a tu chica de AIM. Hay algo que...

—Sage —dice con voz firme y negando con la cabeza—. Lo lamento, pero no puedo. Ya no puedo hablar de esto, de ella. Pensé que buscarla sería divertido, catártico o algo así, pero—confiesa con un suspiro antes de girar con el Boss hacia un camino de grava—. En este momento simplemente no puedo.

Se ha encerrado, está amurallado. Tiene puesta una armadura. No hay espada desenvainada, pero sujeta una empuñadura. Como no sé qué decir, permanezco callada.

Tenn estaciona el automóvil frente a una cabaña diminuta. Es rústica y hermosa, roja, de madera acogedora. En el porche, junto a un montículo de leña, está sentada una mujer, lleva un vestido color amarillo brillante con estampado de flores, su cabello blanco contrasta de una forma hermosa con su piel morena. En cuanto nos ve bajar del automóvil, su sonrisa se ilumina.

—Hola —digo.

—¿Cómo están? —dice con una voz que tintinea como campana.

Tenn y yo nos acercamos y nos presentamos. Se llama Loretta, como la cantante de country, pero a pesar de ello, insiste en que no podría entonar una canción ni en defensa propia. Nos invita a pasar y, poco después, Tenn y yo estamos sentados en un pequeño espacio en un rincón, comiendo galletas y bebiendo lo que Loretta llama "café de minero" porque los granos se decantan en el fondo de la taza como hojas de té, pero parecen carbón. Las pequeñas tazas de estaño me recuerdan a Nadia vertiendo denso y caliente café en la tierra. Inyectándolo en las huellas de los dioses ancestrales.

—Me da la impresión de que la lluvia no termina de decidirse —dice Loretta.

—Mmm —dice Tenn con la nariz metida en la taza, yo frunzo el ceño y volteo a verla.

—Así es. Ha llovido mucho este año —no tengo idea de si es cierto lo que acabo de decir, pero entre el recuerdo de Teal perdiendo los estribos en casa de Nadia, invocando todo tipo de relámpagos y rayos, y el de Tenn y yo besándonos por primera vez bajo lluvia gris diamante, en mi mente el verano se ve como una colosal y feroz tormenta.

Tormenta a la que ahora Tenn da continuidad sentado a mi lado. Su mandíbula continúa tensa, también sus hombros. Por lo general, adora conversar con la gente o, por lo menos, conmigo, pero no ha dicho ni una palabra desde que entramos a casa de Loretta. Supongo que las noticias sobre Tabitha realmente lo apalearon.

Los celos se encienden en mi vientre a pesar de que *sé* que esto es incorrecto en todos sentidos. Me estoy buscando *a mí misma*. Es una mierda, es una injusticia que Tabby haya muerto a los veintiocho años. Y el hecho de que, sin importar en qué sentido, esté involucrada en este acuerdo de fantasmas es únicamente culpa mía por haber mentido. A pesar de todo, me cuesta trabajo dividir mis sentimientos en compartimientos. Todo hierve, el agua se desparrama en letras como cuando Sky escribió con el café con crema.

Nadie me elige a mí.

Ni mamá, ni Nadia, ni Amá Sonya ni Teal.

Tenn me *tiene* en la palma de sus manos y eso me queda bastante claro, sobre todo después de lo que hicimos anoche. Sé que no estaba interesado en Tabitha de esa manera, pero entonces, ¿por qué no puede olvidar a Silvergurl0917? Al principio dijo que era porque quería recuperar la felicidad, ¿no? Pero entonces, ¿por qué no soy *yo* la que lo hace feliz de nuevo? ¿Por qué *yo* nunca soy suficiente para nadie?

Sacudo la cabeza y continúo hablando de trivialidades con Loretta diez minutos más, Tenn no agrega ni una palabra.

—Bien, supongo que lo mejor será que les muestre la rosa, amigos —dice y nos conduce hacia la puerta trasera—. Pasa —le dice a Tenn cuando sale—, está allá, junto al tocón —entonces voltea a verme y baja la voz—. Tú eres la Encantadora de plantas, ¿no es cierto?

—Lo fui por algún tiempo —digo asintiendo con la cabeza.

—¿Sabes? Mi tatarabuelo decía podía escuchar a las plantas, que le hablaban. Que les gustan las historias, ¿no?

—Sí, es verdad —digo y no puedo evitar parpadear sorprendida.

—Los llamé a ustedes porque esta rosa lleva siglos dándome problemas. Creo que ya no quiere estar aquí, me parece que hace mucho frío para ella o algo así.

—Oh…

—Sin embargo, no quiere que la corte y la venda. Es lo único que te puedo decir. Lleva en esta montaña el mismo tiempo que mi familia y nadie recuerda siquiera cuándo llegamos. La rosa necesita un nuevo hogar. En mi opinión, es culpa del cambio climático. Por otra parte, Dale me agrada y sé que la tratará bien cuando esté en su granja.

No le aclaro a Loretta que, técnicamente, Dale está retirado, en especial porque no estoy segura de que él mismo esté al tanto.

—¡Sage!

Tenn suena emocionado, supongo que encontró la rosa.

—Yo... —le digo a Loretta.

—Ve a ver —dice ella—. Yo los esperaré aquí: hay demasiadas rocas y raíces allá afuera, son un peligro para mis frágiles huesos.

Salgo y avanzo teniendo cuidado y tomando en cuenta la advertencia sobre las gigantescas rocas y raíces retorcidas. Hay un poco de neblina que desciende de la cima de las montañas que nos rodean y pasa a través de árboles distantes hasta disiparse y desaparecer.

—Mira, Sage —dice Tenn.

Está agachado, inclinado sobre el rosal, que se encuentra cubierto de ramas muertas, pero cerca del fondo hay un crecimiento sano y exuberante. Tenn señala la única flor, es diminuta y apenas si está abierta pero... ¡Mierda!

Es azul.

No es el azul del *delphinium* ni de los acianos ni de los jacintos silvestres de California, es el azul de un dulce cielo de verano sobre Virginia. El azul de un huevo de petirrojo que salió un poco más tenue. Es el azul de los zafiros de Montana, de las aguamarinas, del ágata de encaje, todos iluminados desde el interior como si fueran linternas imposibles de añil.

—Jesús santo —susurro—, parece una verdadera flor azul.

—¿Sí? —pregunta Tenn y, cuando voltea hacia arriba y me mira con una sonrisa, siento que mi vientre se agita como montaña rusa.

Primero dudo, pero asiento enseguida.

—Es decir, tendríamos que ver las otras flores porque en una misma planta pueden coexistir las variaciones. Pero —nos miramos un momento y señalo detrás de mí—. Loretta dice que habría que remover toda la planta.

—¿Quieres decir que nos la va a dar?

Vuelvo a titubear y finalmente asiento.

—Sí —digo y, antes de que pueda agregar algo, Tenn ya está de pie.

—Iré por la pala.

Me inclino sobre la rosa y levanto las manos. Imagino que la llevo a la casa de Nadia, que la añado a la colección que tiene para Cranberry Rose. Y entonces, con la ligereza de un ave acuática, una de sus hojas se inclina hacia mí, me toca... y yo sonrío.

Luego imagino que la llevo a la granja, a Nate y a Dale. La rosa se contrae y se retira tan rápido que la planta entera tiembla.

Mierda, Loretta tiene razón, esta rosa no quiere que la corten, tampoco que la vendan, solo quiere una casa nueva, eso es todo.

Tenn cava para sacarla, yo la levanto con todo y raíces, la coloco en dos bolsas de compras para mayor protección. Como no venimos en mi camioneta, no contamos con nuestras herramientas de costumbre, pero nos las arreglamos.

Loretta está muy emocionada. Creo que el declive de la rosa le causaba demasiada pena.

—No puedo agradecerles lo suficiente. Sé que cuidarán de ella.

—Por supuesto que lo haremos —le digo.

Nos abraza a ambos para despedirse y nos hace prometer que la próxima vez que estemos en la zona la visitaremos para comer galletas de miel y mermelada de zarzamoras.

Cuando estamos en el automóvil, Tenn me mira con una sonrisa enorme, sus ojos oscuros se arrugan y hacen que sus pestañas parezcan gruesos abanicos enroscados.

—Nate se va a poner feliz.

En cuanto avanza y llegamos al camino principal, trago saliva.

—Tenn...

—Dijiste que es lucrativo, ¿no? —dice mirándome de reojo, en sus ojos no veo símbolos de dólares, veo estrellas—. Dijiste que podría valer millones, ¿cierto?

Conozco por lo menos una empresa de biotecnología que, de acuerdo con la información divulgada, invirtió cuarenta y cinco millones de dólares para crear una rosa azul... y eso fue *en los noventa*. Como genéticamente las rosas no son capaces de producir el color azul por sí mismas, los investigadores tomaron una rosa, le insertaron genes azules de un pensamiento y luego trataron de suprimir el resto de los colores, pero fracasaron. El rojo continuó emergiendo, por lo que la rosa tan anticipada, desarrollada durante décadas, terminó siendo, pues, de color purpura.

Las rosas azules son una imposibilidad. Por eso, si logramos clonar esta planta por medio de esquejes o de cualquier otro método, podría valer más que millones, pero prefiero no decir nada de esto porque no estoy segura de que me esté escuchando, ni siquiera creo que se dé cuenta de que va manejando bastante por encima del límite de velocidad.

—Oye, desacelera, ¿de acuerdo? —no me refiero estrictamente al automóvil—, pero aún no lo comprende.

—¿Crees que Nate quiera darnos un adelanto? Sé que esto no saldrá al mercado por algún tiempo, pero si...

—Tenn. ¡No podemos darle esta rosa a Nate! —exclamo. La flor está sobre el tablero en este momento, pero tengo las ramas entre mis piernas y, por eso, cuando el automóvil pasa sobre baches, las espinas se entierran un poco en mi piel.

—¿De qué estás hablando? —pregunta sin ocultar la consternación en su voz.

—Es que la rosa no quiere ser vendida, no quiere que hagan brotes de ella.

—¿Qué quieres decir con que *no quiere* ser vendida? ¿Desde cuándo las plantas *quieren* algo?

Auch, eso duele.

—Pues, para empezar, las plantas quieren estar sanas, quieren agua y luz —exclamo y él pone los ojos en blanco.

—Es decir, ¿desde cuándo una planta sabe lo que significa ser vendida? ¿Y desde cuándo puede tener una opinión al respecto?

Me quedo callada por un momento.

—¿No lo recuerdas? —hablo por fin—. Mi don tiene que ver con las plantas, puedo percibirlas, *sentirlas*.

—Esas son patra... —pero no acaba la frase. Yo parpadeo incrédula, con el corazón en la garganta. Estuvo a punto de decir que mi *don* es una patraña, estuvo a punto de decir que *yo* soy una mentirosa. Entonces lo intenta de otra manera—. ¿Por qué no querría la rosa que hagan brotes y los vendan? Eso garantizaría su supervivencia.

—Si cortamos esta planta y tratamos de cultivarla, morirá —le digo en voz baja—. Tal vez no quiere que la corten en esquejes porque no quiere morir.

—Jesús santo, Sage, lo que dices no tiene lógica —exclama y continúa manejando a toda velocidad.

—Baja la velocidad, Tenn —insisto y por fin levanta el pie del acelerador. Ahora solo estamos a cinco en lugar de veinte millas por encima del límite de velocidad.

Se pasa la mano por la mandíbula.

—La única razón por la que podría morir sería si alguien la matara —dice y la ira me invade.

—¿Estás acusándome de planear matar esta planta? ¿Pero qué *demonios*, Tenn?

—¿Entonces por qué no funcionarían los brotes? —dice levantando la mano de forma agresiva.

—La *mayoría* de los tallos y brotes no lo logran y lo sabes. Por eso siempre tomamos millón y medio en cada ocasión —digo, pero no me escucha. Aunque me dan ganas de golpearme la cabeza contra la ventana, me contengo y enfatizo con la voz muy clara—: si llevamos esta rosa a Cranberry Rose, se marchitará y morirá. Porque *no es eso lo que quiere*.

—¿Ah, sí? ¿Entonces *qué* carajo quiere? —dice y entra a Rosy Lane. Miro alrededor y parpadeo, ¿cómo llegamos tan rápido hasta aquí? Ah, claro, cuando enfurece, a Tennessee Reyes le gusta acelerar en su estúpido automóvil deportivo *vintage*. Se detiene junto a mi camioneta y se estaciona tan rápido que me sacudo contra el cinturón de seguridad. Suspira e insiste—: ¿Entonces qué quiere?

—Quiere un nuevo hogar. En el jardín de Nadia —explico encogiéndome de hombros, y él se ríe de una manera hiriente, vacua.

—¡Vaya! ¡Qué conveniente! ¿Entonces lo que quieres es plantar una flor de un valor *exorbitante*… en *tu* jardín? Y luego, claro, ¿*no tomar* brotes de ella?

Ya no soporto sus estupideces, bajo furiosa del automóvil y ni siquiera parpadeo cuando las espinas me rasguñan las piernas al moverlas. Cuando noto que Tenn ya está junto a mí, del lado del pasajero, volteo a verlo.

—Cuando te hablé de mi don, me pareció que me creíste.

—Te creo —dice cruzando los brazos.

—No, no me crees —afirmo. Si me creyera, no tendría que estarle explicando todo esto.

Camino hasta el frente de mi espiral de aromáticas. Llevo varios días viniendo a verla para asegurarme de que ha sido regada, para ralear las plántulas y distribuirlas en la capa de mantillo. Todavía no hay gran cosa que ver, pero de todas formas señalo una planta… que de pronto se inclina hacia mí y emite un silencioso sí.

—Mira —le digo. Él camina hasta donde estoy con la mirada intensa y las manos en los bolsillos—Mira —repito y coloco mi mano sobre la planta con la que hice contacto, es albahaca lima. En efecto, huele a limas mezcladas con albahaca, por lo que imagino que con ella se podría preparar un mojito fuera de serie. Sus hojas se acercan a la palma de mi mano. Presiono un poco y la planta empieza *a crecer.*

Crece más y, mientras miramos, de sus tallos surge una hoja tras otra. Poco después surgen pequeñas, blancas y delicadas flores que se van alineando en una delgadísima rama que de pronto parece una *baby popcorn garland*. Deslizo los dedos sobre las flores que, como palomitas de maíz estallan, se abren, adornan por algunos instantes esta guirnalda y luego se marchitan y se tornan cafés. Agito algunas de las semillas en mi mano y camino hacia Tenn. Mantengo la palma abierta, él observa con los ojos bien abiertos, ve las diminutas semillas brotar. Pequeñas raíces blancas se extienden y, de lo que queda de la cáscara de las semillas, surgen pequeñas y redondas hojas incipientes.

Lo miro, está boquiabierto.

—¿Me crees o todavía no? —pregunto enojada.

—Sage —susurra pasándose la mano por la barba de pocos días—. ¿Qué está sucediendo?

—*Este* es mi don. Esto es lo que he estado *tratando* de explicarte. Puedo escuchar a las plantas, puedo sentirlas como si fueran parte de mí. Y si te tomaras la molestia de dejar de decir estupideces, te darías cuenta de que te estoy diciendo la verdad. Esa rosa azul *no quiere* que la cultiven —digo y coloco de nuevo los brotes en la tierra de la espiral.

Tenn gruñe, da un paso atrás y levanta las manos fingiendo rendirse.

—Es que no comprendes —respira tembloroso—. Si esto es tan importante como dices, yo podría conseguir suficiente dinero para comprar y recuperar las tierras de mi madre.

Cierro los ojos por un instante y trato de hablar con la mayor dulzura posible. Si quedara algo de Sky en algún lugar, algo significativo y sagrado como lo es el bosque de la madre de Tenn, tal vez yo también iría a toda velocidad matándome por la carretera, pero él no está siendo racional al respecto. Lo que desea es imposible.

—Tenn, eso no va a suceder. ¿Sabes cuánto dinero necesitarías conseguir? ¿Y en menos de *una semana*? Además, el banco no te lo va a vender por el mismo precio que le pagaron a tu papá, van a tratar de hacer una ganancia brutal, tú mismo lo dijiste.

—Sí, pero *nosotros* también podríamos hacer una ganancia brutal con esa rosa.

El problema es que *sigue* sin escuchar. De la misma manera en que Johnny Miller no escuchó, de la misma manera en que Gregory no escuchó.

—¡Detente! —digo dando un alarido—. Si la dejamos aquí, esa rosa *morirá*. Y eso tampoco revivirá a tu mamá. Esta tierra no la traerá de vuelta, encontrar a Silvergurl cero, nueve, uno, siete no traerá a tu madre de vuelta. Puedes elegir entre la gente que está contigo ahora, ¿sabes? Puedes elegir a quienes estamos aquí, frente a ti en este instante, *amándote*.

En pocas palabras, le acabo de declarar mi amor, justo frente a la espiral de aromáticas que construí cuando tenía el corazón roto por su culpa. El círculo debería cerrarse, ¿no es cierto? Es decir, él podría bajar la guardia, decirme que tengo razón. Abrazarme, besarme, ser mi "y fueron felices para siempre".

Pero en lugar de eso, se endereza y su mandíbula empieza a temblar. Entorna los ojos.

—¿Qué acabas de decir? —su voz es tan grave que, sin pensarlo, doy un paso atrás.

—Dije quete am…

—No. Dijiste "Silvergurl" y dijiste cada uno de los números. Y yo nunca te di su nombre de usuario completo.

Ay, *mierdaaaa*.

—Por supuesto que lo hiciste. No recuerdo cuando, pero estoy segura de que…

—No, no lo hice. Y no lo hice a propósito.

—¿Por qué harías algo así? —pregunto en un susurro, temblando. Él se ríe y levanta los brazos—. ¡Porque tenía miedo de que la encontráramos demasiado pronto! Porque quería hablar contigo más tiempo, conocerte. Ayudarte con el asunto de tu hermana.

—No —digo negando con la cabeza—, *tú* dijiste que querías recuperar la sensación de que todo estaba bien. Dijiste que esta búsqueda tenía que ver con hacer lo correcto. Por tu mamá.

—Puede ser por ambas cosas, Sage —dice al tiempo que vuelve a levantar los brazos, iracundo—. Los humanos somos complicados, deberías saberlo. Y lo hice por las *dos* cosas. Quería hacer lo correcto por muchas razones *y* también quería acercarme a ti —explica y da un paso más—. Dime, ¿cómo sabes su nombre de usuario? ¿Cómo sabes incluso los números?

Niego con la cabeza, no puedo ni abrir la boca. La verdad está ahí, empujando mis labios desde dentro, pero no puedo dejarla salir.

—Porque sabes quién es.

Vuelvo a negar con la cabeza. Es mi último intento por contener el tornado de mentiras que me envuelve.

—Espera… —dice. Y me doy cuenta en cuanto lo comprende en cuanto la verdad se desploma sobre sus hombros como el peso de un águila con las alas extendidas, viendo todo lo que he tratado de ocultar. Es como si de mi garganta hubiera salido disparada una confesión.

—¿En serio? —dice y respira profundo—. Todo este tiempo… ¿fuiste tú? ¿Tú eras Silvergurl?

Por fin abro la boca, pero no sale nada de ella, parece que mi voz no quiere trabajar. Las palabras se deslizan hasta la tierra, hasta debajo de mis zapatos. Solo puedo asentir con la cabeza y mirar sus piernas.

Él exhala con fuerza.

—¿Por qué mentiste? —pregunta mirándome a los ojos.

—Porque *me rompiste el corazón*. Porque cuando subí las escaleras en casa de Sebastian Song, el día de la fiesta del receso de primavera, estabas *besándote* con alguien más. Tus manos rodeaban su cintura. Y luego… la tomaste de la mano y entraste con ella a una alcoba —digo con la voz quebrada. Rompo en llanto, enormes lágrimas corren por mis mejillas. No veo a Sky, pero estoy segura de que está muy cerca. Los recuerdos también—. Compré un vestido azul con estampado de rosa de Siria. La falda resplandecía un poco, me hacía parecer una sirena —*Viste de azul para que sepa que eres tú*—. También llevaba un perfume nuevo, Vanilla Fields, lo compré en Kmart. Pensé que tú… —mi voz sigue desprendiéndose de mí con dificultad, pero me fuerzo a continuar—, dijiste que te gustaba el olor de la masa para galletas, ¿recuerdas? Por eso pensé que te gustaría el aroma a vainilla —*Te estaré esperando, Silvergurl*—. Dijiste que me esperarías, pero no lo hiciste. Dijiste que no te importaba que mi cabello fuera encrespado, que no te importaba que no fuera ni alta ni delgada como modelo. Estabas con otra chica y ella era muchísimo más linda que yo… y, ¡por Dios Santo, Tenn! Era *todo* lo que yo no. *Sufrí* por ti. Porque encontraste a otra, así nada más. Porque encontraste a una chica *perfecta*.

Se queda mudo por un rato, boquiabierto, me mira con los ojos abiertísimos, como si fuera la primera vez.

—Todo eso sucedió porque… ¡creí que ella eras tú!

—¿Qué? —grito—. ¿Por qué habrías creído algo así?

—¡Porque *su* vestido era azul! Se acercó a mí muy risueña, le pregunté si era mi Silvergurl ¡y dijo que sí! La besé porque pensé que eras tú, Sage. Y lo único que hicimos en esa alcoba fue besarnos. Dos o tres minutos después me di cuenta de que la chica no tenía idea de lo que yo le hablaba, estaba ebria. Entonces salí y te esperé las siguientes *cuatro horas* antes de volver a casa.

—Pero, Tenn, esa chica no se parecía en nada a mí. Era alta, era…

—Sage —dice negando con la cabeza—, necesitas saber que estaba muy nervioso, las manos me temblaban, literalmente. Casi no me fijé en su físico, lo único que me interesaba era conocerte, ¿comprendes? *Solo me importabas tú*.

Dios santo.

¿Pasé la última década de mi vida odiando a este hombre debido a un *malentendido*?

¿*En serio* soy tan estúpida?

Niego con la cabeza y retrocedo hasta que mi espalda choca contra las piedras de la espiral de aromáticas.

—Eso… lo que sucedió esa noche quedó en el pasado. Podemos olvidarlo.

—Pero tú *me mentiste* y eso *no* quedó en el pasado. Me has mentido todos los días, todas estas semanas que han pasado. Incluso hoy, mentiste respecto a Tabitha…

—No sabía que había muerto —dije en vano.

—¿Y se supone que eso cambia las cosas?

No digo nada porque, por supuesto, no cambia las cosas. De hecho, no se me ocurre nada que pueda mitigar esta situación.

Nos quedamos mirando varios segundos hasta que Tenn empieza a negar con la cabeza.

—Hasta aquí llegué. *Lo nuestro* se acabó —dice y camina pisando fuerte de vuelta al Boss. Se sube y, antes de que me dé tiempo de parpadear siquiera, se va.

Llevándose la rosa azul.

30

15 DE MARZO, 2002
HACE TRECE AÑOS

RainOnATennRoof: Silvergurl…

RainOnATennRoof: …sé que estás ahí. Te conectaste como hace treinta segundos.

RainOnATennRoof: ¿Fuiste a la fiesta siquiera?

silvergurl0917: sí. sí fui.

RainOnATennRoof: ¿Qué sucedió?

RainOnATennRoof: ¿Por qué no me hablaste?

RainOnATennRoof: A menos de que…

RainOnATennRoof: mierda

silvergurl0917 ha dejado Messenger.

EN EL PRESENTE

Cuando llego a mi camioneta estoy hiperventilando, pero no lo suficiente para impedirme llamar a Laurel.

—¿Sage? —a pesar de que grita mi nombre, apenas alcanzo a escucharla, el sonido de la música apaga su voz. Un minuto después, todo queda en silencio—. Listo, así está mejor.

—¿Dónde estás?

—Tomando fotografías en una boda, pero todos están comiendo, así que llamaste en buen momento, puedo hablar unos minutos. ¿Qué sucede?

Respiro hondo para tratar de evitar que mi voz tiemble tanto.

—Tenn se enteró de que le mentí respecto al asunto de AIM —le explico y solo escucho un largo suspiro.

—No seguiste mi consejo, ¿verdad? —dice. No me puede ver, pero de todas formas niego con la cabeza.

—A mi favor puedo decir que, para cuando descubrí que lo amaba, la mentira había crecido como un tornado y estaba fuera de control —explico y pienso en la expresión de Tenn, la de apenas hace cinco minutos. Pienso en las lágrimas en sus ojos, en su mandíbula tensa. Hasta aquí llegué. *Lo nuestro…* se acabó.

—¿Cómo que "para cuando descubrí", Sage? Pero si has estado enamorada de él desde, ¿cuándo? ¿Desde que tenías quince?

La dureza de su tono me hace incluso latiguear la cabeza.

—Eh…

—Y solo le mentiste sin reservas desde, ¿cuándo? ¿Desde el primer momento?

—Yo no…

—¿Y ahora qué esperas? ¿Qué diablos va a hacer él ahora? ¿Irse del pueblo? ¿Por qué no pudiste hacer algo tan esencial como decirle la maldita verdad?

—*Mierda*, Laurel —exclamo, vuelvo a respirar con dificultad—. Hace una semana me llamaste para ayudarte cuando *tú* estabas en crisis y es lo mismo que estoy haciendo ahora. No te marqué para que me dieras un sermón. Lo que necesito es apoyo.

—Sage, ya te apoyé. ¡Lo hice cuando te dije que *no* hicieras justo lo que terminaste haciendo!

¿Laurel quiere entrar en ese pantano? De acuerdo.

—¿Quieres hablar sobre mentirosas? ¿Hace cuánto tiempo sabes que Jorge te engaña? —pregunto, pero no le doy tiempo de responder— ¿Una semana completa? ¿Y cómo van las cosas? Sigues cenando con él, trayéndole su cerveza. Diciendo *que se joda el mundo*. Creo que podemos decir sin problemas que eso es *una maldita mentira monumental*, ¿no?

—No es lo mismo, Sage. No se acerca ni un poco.

—¿No? ¿Entonces cuándo planeas decirle?

—¿Decirle qué? —pregunta y yo solo puedo lanzar el brazo hacia arriba, exasperada.

—¡Qué te vas a divorciar de él! —grito, pero ella solo guarda silencio un largo rato—. Laurel, pensé que te ibas a divorciar.

—Sage, algunos no podemos huir cuando las cosas se ponen difíciles.

Si Tenn me enterró un cuchillo en el corazón, Laurel acaba de tomarlo del mango y retorcerlo.

—Disculpa, Sage, eso no fue lo que quise decir.

—Seguro que no —digo antes de colgar y apagar el teléfono.

CONDUZCO, PERO NO TENGO NI IDEA DE A DÓNDE ME DIRIJO. Voy por caminos al azar, paso junto a grupos de vacas cafés que yacen perezosas en huertos de pacanas, y luego al lado de montañas con pequeñas casas que se alcanzan a ver en la cima, hasta que llego a la carretera panorámica, atravieso el centro y debo desacelerar porque es lunes.

Cuando era niña, esta pasarela peatonal estaba repleta de pequeños negocios familiares. Había una tienda de suministros para la cocina llamada Smitten y la pequeña boutique de una pareja que vendía lana. Incluso Cranberry Rose solía tener una tienda donde vendían agua de rosas, vino y jamón. Ahora, en lugar de todo eso hay sucursales de Banana Republic y White House Black Market. Como también hay un Starbucks apretujado en el espacio donde solía estar la tienda de moda de la pareja, donde antes se vendía lana merina hilada a mano, ahora preparan *frapuccinos* con chispas de chocolate.

Todo esto me pone a pensar en la historia de esta tierra, incluso del mundo. En cómo se le pudo ocurrir a alguien que derribar árboles de mil años era correcto. En que la gente que tiene y cuida jardines es ordinaria, pero la que trabaja para hacer crecer sus portafolios de acciones es sofisticada. Pienso en que las tierras de la mamá de Tenn, con los cantos de todas esas aves, las motas de luz pasando entre los árboles y las setas ancestrales, serán destruidas en unos cuantos días solo porque un puñado de ricos quieren más dinero. Y en que nadie puede hacer nada al respecto.

Me estaciono frente a un viejo edificio de ladrillos con ventanas amplias y bien iluminadas en las que se exhiben collares de ámbar y brazaletes de rubí. Las campanillas de la puerta repiquetean cuando entro y de inmediato percibo en el aire el familiar aroma del café americano. Solo hay un empleado y lo reconocería en cualquier lugar: Brian Saleh, con las amplias páginas de un periódico extendidas frente a él.

Baja el periódico y sonríe al verme.

—¡Sage! Escuché que habías vuelto al pueblo y desde entonces me he preguntado cuándo pasarías por aquí.

Brian es lapidario, es decir, corta y pule gemas. Para ser honesta, es un proceso increíblemente tedioso que requiere de muchísima destreza, y conste que lo digo yo, que estoy entrenada en soladura y engaste de joyas. En cuanto compré mi camioneta, podría decir que casi empecé a vivir en esta tienda, con la nariz pegada al vidrio del escaparate, imaginando lo que diseñaría alrededor de zafiros del color de las bayas de espino o de ágatas de encaje azul con vetas tan finas que se parecerían a los antiguos sedimentos que uno ve en las carreteras construidas a través de roca montañosa. Incluso antes de tener la camioneta venía cada vez que cumplía años, traía un poco de dinero en la mano y compraba alambre y piedra cruda, y refrendaba mi objetivo personal de vida: transformar esos materiales en algo hermoso y valioso.

Brian y yo hablamos un rato, por alguna razón, no se había enterado de que estuve dando clases de platería.

—¿Buscas algo en particular? —me pregunta de pronto.

No sé por qué, pero su pregunta hace que los ojos se me pongan llorosos.

—No, en realidad no.

—Espera, hojita, ¿está todo bien?

Hojita, es la cariñosa forma en que Brian y Mia, su esposa, me llaman. O llamaban. No había escuchado mi sobrenombre en años. Me enjugo las lágrimas que ruedan por las mejillas.

—Estoy bien, solo tuve un día difícil.

Brian se me queda mirando un momento.

—¿Te vendría bien beber un café?

—Seguro.

—Déjame preparar café fresco —dice antes de entrar por la puerta que lleva a la parte de atrás y desaparecer. Estoy segura de que lo asusté, así que respiro y trato de aplacarme.

Las joyas sin engastar siempre han sido mi *lugar feliz*. Me recargo sobre el vidrio y miro maravillada las esmeraldas y los diamantes al fondo, las piedras semipreciosas del frente, piedra de luna y piedra solar, peridoto tan verde como vino de hadas, granates tan rojos como el pastel *red velvet*. Están cortadas en óvalos, círculos y cuadrados, algunas están facetadas, pero hay otras con superficies tan suaves como la seda. Esas se llaman cabuchones.

Alguien cubre la vitrina con sus brazos y, cuando miro, no me sorprende ver a Sky.

—¿Estás siguiendo el consejo de Tenn?

—¿Cuál consejo? —pregunto de mala gana, tratando de reprimir la sensación de que mi corazón se contrae al escuchar su nombre.

—Hacer algo para Teal. Eso le recordará la época cuando le agradabas.

—¿Cómo sabes eso? —pregunto en un murmullo—. Eso lo dijo esta mañana en su auto y no te vi ahí para nada.

—Las palabras y las historias no permanecen ocultas mucho tiempo, Sage.

Cierro los ojos y me sobresalto cuando Brian vuelve con una taza de café en la mano.

—Aquí tienes. Dime si necesitas algo más.

—Gracias, Brian.

Sorbo el café. Como la tienda es demasiado pequeña para que yo pueda hablar con un fantasma que nadie más ve y que solo surge con mis lágrimas, Sky salta a través de una vitrina de anillos de compromiso y me deja para arreglármelas sola.

La verdad es que tengo mucha gente a la que necesito recordarle la época en que yo le agradaba. Tengo mucho por lo cual ofrecer disculpas.

En primer lugar, porque he guardado secretos durante demasiado tiempo. Cuando era niña no le dije a Nadia que me descuidaba. Tampoco hablé con nadie sobre el fantasma de Sky.

También necesito ofrecer disculpas por desquitarme con Laurel. Porque, en efecto, se comportó como una tonta, pero sé que solo se estaba proyectando. En lugar de permitir que las cosas se salieran de control, debí colgar el teléfono, llamarle más tarde, cuando no estuviera fotografiando un gran evento, y hablar con ella con calma.

Nunca le ofrecí disculpas a Teal por haber divulgado que era sobreviviente de abuso doméstico.

Y lo más fuerte de todo ahora: Tenn. Le mentí, incluso mientras me enamoraba de él. Ahora mi corazón siente algo de lo que no me di cuenta sino hasta que se fue furioso en su automóvil, dejando detrás de sí un rastro de ira y polvo: me enamoré *como loca* de él. Como loca de remate. Como loca sin remedio.

—Todo se ha roto —murmuro.

—Las cosas llevan mucho tiempo fracturadas, Sage —dice Sky—. Pero *necesitan* fracturarse. Para que ahora las raíces y las hojas surjan y todo pueda volver a florecer.

Su metáfora me detiene. Si una semilla se abre y la planta no puede salir, ¿se pudrirá o se secará en el interior? ¿Es eso lo que ha sido mi vida? Una existencia fracturada. Seca. Putrefacta. Claro, no es agradable que las cosas se quiebren, pero ¿qué tal si a veces eso fuera lo que se necesitara como Sky acaba de decir? ¿Qué tal si, en ocasiones, tuviéramos que fracturar las cosas para poder repararlas?

—¿Brian? ¿Podrías cortarme esta ágata musgosa por favor? —pregunto al terminar mi café.

—Depende de lo que estés planeando hacer con ella —me dice acercándose.

Este tipo de ágata se llama musgosa porque da la impresión de que en su interior hay rizos de musgo atrapados. Por lo general es predominantemente blanca, pero esta parece como si la hubieran sumergido en los verdes azulados de un bosque Apalache.

Parece todo un paisaje.

Es como si los tres elementos cohabitaran en una sola gema: la salvia del bosque, el verde azulado del mar, la eternidad del cielo.

—Tres partes —le digo—. Cada una de cinco milímetros de diámetro, cortadas aquí, en la línea del horizonte —agrego. Brian toma un lápiz de cera y traza uno de los cortes directamente sobre la piedra—. Sí, así. Perfecto.

Me sonríe.

—Vuelve por la noche, Sage. Las tendré listas para entonces.

SIGUIENTE PARADA. OTRA MÁS QUE *HE ESTADO* POSTERGANdo. Casa de Amá Sonya.

Lloro todo el camino hasta llegar ahí, así que, para cuando me estaciono, tengo los ojos inflamados y la nariz roja que no deja de correr. Sky se ve tan orgánica y tan bien definida como cualquier ser humano *vivo*. Me acompaña hasta la puerta del frente.

—¿Crees que el Granjero Whitey esté en casa? —pregunto. Sky resopla. Granjero Whitey es el apodo que Teal le puso al marido actual de Sonya.

Sky cierra los ojos.

—No está.

Supongo que lo sabe porque puede sentir palabras e historias.

La puerta se abre y ahí está Amá Sonya.

—Hola, Amá —digo en un tono muy amable.

Se me queda mirando como si le acabara de proponer que practiquemos canibalismo por diversión.

—¿Qué te trae hoy por aquí? —dice empujando la puerta un poco más y, entonces, ve *directo* a Sky—. Ah —dice con calma mientras a mí se me pone la carne de gallina en la espalda y los brazos. En algún momento *me pregunté* si ella también podría ver a Sky después de que yo llorara con ganas y sin reservas. Por suerte, todavía tengo una buena reserva de lágrimas. En especial hoy.

—Tengo algunas preguntas —digo sollozando—. Respecto a los fantasmas.

—Shhh —sisea Sonya lanzando una mirada furtiva alrededor—. Entra, rápido. Antes de que alguien te vea. O *a ella*.

—¿Cuál es el problema? —pregunto siguiéndola con Sky—. ¿Tus vecinos son la policía antifantasmas?

—Qué graciosa —dice. Viste un blazer color crema, falda entubada y tacones del mismo color. No sabría decir si acaba de llegar a casa de un banquete o si tiene una cita importante dentro de poco porque estoy segura de que siempre se viste así, sin importar si saldrá o no. De hecho, si de pronto me dijera que este es su pijama, no me sorprendería en absoluto.

—¿También me puedes escuchar? —pregunta Sky con los ojos bien abiertos. Parece que no esperaba que Amá pudiera verla.

—Por supuesto que te escucho, incluso escucho tus pensamientos. Son bastante ruidosos —dice Amá mirándola inflexible—. Has estado espiando al nieto de nuestro vecino.

—¡Amá! —grita Sky.

—¿Lo has estado espiando? —pregunto—. ¿El nieto de quién? —añado y el fantasma de Sky se sonroja.

—Del Viejo Noemi. Vino a quedarse con él para cuidarlo.

Me quedo pensando un momento en lo que dijo Amá.

—¿Entonces qué haces? ¿Lo miras ducharse?

—Ay, ¡Jesús santo, Sage!

—Ya, ya, siéntense las dos y cállense —dice Sonya al tiempo que toma un par de tazas para café y sirve pastelillos en una charola.

—Yo no he visto a nadie en casa del Viejo Noemi —susurro.

—Eso es porque te la pasas encerrada en el ático como murciélago —dice Sky y yo resoplo.

—Bueno, ya, ¿es guapo?

—Sage Esmerade… —dice Sonya en tono de advertencia, pero en cuanto se voltea para seguir sirviendo, Sky emite un imperceptible *sí*.

Después de varios minutos de brutal silencio, Sonya coloca el café frente a nosotras.

—Sky no puede beber eso.

—Entonces bébelo tú en su lugar.

Sonya se sienta y sorbe un poco de café con toda la delicadeza posible.

—Dijiste que tenías preguntas.

Asiento con la cabeza. Creo que más me vale ir al grano.

—Mencionaste que los fantasmas no sueñan, que no pueden afectar el mundo material y que no crecen ni envejecen —repito señalando a Sky—. Pero ella me deja tazas de café con sabor a chocolate con frambuesa y, pues… mírala.

Sonya escudriña a su nieta muerta con una ceja arqueada como si fuera una antigüedad que hubiera venido yo a venderle.

—*Dijiste* que si un fantasma hacía esas cosas, entonces no era un fantasma —añado.

Sonya mira a Sky con los ojos entrecerrados.

—Entonces, ¿no puedes viajar entre mundos?

—¿Cómo diablos podría hacer eso? —pregunta Sky con aire incrédulo.

—Es natural para los fantasmas. Puedes saltar del mundo de las sombras al mundo de los sueños, al de los vivos, al de los muertos, ... —entonces hace una pausa y baja la voz—. Al mundo de los antiguos.

—Entonces —interrumpo—, esa es la regla número cuatro de los fantasmas.

Sonya me mira enfadada.

—Solo hay tres reglas. Viajar entre mundos *es algo natural, sucede por defecto*. Como el hecho de que una persona deba morir para convertirse en fantasma, por principio de cuentas —dice fulminándome con la mirada—. Todos los fantasmas atraviesan de un mundo a otro, por eso suelen ser tan fastidiosos —explica poniendo los ojos en blanco y negando con la cabeza como si no pudiera creer lo tonta que sueno.

—Pues yo no puedo hacerlo —dice Sky—. Ni siquiera sabría por dónde empezar.

—¿Nunca has entrado en un sueño? —le pregunta Sonya—. Es lo más sencillo en lo que te puedes adentrar.

—¡No! No lo he hecho —dice Sky entrecerrando los ojos—. Aunque suena muy *cool*. ¿Podrías explicarme cómo hacerlo?

—No *puedes* hacerlo —interrumpo—, porque *no* eres un fantasma. ¡Esa es la razón por la que estamos teniendo esta conversación, para empezar! ¿No es cierto, Sonya?

Sky y yo la miramos en espera de su respuesta. Ella tararea sutilmente y continúa bebiendo su café como si no estuviéramos ahí.

—¡Vaya! —digo levantando las manos de pronto—. ¿Entonces qué es Sky?

—¿Y cómo podría yo saberlo? —exclama Sonya exasperada—. Mi don no consiste en identificar cosas que no son fantasmas.

—Pero, entonces *sí* tienes un don.

—Yo no dije *eso* —murmura con un suspiro—. Mira, cuando nos enteramos de que no encontraron el cuerpo, supimos que algo raro había sucedido. Pero nadie sabía qué.

—¿Por qué dices "supimos", en plural? ¿De quién más hablas?

—De mí, de Nadia y de Anya, tu otra tía.

—Bien, ¿por qué era raro? El detective dijo que tal vez se la habían… —miro a Sky antes de continuar—. Llevado. Los animales. Y el parque es muy grande —digo y Sonya se ríe de mí.

—*Sé* que los animales recogen comida y la guardan, ¿pero no dejar ni un cabello? ¿Ni una gota de sangre? Bajo la reja de la que cayó no encontraron nada más que rocas.

Tiene razón. Busco otra explicación lógica.

—Pues, llovió…

Sonya me interrumpe mirándome de forma incisiva.

—No llovió sino hasta que Teal volvió relampagueando. Y eso sucedió, ¿cuándo?, ¿tres días después? Luego la policía peinó el fondo del acantilado con perros, ¿no?

—¿Qué estás tratando de decir, Sonya? —exclama Sky desesperada—. ¿Qué más pudo haber sucedido?

Sonya parpadea.

—Prometí que no lo diría.

—Estamos hablando de *mi* cuerpo, creo que tengo derecho a saber.

Esto es una batalla campal. Nos miramos entre todas con las armas desenfundadas, esperando a ver quién se moverá primero. Finalmente, Sonya se encoge de hombros y lanza su cabello hacia atrás.

—*Yo* no soy la que *sabe* cosas, ¿cierto?

Sky y yo nos miramos. Nos queda claro que estamos pensando lo mismo. El don de *saber* no le corresponde a Sonya. Le corresponde a Nadia.

31

NADIA ESTÁ EN CASA, PERO POR SUERTE, TEAL NO. ESTO es, al menos, un acto de clemencia. Dios bien sabe que no necesitamos rayos explosivos cayendo sobre la conversación que estamos a punto de tener.

Sky es quien abre la puerta antes de entrar pisando fuerte. La sigo.

Nadia está sentada en la cocina, sirviendo dos cargas de expreso. Abre los ojos como platos y empieza a seguir el estruendo de las pisadas de Sky.

—¿Dónde está mi cuerpo? —pregunta Sky—.

¿Dónde estoy?

—No te puede escuchar, Sky —le recuerdo.

—¿Puede escuchar esto? —pregunta al tiempo que empieza a golpear con un cucharón el interior de una cacerola de hierro fundido que está sobre la estufa. Nadia y yo brincamos del susto.

—¿Qué es esto? —dice Nadia finalmente.

—¿Dónde está el cuerpo de Sky? —pregunto, pero ella solo niega con la cabeza.

—No comprendo…

—Nadia, ¿dónde está el cuerpo de Sky? —insisto.

Nadia sorbe su expreso y mira por la ventana el brillo de las hojas entre el viento y el sol.

—Buscaron y buscaron por semanas, pero…

—Pero tú *sabes* algo, Nadia. Tú *sabes*.

Se me queda mirando un momento y luego voltea a ver la cacerola de hierro fundido que Sky continúa haciendo vibrar con el cucharón como si fuera una gran campana.

—Vamos —dice al tiempo que levanta la taza de expreso, vacía el café en una taza para viajar y cierra la tapa. Camina hasta la puerta del frente y, al pasar por la barra, toma sus llaves—. Ya sé que no me dejarán en paz hasta que no les muestre. Así que vamos.

EL CORAZÓN ME LATE DEMASIADO RÁPIDO. MIENTRAS NADIA conduce, respiro varias veces para tratar de desacelerarlo y me enfoco en el paisaje alrededor. La vieja granja roja a medio derrumbarse. Un grupo de cabras debajo de una enorme higuera de Bengala. El Piggly Wiggly.

Este lugar me recuerda a Laurel. Me pregunto si algún día se divorciará de Jorge.

Y eso a su vez me recuerda que, cuando me estaba mudando de vuelta a casa de Nadia, vio a Tenn ahí, en *esa* tienda de víveres. Recuerdo que cuando pronunció su nombre, el corazón se me encogió, incluso entonces. Como si desde entonces supiera que me lo volvería a romper. Y tenía razón. Es decir, sí, finalmente fue culpa mía, pero también tenía razón.

—Sage —dice Nadia interrumpiendo mi tren de ideas.

—¿Sí? —digo y me mira.

—¿Está Sky aquí?

Echo un vistazo atrás. Creo que Sky está más nerviosa que yo, la veo jugueteando con las manos y golpeteando con los pies.

—Sí, aquí está.

—Sky —dice Nadia—. Recuerda que eras mi pequeña ayudante cuando horneaba flanes —Sky y yo sonreímos sutilmente. En algún momento, Nadia iba a abrir su propia panadería y la iba a llamar "24 Flans" porque el flan siempre fue su especialidad y el veinticuatro era su número de la suerte. Cuando se graduara de la preparatoria, en lo que comenzaba clases en el Cranberry Community College en el centro, Sky le iba a ayudar a hacer todo.

—Cuando te perdí, cuando te perdimos, le recé a los dioses ancestrales para que te conservaran. Oré porque pensé que ni yo, ni nosotras como familia podríamos soportar otra pérdida.

Sé que al decir *otra pérdida* se refiere al hecho de que mamá nos abandonó. No murió, pero sufrimos como si así hubiera sido.

—Y mientras rezaba, el *conocimiento* me invadió —explica. Esta es la manera en que Nadia describe su don. Hace mucho que no la escuchaba expresarlo así, por eso la piel de los brazos se me pone de gallina como si le lloviera—. Y supe dónde terminó tu cuerpo.

—¿Por qué no le dijiste a nadie? —pregunto en voz baja.

—Porque no quería encontrarla, mija. No quería verla medio devorada, medio ida. Pensé que estaría bien en cualquier lugar a donde los dioses ancestrales hubieran elegido llevarla.

—¿Cómo se ven los dioses ancestrales? —pregunta Sky y yo repito la pregunta en voz alta para Nadia.

—No lo sé, pero por lo que vi en las huellas que tu mamá y yo solíamos encontrar en el parque, creo que deben de ser dorados.

—Dorados… —murmura Sky.

Nos detenemos en el estacionamiento del Parque estatal Cranberry Falls. Apoyo mi mano sobre el brazo de Nadia.

—Tengo miedo —no quiero encontrar el esqueleto de mi hermana. No quiero que la última vez donde vea sus dientes sea en su cráneo desnudo en lugar de en su sonrisa. No quiero nada de eso.

—Yo también tengo miedo, pero es obvio que Sky necesita esto. De otra manera no habría venido a ti.

Después de escuchar eso, Sky y yo bajamos del auto de un brinco y seguimos a Nadia por el bosque.

—Sage —dice Nadia. Me asusta un poco, estoy demasiado nerviosa. No quiero hablar y pensé que ella tampoco querría hacerlo ahora.

—¿Sí?

—¿Sabes? De las tres, eres la que más se parece a tu madre.

—¿Ah, sí? —no he visto muchas fotografías de mamá, pero en las pocas que aparece se ve elegante. Esbelta. Con el cabello ondulado como el de Teal y una sonrisa traviesa como la de Sky.

—Así es. Cuando perdimos a tu mamá, *I lost the daughter of my heart*: "a la hija de mi corazón" —repite en español. Su respiración es trabajosa, creo que hace mucho que no camina por el bosque. Le ofrezco mi brazo, pero ella declina negando con la cabeza—, estaba perdida en mi propio dolor. Una parte de mí sabía que dejarte a cargo no era correcto, pero de todas formas me convencí de que tú harías un mejor trabajo que yo. Porque yo estaba deprimida, difícilmente podía cuidar de mí. No creí poder hacerme cargo de ustedes también, y para poder mantener esta narrativa, tuve que convencerme a mí misma de que Teal era una niña y tú no —dice y me mira directo a los ojos—. Hice mal y lo lamento —titubea un instante y agrega algo—: Debí obligarla a limpiar su habitación.

Siento que el corazón se me vuelve a romper de nuevo. Quiero decir *Gracias*. Quiero gritar: ¿Por qué no te diste cuenta de esto antes de que me dañara de forma irreversible?

Pero no digo nada porque en ese momento ella abandona el sendero y se interna en los matorrales.

A la derecha, a lo lejos, se encuentra el acantilado de donde cayó Sky. La policía y los guardabosques nos dijeron que murió al instante. La gente rara vez sobrevive a caídas de más de cuarenta pies, y de la reja a las rocas había por lo menos ochenta. Nadia no se dirige a las rocas como yo esperaba, nos guía hacia la profundidad entre los árboles.

Caminamos veinte minutos más, nuestras piernas se atoran entre las ramas de las zarzamoras silvestres y después de un rato recuerdo mi don y empiezo a pedirles a las plantas que nos abran el paso. En ese instante, como una suave inhalación, el sendero se abre frente a nosotras como si pequeños brazos sujetaran a las ramas y las empujaran hacia atrás. Y una vez que pasamos, las ramas recobran su forma y vuelven a su sitio, como una exhalación.

Veo el lugar desde lejos, mucho antes de confirmar que ahí es a donde nos conduce Nadia. Y, de alguna forma, lo sé, de pronto sé que el roble que está un poco más adelante es el árbol. Tiene las ramas anchas y caídas como los viejos robles del bosque de la madre de Tenn. De un lado está cubierto por el dorado de la luz solar y, del otro, por el fresco azul de las sombras del verano. Es colosal, es ancestral, es tan feroz como puede serlo cualquier ser con raíces tan grandes como un pueblo entero. Y ahí es donde yace el cuerpo de Sky.

El corazón me empieza a palpitar como conectado a las plantas de mis pies, comienzo a caminar con dificultad e incluso me tropiezo. *No puedo hacer esto*, pienso, pero mis piernas continúan moviéndose. Nos acercamos cada vez más, hasta que estamos en las tentaculares raíces que se extienden sobre la tierra, tan extensas y curveadas como las olas del mar.

—Dame un minuto —dice Nadia sentándose sobre una raíz.

Pero no puedo darle el minuto que me pide, así que empiezo a caminar alrededor del árbol. Quiero acabar con esto y me parece que también Sky porque va mucho más adelante que yo.

Toco la corteza del roble y su conciencia vibran bajo mi palma como el zumbido de abejas que vuelan demasiado cerca. Es antiguo. Cuando me pregunto qué edad tendrá, mis células escuchan a las suyas responder. Quinientos ochenta y seis años.

Un automóvil pequeño cabría en el tronco, el cual está ahuecado y forma una gruta. Las largas ramas cuelgan bajo y forman un dosel tan amplio como una casa. Aquí, bajo la sombra del árbol, está más fresco, pero no solo se debe a la penumbra, también a su respiración.

—¿Sage?

Camino hacia el lugar de donde viene la voz de Sky. La veo inclinada y… Oh, Dios mío, veo un pie que sobresale de la cueva arbórea.

Pero, han pasado ocho años. Ocho largos años, ¿por qué todavía hay piel sobre los huesos?

Junto al pie hay una gran abertura, tan amplia como una gruta. Entro arrastrándome y siento que el corazón se me detiene durante tanto tiempo que empiezo a preguntarme por qué no me desmayo junto a ella.

Porque *ahí está* el cuerpo de mi hermana.

Sobre ella veo una tenue luz. Miro hacia arriba, sí es luz proveniente de un gran agujero que llega a la parte superior del árbol.

El cuerpo está cubierto de hojas acomodadas en un patrón que parece haber sido tejido. Me inclino, toco una de las hojas y en ese momento se rompen y empiezan a girar en el remolino del viento. Apenas alcanzo a ahogar un grito.

Como no veo muy bien, saco mi teléfono y enciendo la linterna. A mi alrededor veo el brillo del oro, pero lo ignoro.

El fantasma de Sky me alcanzó arrastrándose también.

—¿Ves eso? —susurro.

—¿Ver qué? —pregunta siseando—. ¿Que si veo mi propio cuerpo ahí? ¿Muerto?

—No, no está muerto Sky. Mira. Hay una *respiración*.

Observamos una sombra que asciende y desciende. Asciende y desciende.

—¡Ay! María Magdalena —dice Nadia, quien por fin nos alcanzó. Tiene los ojos más abiertos que los de un búho—. ¿Está viva?

—¿Cómo es esto posible? —pregunto—. ¿Cómo puede estar su fantasma aquí y el cuerpo allá?

Nadia observa la silueta del cuerpo de Sky, lleva la misma ropa de aquel día. Jeans que, sin embargo, no le quedan demasiado cortos aunque creció. Una camiseta de los *Expedientes X* que, por cierto, era mía y me robó. *Quiero creer.* Junto a ella hay unos tenis hechos jirones que, sin duda, ya no le quedan.

—¡Espanto! —exclama Nadia en español.

—*What do you mean? Terror? Horror?* —le pregunto. ¿Es eso lo que significa espanto?

—Sí, *espanto* es algo que decimos cuando algo aterrador sucede y el alma se asusta tanto que abandona el cuerpo. No es un fantasma. Es su alma —explica Nadia. Luego toca un trozo de corteza y me muestra su dedo. Es como si lo hubiera arrastrado sobre una hoja de oro. Sus ojos brillan, los inunda el llanto—. Los antiguos la han mantenido aquí. A salvo —dice—. Como se los pedí en mis oraciones.

—Pero entonces, ¿qué hago? —pregunta Sky—. ¿Cómo vuelvo ahí?

—¿Qué tiene que hacer Sky para que su alma vuelva a entrar a su cuerpo? —le pregunto a Nadia en cuanto recuerdo que no puede escuchar a Sky.

—Entra, solo entra, mija —dice.

—Yo también tengo miedo, Sky —digo con la voz quebrándoseme—, pero no te voy a dejar. Estaré aquí, no importa lo que pase. No volveré a dejarte nunca.

Sky se muerde el labio y cierra los ojos como si imaginara algo. Sea lo que sea, le infunde fuerza porque me mira de nuevo y asiente.

—Okey—dice.

—Okey —susurro.

Contengo el aliento y observo mientras el alma de Sky se para temblorosa en el interior del árbol. El viento entra presuroso y el oro resplandeciente lo sigue, flota alrededor del alma como las escasas semillas de un diente de león bajo la luz del sol. Se ve eterna. Al ver su contorno iluminado por el fuego solar, creo que parece un dios ancestral.

Y Sky entra.

32

CUANDO LAS TRES BRUJITAS YA ESTÁBAMOS APIÑADAS en una cama individual por la noche, Nadia solía decirnos:

—"Al principio solo existían los dioses. Los dioses y esta tierra..."

Entonces nos explicaba cómo se formaron todos los mundos, cómo existieron *uno dentro del otro* antes de separarse en dimensiones distintas. El mundo de los sueños, entramado a través del de las sombras, incrustado en el de los vivos, enredado alrededor del de los muertos.

Antes de que Sky *vuelva a ser* una vez más, como por un instante me parece que eso es justo de lo que soy testigo. De una respiración en la que los mundos se vuelven a fusionar, una respiración en la que veo a cada una de las criaturas que han vivido y muerto, a cada sombra trazada, a cada dios que ha errado por esta tierra, envolviéndonos como capas de seda tejida por arañas.

Y entonces, sucede: el atisbo de la divinidad. Como debe de ser.

Exhalo al mismo tiempo en que nuestra Sky, una sola ahora, inhala intensamente, enroscada en la curva de un roble ancestral, apoyándose en el suelo para levantarse. El cabello se le desliza sobre los hombros y le sigue llegando a la cintura. Extiendo los brazos y la tomo de las manos.

—¿Estás bien? —pregunto—. ¿Estás bien?

—Sí —susurra de una manera que me hace sospechar que aún no lo sabe con certeza.

Pero está aquí.

Viva.

Y para mí, con eso basta por ahora.

DESPUÉS DE UN BUEN RATO DE LLORAR, ABRAZARNOS Y besarnos, empezamos a hacer planes.

Nadia dice que tal vez no es muy buena idea decirle a la policía que el cuerpo de Sky estaba en un árbol y que los últimos ocho años su alma estuvo acosando a su hermana mayor hasta que logramos unirlos de nuevo. Y yo estoy de acuerdo.

Pero la cuestión es que a Sky la declararon muerta hace mucho tiempo, así que necesitamos *alguna* explicación.

Durante todo el camino de vuelta a casa, Nadia y yo discutimos y discutimos, analizando con detalles situaciones hipotéticas y sus respectivas logísticas. Hasta que Sky decide hablar.

—Desperté en el bosque, eso es lo único que quiero decir.

—Pero... —intento decir, pero ella niega con la cabeza.

—Eso es lo que quiero decir. Eso es lo que diré. Que desperté hoy en el bosque. Y que no sé qué sucedió, pero aquí estoy.

Nadia y yo nos miramos. Si eso es lo que ella quiere, de acuerdo.

—Tenemos que avisarle a Teal —digo—. Tiene que saberlo ahora y saberlo de nuestra propia voz, no a través de alguien más

—añado. Vivimos en un pueblo pequeño, en cuanto el *sheriff* se entere de lo sucedido, no habrá nada más que hacer.

—Tú avísale. Llámala ahora mismo—dice Nadia y yo me contraigo de inmediato.

—A mí no me va a contestar la llamada —digo.

Nadia me entrega su teléfono. Lo tomo con manos temblorosas, busco el nombre de Teal y oprimo el botón de *marcar.*

—¿Hola? —responde.

—Teal —digo y, como por millonésima vez en el día, empiezo a llorar.

—¿Sage? ¿Qué pasa? ¿Le sucedió algo a Nadia?

—No —digo, difícilmente puedo hablar, pero lo logro—. Se trata de Sky —respiro muy, muy profundo—. Está *viva.*

EL *SHERIFF* VIENE Y LE PIDE A SKY QUE REPITA LA HISTORIA. "Desperté en el bosque. Caminé a la casa de mi tía y toqué a la puerta." Estas son las únicas dos oraciones completas que le dice. Él tiene todo tipo de preguntas y lo sé porque hay muchísimas cosas en la historia que no tienen lógica. Sky no habría podido sobrevivir en los bosques de Virginia durante el invierno, ni siquiera en los inviernos más cálidos de la costa del estado. El *sheriff* cree que tiene amnesia porque es obvio que alguien la cuidó todo este tiempo.

En ese momento pienso en una de las frases preferidas de Nadia: *Hay muchas cosas más antiguas que Dios.*

Entonces Teal entra de golpe y el cielo a nuestro alrededor refleja cada una de sus emociones. Hay un arcoíris grueso y resplandeciente en medio de los rayos de sol y los relámpagos. Los truenos retumban y sacuden la casa, luego las nubes se disipan, justo cuando Teal salta al sofá rojo de Nadia, abraza a Sky sollozando y no la vuelve a soltar, ni siquiera cuando llega la ambulancia para llevarla al hospital.

Por supuesto, todas vamos con ella. Teal y yo vamos en la ambulancia y Nadia nos sigue en su automóvil. Cuando dije que nunca volvería a dejar a Sky, lo dije en serio, y creo que Teal y Nadia planean hacer lo mismo.

Sky pasa dos días hospitalizada en el Centro médico de Cranberry. Le hacen todo tipo de análisis, están asombrados de que no se encuentre deshidratada ni famélica, tampoco encuentran huesos rotos. Ni siquiera le encuentran tierra debajo de las uñas. Es como si la hubiesen colocado en una bóveda de hibernación sellada y la hubieran liberado ocho años después. Creció dos pulgadas y ahora mide cinco pies y once pulgadas. Se ve delgada, pero sus caderas son más anchas que antes. Todo esto indica que se ha alimentado bien, que todo este tiempo recibió las vitaminas y minerales que necesitó. El peculiar incidente que tuvo lugar en un pequeño pueblo se transforma en una enigmática historia viral en internet que montones de desconocidos tratan de resolver por su cuenta, y lo hace debido a la única pregunta sin responder aún: ¿cómo?

Los encabezados empiezan con cosas sutiles como: *Excursionista de Cranberry, declarada muerta, vuelve a casa ocho años después*, y solo pasan cuatro días antes de que se conviertan en algo como: *Experto en OVNIS asegura que excursionista resucitada de Cranberry fue secuestrada como parte del plan reptiliano.* A los periodistas les agrada Catalina Street. Las llamadas al teléfono de Nadia comienzan en algún momento y, poco después, todos nuestros celulares se ven afectados. Yo apago el mío de forma definitiva y durante bastante tiempo tras recibir un mensaje anónimo: Tu hermana ya no es humana y lo sabes, ¿cierto?

Por supuesto, lo único que Sky quiere es acostarse en la cama, dormir y ver películas. Le traemos cualquier comida que se le antoja. ¿Hamburguesa doble de frijoles con pepinillos adicionales? Enseguida. ¿Tamales caseros con guarnición de aceitunas rellenas de queso? Viene en camino. ¿Tiene una añoranza incontrolable del queso asado con pimientos rojos? Ya voy camino a la tienda para comprar los pimientos antes de que ella termine de decir *rojos*.

A veces la contemplo mientras duerme. Ni siquiera me doy cuenta de que lo hago, vengo y me aseguro de que siga ahí, sí, me aseguro de que aún respire y su corazón continúe latiendo. Me siento al borde de la cama y me aseguro de que que no tenga ni mucho calor ni mucho frío y, treinta minutos después, me doy cuenta de que sigo contando las veces que su pecho asciende y desciende al respirar. A veces, cuando la veo desde cierto ángulo, se ve como se veía cuando apenas gateaba, cuando insistía en que yo le sirviera de almohada si no se sentía bien o tenía pesadillas.

A los dieciséis, Sky era un poco desgarbada y se movía con torpeza. Sus extremidades crecieron demasiado pronto, antes que el resto de su cuerpo. Eran largas y huesudas, pero mientras tanto, su rostro conservaba un poco de la grasa infantil que tienen los bebés en las mejillas. Ahora, en cambio, es toda una mujer. Tiene veinticuatro años y no se ve ni un día más joven que eso. Sus pómulos son afilados, sus muslos engrosaron. Antes, su complexión parecía la del tronco de un árbol, ahora es un ocho. Su cabello tiene un color miel castaña, como el que solía adquirir cada verano. Sus ojos continúan siendo oscuros y centelleantes. Me parece que sus labios se ven más carnosos y el huequito que se le forma en la mejilla izquierda es más pronunciado cuando logra sonreír. Trata de mantenerse animada por nosotras, pero vamos: perdió ocho *años* de su vida.

Si acaso no estoy verificando cada media hora con precisión militar que Sky se encuentre bien, entonces estoy trabajando en mi habitación. En cuanto ella volvió a casa, abrí mi caja con la etiqueta *ESCUELA/TRABAJO* y saqué mis herramientas y materiales. Cera azul de joyería de distintos niveles de dureza, un tallador de cera eléctrico, equipo de tallado manual, de acero inoxidable, afilado, quirúrgico.

Hazle algo que le recuerde quién era ella cuando le agradabas.

Ese es mi nuevo objetivo. Hacer algo para *todas* las personas que he lastimado.

Y a pesar de que algunos de los recuerdos de mi antiguo empleo aún me duelen, ya no estoy furiosa al respecto. Extraño a mis alumnos, claro. Extraño mi estudio también, y no sé si algún día dejará de hacerme falta.

Pero en este momento, mi creatividad fluye como la savia de los árboles que producen sirope en primavera: nada puede contenerla. Ni el hecho de que Tenn esté furioso conmigo y, mucho menos, lo que la había paralizado: los recuerdos de mierda de Greg. De hecho, es como si él nunca hubiese sucedido porque, de pronto, lo único que *importa* es lo que me consume. Mi familia. Mis amigos. Todas las personas que amo. Y la verdad es que Greg nunca me importó o, al menos, no de la forma que me importan todos los demás.

Kate, la hija de Brian funde mis tallados en plata y luego yo les pulo el raro pellejo que se les forma a los metales tras la fundición. Después monto las piedras: los tres fragmentos de ágata musgosa que me dio Brian sin cobrarme un centavo. *Has tenido una semana de horror*, dijo para justificarse, y no lo contradigo. Cuando termino, inserto los moldes en las cadenas.

Luego tallo un faro y, en el pequeño hueco de donde surgiría la luz, coloco una diminuta perla del color de las auroras boreales.

Lo último que hago es tallar un hongo, seta de ostra, por supuesto. *Hazle algo que le recuerde quién era cuando le agradabas.*

En tres días produzco más de lo que llegué a hacer en seis meses, pero es lo único que impide que me vuelva loca. Entre Sky, pensar en Tenn y los mensajes de texto de Laurel que no he podido responder aún... Es una locura. Sé que no fui yo quien volvió de un estado comatoso de años, pero siento como si así fuera. Siento como si mis células se hubiesen reacomodado y no pudiera volver al lugar donde me encontraba, al menos, no sin un enorme ajuste de cuentas. Por eso trabajo con tanto fervor, porque esta es *mi* forma de volver a ser, la manera en que volveré a unir las piezas de mi vida.

HA PASADO UNA SEMANA DESDE QUE SKY VOLVIÓ. UNA semana imposible desde el imposible retorno de Sky. Acabamos de cenar, esta vez pidió enchiladas y, a pesar de que no son siquiera las siete treinta, ya está en cama como desmayada.

Todo está listo. Todo está engastado y pulido. Mi mochila empacada, me la echo al hombro, subo al segundo piso y me detengo frente a la habitación de Teal. Respiro profundo y toco a la puerta.

Se abre demasiado rápido, como si me estuviera esperando.

—¿Qué sucede?

Trago saliva. Meto la mano a mi bolsillo, saco el collar y se lo entrego.

Ella lo toma en silencio, la deslumbrante cadena envuelve el pendiente sobre su palma. Una amplia superficie de plata enmarca la joya de ágata.

—Somos nosotras —empiezo a explicar, pero ella termina por mí.

—Todo el paisaje —dice y levanta la vista, sus ojos llorosos brillan—. Sage, Teal, Sky: la salvia boscosa, el mar verde azulado. El cielo.

No decimos nada por un buen rato. Entonces comprendo que, tal vez, las cosas nunca volverán a ser espléndidas entre nosotras, y que es algo que solo tendré que aceptar. Por eso doy la vuelta para irme, pero ella me detiene con una sola oración.

—Esa mañana escuché a Nadia ordenarte que limpiaras mi habitación.

Volteo y la veo, se está enjugando las lágrimas de las mejillas.

—No me agradaba lo espantosa y sucia que llegaba a estar mi habitación en aquel entonces. Creo que estaba deprimida, ¿sabes? Pero no era culpa tuya. Y tú no tenías por qué limpiar mi basurero.

—Teal…

—Yo sabía que tarde o temprano terminarías haciéndolo, de la misma manera que limpiabas la casa entera y nos cuidabas. Fui egoísta. Cuando escuché a Nadia decirte eso, debí intervenir y decir que yo limpiaría mi habitación, sabía que estaba tan sucia que parecía porqueriza, pero no quise hacerlo. Y Sky y yo fuimos tan estúpidas… retándonos a conservar el equilibrio sobre la reja. Antes de que siquiera comience el acantilado, hay por lo menos cinco pies de pasto plano, por eso no creí que nos acercaríamos al borde, ni siquiera si caíamos —dice sollozando—. Dios santo, fui tan tonta —explica.

—Pero, ella está aquí ahora y… —digo respirando profundo.

—Está traumatizada de una forma inefable, Sage. Perdió ocho años y es *mi* culpa —interrumpe, las lágrimas no dejan de fluir, las enjuga con furia—. No podía enfrentar lo que hice, por eso te culpé. Por eso dije que fue tu culpa a pesar de saber que no lo era. Sé que fue una acusación ridícula, ni siquiera estuviste ahí, y para colmo, la razón por la que no estuviste fue porque *yo* no quise limpiar mi habitación.

—Pero debí estar con ustedes —digo mordiéndome el labio tan fuerte que me corto.

—No, Sage, no es verdad. Tú no eras nuestra madre, no era tu trabajo estar ahí para nosotras de la manera en que siempre lo estabas. Y lo lamento, ¿de acuerdo? Lamento que cuando me enfurecí con mamá por lo que hizo, me desquité contigo. Siento mucho que, cuando arruiné la vida de Sky, también me desquité contigo. Lamento mucho que cada vez que pude aprovechar la preferencia de Nadia, lo hice, y lamento que casi siempre haya sido a ti a quien pateé y quité del camino para seguir dominando.

—Está bien, no hay problema —susurro, porque odio verla llorar de esta manera.

—No, no está bien, pero, ¿sabes qué?, voy a arreglar las cosas —dice y me abraza.

Es un abrazo doloroso, crudo. No la había abrazado desde que tenía diez años creo, y, desde entonces, hemos vivido muchas cosas. Empiezo a sollozar también. Ella retrocede y ve mi mochila.

—¿A dónde vas?

—Es un recorrido para ofrecer disculpas —digo encogiéndome de hombros.

—De acuerdo —dice al tiempo que vuelve a entrar a su habitación y se pone una sudadera. La veo sacar un par de calcetas de un cajón y agacharse para ponérselas.

—¿Qué haces?

—Iré contigo. Para ayudar.

—Teal… —digo titubeando— es probable que esta noche cometa un delito —confieso y ella solo me mira.

—Y, o sea, ¿qué? ¿Se supone que eso debería asustarme? —dice al salir y cerrar la puerta—. Vayamos a cometer algunos crímenes.

De pronto se escucha un crujido y, al voltear, veo a Sky asomada desde su habitación con una sonrisa traviesa que ilumina su rostro.

—¿Alguien dijo "crímenes"?

Cierro los ojos y miro el techo.

—No, Sky, lo siento, tú no puedes venir.

—¿Qué? ¡No es justo?

—La vida no es justa. Vuelve a acostarte —le dice Teal agitando el dedo índice como si llevara toda la vida representando este papel de porquería de "la mamá".

Que no es el caso en absoluto. Es decir, la miro con toda la incredulidad del universo porque, o sea, ¿cómo quiere dar órdenes…? ¡si nunca la he escuchado ayudar a Sky! Jamás. Por lo general eran ellas contra mí, y yo siempre era la mala y prohibía cosas como… *No, no puedes cenar pastel de chocolate* o *No, no puedes robarte un elefante del circo…* cosa que Sky, de hecho, *podía* hacer… entre otras más.

Pero de pronto se siente bien que alguien me respalde.

—La próxima vez podrás venir —le digo con dulzura.

—Oh —exclama Sky asintiendo—. De acuerdo, la próxima vez que decidan cometer un crimen, te recordaré que hoy dijiste que las podría acompañar. Seguro.

—Me da gusto que estés de acuerdo —dice Teal camino a la escalera.

—No, ¡*No* estoy de acuerdo! Estaba siendo *sarcástica*.

Pero Teal no responde, baja las escaleras, y yo respiro hondo.

—Sky, *acabas* de volver de… digamos, *entre* los *muertos* —explico sacudiendo la mano—. Necesitamos mantenerte fuera de peligro, ¿comprendes?

—De acuerdo —dice frunciendo el ceño—, pero me tratan como si tuviera once años y tengo veinticuatro.

—No importa, necesitas permanecer a salvo.

—A salvo, ajá, en mi habitación. En casa de Nadia. Para siempre. Qué maravillosa la vida a la que volví de *entre los muertos* —dice y mueve las manos de forma espeluznante al pronunciar las últimas tres palabras. Ladeo la cabeza y la miro.

—Tú eres la que no ha querido hacer otra cosa que comer *gyros* de falafel y ver películas.

—¿Ah, sí? —dice agitando los brazos molesta—. Bien, pues tal vez ya me cansé de eso. Además, ¡tú y Teal nunca me invitan a ningún lugar! Lo único que hacen es mirarme desde la puerta de mi habitación ¡como si fuera un maldito fenómeno de la naturaleza!

Antes de que le pueda responder, Sky retrocede, entra a su habitación y cierra la puerta de golpe. Solo suspiro, odio ser la mala, incluso si ahora somos dos.

Teal insiste en empacar bocadillos y agua para recargar baterías en el camino. Por desgracia, la noción de "bocadillos" de mi hermana incluye barras de proteínas y pastosas frituras caseras de kale. Por eso tomo de paso un contenedor con bolas de queso, para equilibrar los nutrientes mientras "cometemos algunos crímenes".

A pesar de todo, nuestra primera parada no es una próxima escena de crimen, sino la casa de Laurel.

Lau me ha estado enviando muchos mensajes de texto desde lo que sucedió con Sky, pero sabía que yo necesitaba algo de espacio, así que escribió varios que decían: Toma tu tiempo y Por favor llama/escribe cuando estés lista. La verdad es que me emociona volver a verla. A pesar de cómo quedaron las cosas la última vez que hablamos, la he extrañado con locura.

—Creo que estas frituras de kale ya expiraron —dice Teal y levanta la bolsa a la altura de la ventana del lado del pasajero. Echo un vistazo rápido mientras conduzco.

—Creo que, literalmente, se supone que así deben saber. Como si hubieran expirado, quiero decir —explico.

Teal me mira como si estuviera loca. Pero, vaya, ¡*yo* no soy quien tiene en las manos una bolsa de asquerosas frituras de kale!

—¿Alguna vez las has comido siquiera calientes, recién horneа...

—Mira, puedes comer bolas de queso —escuchamos a Sky decir. Su cabeza y la mano con el contenedor aparecen sobre el tablero, y Teal y yo gritamos tanto que podríamos revivir a los muertos. Las manos se me resbalan sobre el volante y rozamos el camellón sin dejar de gritar y bañadas por las bolas de queso que salen volando como esquirlas.

—¡Mierda, Sky! —dice Teal dando una bocanada.

Yo solo trato de volver al carril al mismo tiempo que hiperventilo, lo cual no es nada fácil.

Sky, en cambio, sigue atrás, muerta de la risa.

—Jaja, ¡las caras que pusieron!

—¿Qué diablos estás haciendo aquí? —le pregunta Teal—. Te dijimos que te quedaras en casa.

—Salí por la ventana de mi habitación y bajé por la pared.

—¡Dios santo! —digo llevándome la mano a la frente—. ¿Qué dices? ¿Te escapaste de tu habitación en el segundo piso por *la ventana*? ¿Después de lo que sucedió hace ocho años?

—Vamos, Sage, no iba a cometer una estupidez. Salté al techo del porche y luego a la tapa del contenedor de composta que está junto al estacionamiento. Cuando llegué a la camioneta, ustedes todavía estaban en la cocina. Por cierto, ni siquiera la cerraste con seguro, ¿y así quieres darme un sermón sobre seguridad?

—Mañana mismo voy a tapiar esa ventana —digo entre dientes.

—Ey, ¡te escuché!

—Pero entonces, ¿qué vamos a hacer? ¿La llevamos de vuelta? —me pregunta Teal al tiempo que saca una bola de queso de su escote y se la mete a la boca.

—No, por favor, no me lleven de vuelta a casa. Quiero divertirme con ustedes, chicas. Como en los viejos tiempos, ¿saben?

Miro a Teal y ambas suspiramos.

—Solo si prometes que nunca volverás a escapar por la ventana y descender de esa forma.

—Pues sería difícil hacerlo con la ventana tapiada, ¿no?

—Sky, ¡solo prométělo!

—Está bien, lo prometo —dice con la mano sobre el pecho, a la altura del corazón.

—¡Y también vas a limpiar mi camioneta y aspirar todo este polvo de queso! —añado antes de dar vuelta en la calle de Laurel.

Ella está en el porche. Sobre el camisón de noche lleva una bata café hecha jirones. En el acceso solo hay un automóvil, el suyo. Me estaciono junto a él.

—El infiel hijo de puta no está en casa —dice Teal.

—Gracias a Dios, creo que no —digo. Para ser honesta, creo que si lo viera no podría contenerme.

Laurel parpadea cuando mira las luces de los faros del frente y, cuando los apago y bajamos de la camioneta, corre a mí a pesar de estar descalza.

—Mierda, ¡Sage! —exclama y me envuelve con su clásico abrazo: prolongado, intenso, oscilante—. Ay, Dios mío, ¿cómo estás? —dice al retroceder un paso—. ¿Cómo está Sky? —pregunta, pero entonces ve a Teal y no puede ocultar su sorpresa—. Teal, ¿cómo estás?

—También viene Sky —digo. Sky se acerca con timidez, sigue frotando las manos en sus pantalones tipo cargo para retirar lo que, supongo, es polvo de queso. Al verla, me hago una nota mental: tenemos que llevar a esta chica de compras para actualizar su guardarropa… de 2007.

—¡Ay, mierda! ¡Sky! —exclama Laurel abrazándola con cautela y ferocidad al mismo tiempo. En el rostro de Sky aparece una sonrisa desbordante. Es la primera vez que la ve alguien que no pertenece a la familia en términos técnicos, pero me parece maravilloso que sea ella, quien las vio crecer a ambas, a Sky y a Teal.

Después de abrazarla, Laurel voltea a verme.

—¿Qué ha sucedido? ¿Cómo va todo? ¿Quieren entrar a la casa?

Ignoro todas sus preguntas porque lo que más me interesa en ese momento es ofrecerle disculpas.

—Lau, vine a decirte que lo siento —digo y saco de mi mochila el collar con el faro—. Y a darte esto.

Laurel lo toma, acerca la cadena un poco para ver mejor y de pronto rompe en llanto.

—Oh, no, Sage, por Dios, yo fui la que se portó como una imbécil malagradecida. Fui una estúpida, como no quería hacer lo que debía, me desquité contigo. Lo siento, lo siento —repite. Casi no entiendo lo que dice, pero entre una bocanada y otra alcanzo a escuchar—: Jorge… lo corrí de la casa. Con todas sus cosas, las boté en la acera.

—¡Genial! —vitorea Teal—. ¿A dónde se fue?

—¿A casa de sus padres? ¿De su amante? No lo sé y no me importa. Le dije que se largara y, ¿saben lo que me contestó el desgraciado? —grita Laurel a todo pulmón. Es obvio que lo que va a decir ha estado acumulándose, es imposible que lo diga en voz baja—. Dijo que yo le *debía dinero*. Dijo que le debía porque él había mantenido la casa los últimos cuatro años.

—Ese *malnacido* —dice Sky dando una bocanada.

—Quería que vaciara mi cuenta de ahorros, donde he guardado lo que he ganado con mi trabajo como fotógrafa. ¿Y por qué? ¿Para pagar qué? ¿Si yo cociné para él todos los días? ¿Si le traía sus cervezas cada vez que lo ordenaba? ¿Si soporté tener sexo con un hombre que no notaría si una mujer tuvo un orgasmo ni siquiera si su vagina lo devorara entero?

—Ay, ay, *too much information* —exclama Teal. Y, sí, tiene razón. Laurel está siendo demasiado descriptiva. Y maravillosa al mismo tiempo. Para ser honesta, no creí que viviría para ver este día.

—Así que tomé su estúpido portafolios de lujo, junto con su teléfono y su computadora, y lancé todo al condenado porche y le dije que se largara de mi casa —grita con la mirada bella, *enloquecida*—. Y en cuanto se largó, fui y compré el maldito faro.

Al escucharla la piel se me pone de gallina.

—¡Mierda, Laurel! ¿En serio lo *compraste*?

—Fui a ver a Darren Lavender, el agente inmobiliario, ¿lo recuerdas? Le dije que si me lo vendía por diez mil dólares o menos, podía pagarle en efectivo, y la agencia aceptó. Esta mañana firmé el contrato de compraventa.

Me lanzo a ella y la abrazo.

—Maldita sea, Lau, ¡estoy súper orgullosa de ti! —le digo y, antes de separarme de ella, Teal y Sky se unen a nosotras en un abrazo grupal y las cuatro comenzamos a oscilar un poco al ritmo de la brisa que corre entre los pinos.

—Genial, ¿no? —dice con una mirada deslumbrante—. Me quedé sin un centavo y no tengo idea de lo que sucederá ahora, pero soy la dueña del maldito *faro*.

La sonrisa no me cabe en el rostro.

—Yeeey. ¡Soy la mejor amiga de la dueña de un faro!

—Ah, claro que lo *eres*, maldita sea.

Entonces las cuatro nos retorcemos y empezamos a saltar y a bailar un poco. Hasta que Teal camina de vuelta a la camioneta.

—Súbanse, perras —nos dice—. Tenemos crímenes pendientes que cometer.

—Un crimen, Teal, solo uno —aclaro.

—*Then*… "¡Vamos, pues!" —exclama en español.

Laurel entra corriendo a la casa para ponerse unas botas y cerrar la puerta con llave, y luego me alcanza y ambas nos apresuramos a abordar la camioneta.

33

EL SOL YA ESTÁ ENCLAVADO EN LA LÍNEA DEL HORIZONTE, el cielo se va difuminando del aguamarina al lapislázuli y, a nuestra derecha, las estrellas empiezan a revelarse. Parpadean y titilan tanto que por un instante olvido que en realidad están ardiendo, que algunas llevan ardiendo muchísimo más tiempo del que la tierra ha *existido*.

Me estaciono frente a nuestro destino y… *mierda*. Veo que ya derribaron la mitad del bosque de la mamá de Tenn. Saber que eso sucedería no lo hace menos devastador.

Teal, Laurel, Sky y yo estamos frente a la construcción, los vehículos color amarillo intenso que cavan, cubren, aplanan y matan se ciernen sobre la arcilla roja y desgarrada. Los árboles están apilados y solo puedo imaginar lo que Tenn sentiría si estuviera aquí, viendo el sueño de su madre ser demolido.

—Entonces, ¿cómo demonios sabré qué desenterrar? —pregunta Teal mirándome con una pala entre las manos. Lau tiene una gran paleta de acero inoxidable. Yo tomo la pala más voluminosa. Sky trae macetas, tiestos y charolas de plástico que tengo en la camioneta, pero no sin quejarse antes, por supuesto. Dijo que ella también quería cavar, y Teal y yo le advertimos que tenía que tomar la herramienta menos peligrosa. Sé que no es racional pensar que Sky pudiera terminar clavada en un paleta pero el trauma del que somos presa Teal y yo nos tiene ahí, en ese nivel extremo de protección.

—Tierra llamando, a Sage, tierra llamando a Sage... ¿Qué se supone que vamos a desenterrar? —pregunta Teal de nuevo.

—Oh, sí, puedes preguntarme a mí o a las plantas —contesto—. Solo no desentierren hiedra venenosa ni viña trepadora de Virginia, podrían provocarles una reacción alérgica.

—Esa información resulta muy útil... tomando en cuenta que no tengo idea de cómo son.

—*Leaves of three, leave them be* —dice Laurel. Es el dicho con el que la gente recuerda que para identificar la hiedra venenosa hay que tener cuidado con los grupos de tres hojas: *Si hojas hay tres, hiedra es.*

—Así es. Y la viña trepadora tiene grupos de cinco hojas —digo juntando las manos—. Ah, y hay una nueva regla: no toquen las enredaderas para nada.

Una vez que todas comprenden, nos acercamos a la franja de bosque detrás de la construcción, la que aún no han tocado. En cuanto entramos a ella, los sonidos de los cantos amorosos de los grillos parecen perseguirnos y, en lo alto, en las copas de los árboles, escuchamos un intenso aleteo. Es un recordatorio de que, cuando destruimos un bosque, no solo perdemos plantas. También perdemos a las aves, perdemos los huevos que con tanto cuidado atienden en sus nidos, perdemos a las mariposas que están cobrando forma en el interior de sus capullos, a la red de hongos que, debajo de la tierra, lo conecta todo. Es un efecto dominó, las piezas se van derribando una tras otra hasta que por fin llegan a nosotros, a los humanos que nos negamos a ver que nuestra pérdida forma parte de esto. El corazón se me rompe aún más, pero niego con la cabeza y reprimo el sentimiento. Tenemos trabajo que hacer y necesitamos terminar lo más rápido posible, antes de que alguien nos descubra.

Los siguientes treinta minutos los pasamos cavando y plantando plantas en macetas una y otra vez. No estoy segura de lo que encuentran las demás, pero yo tengo una planta de semillero de arándano del tamaño de mi palma y un bucle de frambuesa negra. Lo último que cavo es un retoño de sanguiño que me susurra, me dice que cuando haya crecido lo suficiente para florecer, sus flores serán de un rosado pálido.

Me siento tan vulnerable y en carne viva que las voces de las plantas presionan en mi piel provenientes de todas direcciones. Y el problema es que, lo saben. Si te acercas con unas pinzas y la intención de cortarlas, el nivel de sus hormonas del estrés aumenta. Si acaso te estabas preguntando si sucedería algo similar si te acercaras a un bosque con una minicargadora, la respuesta es "sí". Y no sé cómo hacer que la gente valore la naturaleza, que aprecie esta tierra boscosa y salvaje. *Todo esto* que me rodea, los árboles, el ecosistema, esta sabia y palpitante red que desborda de vida: *de aquí es de donde venimos*. Necesitamos que *esto* sobreviva, pero nadie quiere recordarlo.

Todo esto es suficiente para que caiga en la desesperanza, pero en este momento tengo que enfocarme, así que cavo, extraigo, planto y repito. Y antes de eliminar el exceso de tierra de las manos frotándolas en mis jeans, volteo a los matorrales, a los cardenales dormidos en los árboles centenarios, a las ardillas bebé acurrucadas en sus madrigueras con el estómago pleno de leche materna, y a las zarzas de bayas con espirales envueltas en sí mismas un giro tras otro, tras otro como un laberinto y desbordantes de frutos dulces. Entonces digo una plegaria a modo de disculpa. No puedo hacer nada más, así que con esto deberá bastar.

En cuanto los contenedores están llenos los llevamos presurosas a la parte trasera de la camioneta. Cierro la puerta con la sonrisa victoriosa que empieza a formarse en mi rostro y de pronto me quedo pensando.

—Esperen, ¿dónde está Sky?

Por suerte, antes de empezar a enloquecer, la escuchamos.

—Aquí estoy.

En las manos trae una de las charolas negras. Entrecierro los ojos para ver mejor y en el interior veo…

—Espera, ¿son… conejos?

Sky se acerca y, en efecto, trae consigo una charola llena de conejos.

—Estaban junto a la construcción, Sage, en su pequeña madriguera. Si no hacemos algo, mañana despertarán y estarán enterrados vivos —explica.

—Qué lindos son —dice Laurel con un tierno chillido. De acuerdo, son adorables. Toda la familia lo es, la mamá y sus tres… no, cuatro peluditos bebés. Todos con un pelaje que se ve tan suave como las nubes y tan pequeños que cada uno cabría en la palma de mi mano.

Estoy a punto de recordarle a Sky la regla de Nadia: nada de animales en casa, pero en ese momento sentimos en el rostro el centelleo de luces azules y rojas, y escuchamos el ulular de una sirena. Volteamos lento, presas del horror y, sí, vemos la patrulla del ayudante del *sheriff* y una silueta borrosa detrás de las luces.

—Mierda —susurra Teal—. ¡Mierda!

—Les dije que esto era ilegal —siseo—, ¡pero insistieron en venir!

—Cállense. ¡Las dos! —dice Laurel—. O las van a escuchar confesando aquí mismo.

Entonces se abre la puerta del lado del conductor de la patrulla y de ella sale una mujer. Camina lento, sus rasgos se van revelando poco a poco. El cabello con un anguloso corte cuadrado. Labial café. No muy alta.

—Laurel —susurro—: es Alexa Ramírez.

—¿Quién es Alexa Ramírez? —pregunta Sky en voz baja y, cuando volteo, la veo sonriendo y sosteniendo uno de los conejitos junto a su mejilla.

—Jesús santo —dice Laurel mirando alrededor—. ¿Dónde me escondo?

—¿Qué no saliste con ella en la preparatoria? —pregunta Teal.

—*Sí*, por eso pregunto ¡dónde diablos me escondo!

—Buenas noches, señoritas —dice Alexa con una voz alegre pero cautelosa al mismo tiempo—. ¿Cuál es su plan para esta noche?

—Oh, nada, no tenemos ningún plan —digo sonriendo.

—¡Pero yo tengo conejitos! —dice Sky y solo me cubro la cara con una mano. Estoy segura de que hay *cientos* de leyes que prohíben extraer vida salvaje de un bosque sin autorización.

Alexa arquea una ceja.

—Ajá, okey.

—¡Sky volvió de entre los muertos! —grita Teal.

—Bueno —interrumpe Sky al tiempo que vuelve a colocar al conejito junto a su madre—. No fue *precisamente* de entre los muer…

—¡Laurel corrió a su marido de casa! —grito sin pensar y enseguida me cubro la boca con la mano.

—¡Sage! —grita Laurel tan fuerte, que casi siento que me abofetea.

Pero *esta* información hace que Alexa parpadee y ladee la cabeza.

—¿Laurel? ¿Eres tú?

Laurel da un paso adelante, donde la luz revela su rostro.

—Eh… sí. ¿Cómo te va, Alex?

Alex, le dice Teal a Sky moviendo la boca sin emitir sonido, y Sky solo ríe entre dientes.

La mirada de Alexa recorre el camisón de Laurel hasta los pies y luego asciende de nuevo.

—Me va… bien.

—Háblale lindo —siseo entre dientes con la esperanza de que Laurel me escuche.

Laurel tose y le ofrece a Alexa una tímida sonrisa.

—Me da gusto saberlo —dice y voltea a verme de nuevo—. Eh… mi amiga, Sage, está haciendo algo de trabajo de campo para Nate Bowen de Cranberry Rose Vinimos a ayudarla, a ver si podíamos salvar a las plantas antes de que… las destrocen en mil pedazos —dice señalando la obra en construcción.

La sonrisa de Alexa desaparece.

—Y, ¿Nate Bowen solicitó un permiso, autorización o algo?

—No, no que yo sepa interrumpe Laurel mordiéndose el labio—, pero la cuestión es que trabajamos *alrededor* de la obra.

—Pero todo esto es propiedad privada, de todas formas invadieron la propiedad.

Laurel se queda callada. Creo que hasta ahí llegó el encanto de hablarle a Alexa con dulzura.

—Tal vez deberías guiñarle —dice Teal en voz bajísima.

—O preguntarle si quiere abrazar a un conejito —añade Sky en un susurro.

Lau nos fulmina con la mirada a las tres, pero entonces mueve la cadera en un gesto seductor y hace justo lo que le sugirió Teal. ¡Le *guiña* a Alexa Ramírez!

Alexa resopla, sacude la cabeza y me mira.

—De acuerdo, esto es lo que va a suceder, señoritas… señora. Voy a emitir una advertencia escrita ahora mismo. Asegúrense de que su empleador se entere de lo sucedido para que no las vuelva a enviar a hacer más… *trabajo de campo* como este. Luego abordaré mi patrulla, le daré una vuelta a esa manzana y, cuando regrese por esta misma calle, no quiero ver a ninguna de ustedes aquí ni el vehículo. ¿Entendido?

—Sí —digo con una especie de grito ahogado.

En cuanto me entrega la advertencia damos media vuelta y nos preparamos para correr a la camioneta, pero en ese momento oímos de nuevo la voz de Alexa.

—Ah, y… ¿Laurel?

Nos quedamos paralizadas.

—¿Sí? —responde Laurel.

—Tal vez podrías enviarme un mensaje de texto para que tomemos una copa o algo. Así podrás contarme lo bien que se sintió correr de casa a ese marido tuyo.

Laurel abre los ojos como platos y sonríe.

—Oh, ¿sí? Sí, ¡seguro! Es una gran idea.

Y después de eso desaparecemos de ahí.

—GUAU, ¡QUÉ HERMOSA CASA ALPINA! —DICE LAUREL moviéndose un poco entre yo y Teal en el asiento del frente de la camioneta.

Yo diría que ha anochecido oficialmente. Estamos frente a la casa de Tenn, o de Abe Arellano, para ser más precisa. El canto de los grillos es tan fuerte que los escuchamos como si estuvieran dentro de la camioneta con nosotras. Salpicadas sobre el azul índigo del cielo, las estrellas como arena de cuarzo blanco titilan, en algunas zonas la densidad estelar es tanta que veo nubes resplandecientes. Las lámparas del interior de la casa están encendidas y producen una luz ambarina y dorada. No veo movimiento, pero eso no impide que el corazón me palpite como si se me fuera a desbordar del pecho. Respiro hondo y trato de apaciguarlo.

—¿Estás lista? —me pregunta Teal.

—Sí —asiento con la cabeza—. Hagámoslo.

Tomo mi mochila y salimos de la camioneta. Abro la puerta de atrás y sacamos las macetas y las charolas. Guío a las demás y caminamos hasta la casa, dejamos las plantas al frente y volvemos a la camioneta para traer más. A pesar de que Sky vuelve cada treinta segundos al asiento trasero para verificar cómo están los conejitos, entre las cuatro terminamos de llevar todas las plantas en cinco minutos. Al final, nos quedamos un momento paradas ahí, apiñadas frente a la puerta. Lau tiembla de frío porque solo viste el camisón y una ráfaga de viento fresco nos envuelve.

—¿Y ahora qué? —susurra Teal.

—Pues yo… —digo y tomo mi mochila. Es decir, yo *planeé* esto. Se supone que sé lo que pasará a continuación, pero empiezo a angustiarme un poco. Luego mucho. Una parte de mí quiere volver a la camioneta y manejar de vuelta a casa, fingir que esta noche y mi corazón roto en mil pedazos nunca sucedieron.

Pero entonces el destino o, quizás, el hecho de que hicimos un ruido del demonio, decide intervenir a mi favor, y en ese momento se abre la puerta y veo a Tenn.

Viste una camiseta blanca y jeans descoloridos con agujeros en las rodillas. Está descalzo, tiene los brazos cruzados y, aunque la luz se encuentra detrás de él, alcanzo a ver las marcas de sus venas en ellos y en el cuello. Tiene la mandíbula tan afilada que podría despellejar a un animal salvaje con ella, y los ojos entornados.

Se ve bien.

También se ve furioso.

—¿Qué haces aquí, Sage? —dice finalmente. Su voz es un verdadero gruñido entrecortado.

Escucharlo me hace retroceder. Miro a Teal, a Lau y a Sky.

—Estaremos en la camioneta —dice Laurel antes de tomar del brazo a Teal, quien, a su vez, sujeta el de Sky. Escucho sus pisadas desvanecerse detrás de mí, trago saliva y me fuerzo a mirar la oscuridad de los ojos de Tenn.

—Yo… eh… —digo e inhalo. Él espera, vuelvo a comenzar—. Mi hermana volvió a casa. La que creímos que estaba muerta —explico.

Él asiente, su mirada se suaviza, se asoma detrás de mí, tal vez ve a Sky alejarse.

—Eso escuché.

Niego con la cabeza.

—Pero, eso no es lo que he venido a decirte —con un gesto lo invito a salir y él acepta. No se ve tan enojado, pero todavía tiene los brazos cruzados en actitud defensiva, así que me muevo con cuidado—. Pasé por la propiedad de tu mamá y me detuve ahí. Las tierras que le *pertenecían* a tu madre, quiero decir. Teal, Sky y Laurel estaban conmigo porque, aunque no se los pedí, quisieron venir a ayudar —explico.

—¿Ayudar a qué? —pregunta frunciendo el ceño.

Con mano temblorosa, señalo los contenedores que nos rodean.

—Aquí hay un retoño de sanguiño —digo al tiempo que me agacho y toco sus hojas—. Algún día, este será un arbusto de arándano. Recuerda que le gusta la tierra un poco ácida. Y ahí... ay, Dios mío —exclamo al levantar una de las macetas—: ¡alguien encontró un retoño de *banano de montaña*!

—¿Banano de montaña?

—Sí, es una planta endémica de aquí, de Virginia. Produce frutos del tamaño de tu mano que saben igual a los plátanos, guineos, cambures... ¡como quieras llamarles! Los frutos de esta planta, sin embargo, tienen una textura como de crema inglesa. En fin, creo que necesitarías otra de estas plantas para la polinización, pero esta... —de pronto parpadeo y rompo en llanto—. Esta... viene de las tierras de tu madre. Al igual que esta planta de zarzamora negra, aquella menta de montaña, los dientes de león y toda esta tierra, Tenn —digo y respiro—. ¿Y recuerdas cuando hablamos sobre la reencarnación literal? ¿Recuerdas que me dijiste que esparciste las cenizas de tu madre en el bosque? Lamento mucho haberte dicho que jamás recuperarías la tierra y que incluso si lo hicieras, eso no traería de vuelta a tu mamá. Fui necia, insensible y muy estúpida —admito y empiezo a balbucear y a sollozar un poco, pero al menos, Tenn no ha entrado de nuevo a su casa ni me ha cerrado la puerta en las narices, así que continúo hablando—. Sé que esas tierras significaban *todo* para ti, y he estado tratando de pensar, ¿cómo podría ayudarte? ¿Qué podría hacer para, al menos, sacar algo positivo de esta *destrucción*? Y, ¿sabes? De pronto se me ocurrió algo, la noche que regresó Sky. De pronto tuve esta idea: *hongos*.

—Hongos —repite. En un tono de voz todavía incisivo, pero que viene acompañado de curiosidad en su mirada. Eso me inyecta fortaleza para continuar.

—¡Sí! Hongos. La red invisible de hongos, las microscópicas hebras que conectan a todas las plantas, árboles y flores, que alimentan a los bichos y las *criaturas* —digo en inglés—. A todas:

including you and me. Si pudiera sacar tierra de los bosques de tu madre y si pudiéramos mantenerla húmeda, tú tendrías esos hongos, *sus* hongos. Por siempre. Podrías poner todo en una gran maceta o, si Abe te lo permite, podrías colocarlos en su jardín para resguardarlos hasta que, ¿quizá tengas tu propio bosque? Y si lo necesitaras, yo podría tocar esa tierra y los hongos, y asegurarme con mi don de que se mantengan sanos —digo. Respiro muy profundo, es una inhalación prolongada que me da tiempo de sentir que me mira directo a los ojos y de percibir el relámpago en su mirada que me atraviesa hasta los dedos de los pies—. Porque esta noche, cuando estuve en ese bosque, Tenn, te *sentí*. Sentí a tu mamá, sentí *todo* en esa tierra. Cavé con mis propias manos porque no dejaba de percibirlo. Sentí la manera en que el universo entero permanece unido gracias a las historias y en que a las historias las une el amor. Y *te amo*. Sé que querías recuperar esa parte de tu vida, que por eso querías encontrar a Silvergurl...

En ese momento meto la mano a mi mochila, saco una carpeta y se la entrego. Al abrirla, se queda boquiabierto.

—Durante todo el tiempo que nos comunicamos en AIM, copié y pegué *absolutamente todas* nuestras conversaciones en un documento de Word que luego imprimí. *Todos* los viernes por la noche. Me tomó una eternidad encontrar el documento, pero gracias a Dios, Nadia nunca tira nada que parezca un libro —digo y me doy cuenta de que sigo olvidando respirar. Inhalo de nuevo, con una bocanada—. Y sé que no puedo deshacer lo que hice. No puedo deshacer la mentira. Las mentiras. Pero quiero darte esto porque es algo de la época en la que recuerdas haber sido feliz, ¿cierto? Tal vez estas palabras conserven un poco de esa felicidad.

No le doy tiempo de responder, meto la mano a mi bolsillo y saco la última pieza de plata que tallé, la seta de ostra. Me acerco, abro su enorme y tibia mano y coloco la pieza en el centro de su palma.

—Es un botón. Lo fabriqué yo —explico—. Vi tu brazalete de cuero de Santo Domingo y noté que el botón estaba roto. Aquí tienes uno nuevo —le digo sin añadir lo que pienso, espero *que te recuerde el tiempo cuando yo te agradaba*, porque, por el momento, me parece una esperanza demasiado ambiciosa.

No diría que veo calidez en su mirada, y creo que se debe a que cree que estoy tratando de manipularlo. Y es lógico porque, okey, soy humana. Estoy tratando de ganarme un perdón que ni siquiera estoy segura de merecer.

—¿Algo más? —me pregunta tosiendo.

Niego con la cabeza, pero entonces…

—Cocinas la mejor sopa *del mundo* —digo por último con la voz quebrada y vuelvo a la camioneta corriendo antes de que Tenn Reyes pueda volver a destrozarme el corazón. No sé si eso sea posible, pero no quiero darle a él, ni a mí ni a nadie más la oportunidad de hacerlo.

34

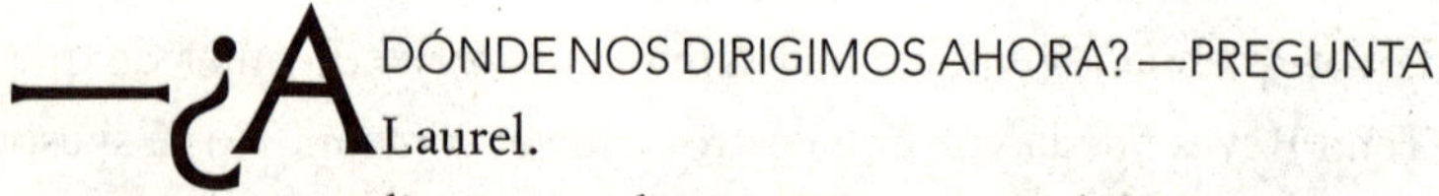

—¿ADÓNDE NOS DIRIGIMOS AHORA? —PREGUNTA Laurel.

—A casa —digo, pero al mismo tiempo Teal dice otra cosa.

—¡Al Lounge! ¡Al Lounge! —insiste.

—¡Oooh! ¡Nunca he ido al Lounge! —interrumpe Sky y yo solo gruño.

—Pero no tengo ganas de ir a ningún lugar, solo quiero volver a casa.

—Vamos, será divertido —dice Laurel frunciendo el ceño pensativa—. Además, creo que me vendría bien un trago.

Doy un suspiro largo y profundo.

—De acuerdo.

—Esta vez yo invito— dice Teal.

La miro con cautela y ella me sonríe de vuelta, toma mi mano y la aprieta.

Por suerte, el Lounge no está muy lejos, así que tomo la carretera y en menos de diez minutos ya estamos ahí. El lugar está más oscuro que nunca, las lámparas en forma de cráneo, las velas y las linternas de esqueletos lanzan sobre nosotras su resplandor del color del cuarzo miel.

—¿Están seguras de que los conejitos estarán bien en el...? —empieza a preguntar Laurel, pero su voz de pronto se apaga.

Porque, a pesar de la tenue luz, todas las conversaciones en el bar se acaban de golpe en cuanto entramos las cuatro.

—¿Qué demonios? —dice Laurel. Yo también me quedo confundida por un instante, hasta que veo a la gente con los ojos abiertísimos y a algunas personas señalando discretamente a Sky.

—Es ella —murmura alguien—. La que *asegura* que...

—Sage... —dice Sky con voz temblorosa.

Pero antes de que yo reaccione, Teal da un paso al frente.

—¿Qué carajo están mirando, idiotas? ¿Eeh?

Teal es muy atemorizante, tanto, que casi todos desvían la mirada y de pronto comenzamos a escuchar conversaciones incómodas y forzadas en todo el lugar. En ese momento ella se relaja, exhala y mira a Sky.

—¿Te encuentras bien?

—Sí, estoy bien —contesta asintiendo con la cabeza.

Todas ordenamos algo distinto. Teal ordena su whiskey, Laurel un Martini, Sky una cerveza de arándano y yo un julepe de menta. Tomamos nuestras bebidas y nos dirigimos a un oscuro gabinete donde nos sentamos alumbradas por la salvaje danza de las llamas de las velas.

—¿Cómo te fue con Tenn? —pregunta Laurel.

—No estoy lista para hablar de ello —contesto encogiendo los hombros y negando con la cabeza—. Tal vez después de beber este julepe... o cuatro más.

—¿Así de mal te fue? —pregunta Teal.

—¿Cómo saberlo? —vuelvo a negar con la cabeza—. Por favor, que alguien me distraiga de mi miserable vida amorosa —digo—. ¿Qué nos cuentas del nieto del Viejo Noemi? —pregunto mirando a Sky y ella se encoge de hombros.

—El Viejo Noemi se curó por completo —explica—, y Adam —así se llama el nieto— volvió a Nueva York.

—Espera, ¿estabas viendo a alguien? —le pregunta Laurel a Sky—. ¿Cómo pude perderme de esto?

—Pues porque yo lo veía, pero él a mí no. No podía. Yo estaba muerta, ¿recuerdas? —dice Sky y empieza a hacer ridículos sonidos como de fantasma y todas morimos de risa.

Teal bebe un largo trago de whiskey.

—Yo mandé a Nate al diablo.

—¿Qué? —exclamo. Vaya, eso sí que me distrajo de mi vida amorosa—. Pero ¿por qué? —pregunto y Teal se encoge de hombros.

—Porque era un *rebound*, ya sabes, el primer tipo con quien sales para olvidar al que acabas de botar. Estoy segura de que había atracción mutua, pero era una relación que se basaba sobre todo en el sexo, y cuando esa emoción se acabó… pues, como que ya no tuvimos nada de qué hablar.

—Me parece bien —digo. Tal vez en otro universo estaría echando fuego porque en algún momento pensé que *yo* podría amar a Nate, pero para hacer eso habría tenido que *no* enamorarme de Tennessee Reyes de nuevo. Y eso me parece imposible ahora—. Y Nate, ¿se encuentra bien?

—Se sintió un poco decepcionado, pero creo que lo superará.

—Hablando de hombres decepcionados —digo mirando detrás de Teal—. A las dos en punto, desde aquí, veo a Carter. Estoy convencida de que le rompiste el corazón aquella noche que te fuiste de aquí con Nate.

Teal gruñe y se cubre la cara con las manos.

—¡Ay, se suponía que hoy no trabajaría Carter en el bar! Lo juro, es como si tuviera un radar… —dice y, al voltear, ambas lo vemos ordenando una bebida en la barra.

—Esperen, ¿Carter tiene permiso de beber mientras está en su turno? —pregunta Laurel.

—Lo dudo —digo—. Además no viste su uniforme. De hecho, ¡creo que no está trabajando!

En ese momento, una mujer rubia, alta y hermosa se le acerca, desliza su mano en el bolsillo trasero de los jeans de Carter y lo besa en la boca. Y es, o sea, un beso auténtico. Breve pero con lengua.

—Exacto, ese chico no está trabajando hoy —dice Laurel con un resoplido.

De pronto hago una broma sobre dar besos a forma de propina, pero me callo en cuanto noto lo pálida que se ve Teal.

—Oye, Teal, ¿te encuentras bien?

—Sí, estoy bien —dice encogiéndose de hombros y controlando la expresión en su rostro—. Pero no tengo idea de qué hace Carter con esa *perra* —dice. Y por las ventanas del bar veo relámpagos centellear en el cielo, lo que hace que las tenues luces del Lounge parpadeen. Los rayos que retumban a continuación son tan fuertes que los siento vibrar en mi pecho.

—¿En serio ya estás así de ebria? —pregunto.

—No, no estoy *así* de ebria —dice endureciendo la mandíbula—. Es solo que no lo sé. Creo que Carter podría conseguir algo mucho mejor que esa…

—¿La conoces? —le pregunta Laurel.

—No y tampoco tengo ganas de hacerlo.

—Espera un minuto, espera *un minuto* —digo con una amplia sonrisa en el rostro. Pero Teal sabe justo lo que voy a decir.

—Cállate, Sage.

—¡Te gusta Carter!

—¡Shhhh! ¡No lo grites, maldita sea!

Entonces lo repito en voz muy baja, pero esta vez, canturreando.

—Te gusta Caaaaarteeer.

—¿Es cierto eso, Teal? —pregunta Laurel.

Teal duda en responder y eso me dice todo lo que necesito saber.

—¡Sí, te gusta! —digo feliz.

—Ay, vamos. Carter es muy torpe. Habla demasiado. Le gusta enviar mensajes de texto para decir "¡Buenos días!" y "¡Buenas noches!". ¡Es todo un *nerd*!

—Y… —dice Laurel y Teal suspira.

—También me dio los mejores besos que me han dado en mi vida —dice mirándose las uñas—. No he podido dejar de pensar en eso. Y esa es la verdadera razón por la que rompí con Nate.

—¡Lo sabía! —digo señalándola, pero casi enseguida dejo de hacerlo, en cuanto veo lo triste que se ve—. Oye, Teal, pero entonces *necesitas* decirle eso a Carter.

—¡Diablos, no! ¿Cómo crees? Está con alguien.

—No quise decir ahora mismo, sino en algún momento. Pronto.

Las cuatro volteamos al mismo tiempo y vemos a la rubia sentada prácticamente sobre el regazo de Carter en la barra.

—Sí, lo más *pronto* posible. De preferencia *ya* —añade Laurel asintiendo.

Todas volvemos a concentrarnos en nuestras bebidas y en ese momento Teal se pone de pie.

—No puedo más. Estaré en la camioneta.

—Voy contigo —le digo en cuanto la veo partir. Ni siquiera voltea a ver de nuevo a Carter ni a la chica con quien está, pero él parece notar de repente que ella está ahí y mira dos veces para confirmarlo. Luego la sigue con la mirada hasta que la ve salir por la puerta.

DEJAMOS A LAUREL EN SU CASA Y LUEGO NOS DIRIGIMOS A casa de Nadia. Las tres subimos por la escalera cansadas y con la ropa manchada de lodo. Al llegar al segundo piso le recuerdo a Sky su promesa de no volver a escapar por las ventanas. Ella pone los ojos en blanco.

—Okeeey, Sage —dice y sonríe—. Gracias por permitirme ayudarte a cometer delitos —agrega y nos da a Teal y a mí sendos abrazos de oso antes de entrar a su cuarto. Y justo antes de que cierre la puerta, alcanzo a ver que debajo de la camisa trae algo que, estoy segura, es un conejito bebé.

—Sky, quedamos en que los conejos se quedarían en el jardín. ¡Nadia te va a matar! —digo a través de la puerta y ella se ríe con ganas desde el interior.

—¿Sage? —me dice Teal antes de que pase a su lado para subir al ático.

—¿Ajá?

—Gracias por amenazar al estúpido de Johnny por mí —dice recargándose de lado sobre una pierna.

—¿Cómo sabes que…? —digo frunciendo el ceño.

—Había dejado el material con que hago velas en su casa y…

—Espera —digo al tiempo que levanto la mano—. ¿Haces velas?

—Es solo un pasatiempo, nada importante.

Parpadeo algunos segundos y sacudo la cabeza.

—De acuerdo, continúa.

—Bien, como decía, pasé a recoger mi material, ¿okey? Y en cuanto me vio en el porche, te juro que casi se orina en los pantalones. Corrió al interior y se encerró con llave. Tuve que golpear muy duro la puerta y, cuando escuchó lo que quería, aventó el material a una caja y la botó por la ventana hacia fuera. Me dijo que no te mencionara nada, que no quería que lo asesinaran las plantas —explica Teal arqueando una ceja.

—Pues, suena a que entendió —digo y Teal se ríe entre dientes.

—En fin. Solo quería… Gracias —dice antes de tomar mi mano por un instante y entrar rápido a su habitación.

Cuando subo al ático me doy cuenta de que necesito hacer algo más antes de empezar mi rutina completa para dormir. Saco mi teléfono celular.

El esposo de Tabby y yo nos habíamos enviado algunos mensajes. Me mandó un enlace para donar a la colecta de caridad que lanzó la familia de ella. Tabitha *amaba* su empleo como maestra de preescolar y, antes de morir, estaba haciendo todo lo posible, incluso con su propio dinero, para asegurarse de que los pequeños tuvieran libros, bocadillos y ciertos materiales. Ahora la gente puede donar en nombre de ella a la escuela donde trabajaba y garantizar que todos los niños tengan lo necesario para aprender y superarse.

Doy clic en el enlace, oprimo "donar" y deposito todo el dinero del último cheque de nómina que recibí.

Después abro Facebook y voy a la página de Tabby, empiezo a mirar entre sus fotografías de perfil y me detengo en la que se ve más feliz: está bailando y riendo el día de su boda. *Lamento haberte involucrado en esto*, susurro con la esperanza de que me escuche, *espero que esto ayude aunque sea un poco.*

ALGO SE MUEVE EN MI CAMA, PERO MANTENGO LOS OJOS cerrados.

—Estoy cansada —digo.

—Es tarde, ya es casi mediodía.

Al escuchar la voz de Sky, me levanto. Verla a los pies de mi cama, con la luz rodeando su contorno y haciéndola ver un poco borrosa me trae muy malos recuerdos. La tomo del brazo y aprieto hasta asegurarme de que es de carne y hueso.

—Auch.

—Lo siento, es que —digo respirando rápido, creo que acabo de tener un ligero ataque de pánico o algo así. La suelto y dejo caer mi brazo en la cama. Ella sabe muy bien lo que acaba de suceder.

—¿Te asustaste? ¿Creíste que seguía siendo un fantasma?

—Es una tontería —contesto asintiendo—, pero sí, fue lo primero que me vino a la mente.

—No, no es una tontería —dice tomándome de la mano—. Yo también siento eso todo el tiempo —me dice con una voz que transmite una intensa pena—. Yo también dudo de mi carne y sangre diez veces al día.

Dios mío, quisiera poder librarla de todo ese dolor, de la tristeza por todo lo que perdió.

—Vaya, eso suena a un épico versículo bíblico —le digo y ella reprime una sonrisa.

—Nadia me está haciendo ir a terapia para superarlo.

—Tal vez sea buena idea.

—Todavía sueño con eso, ¿sabes? —dice suspirando—. Sueño que estoy ahí, en el pequeño capullo dorado —agrega mordiéndose el labio—. En mi sueño puedo viajar como cuando era fantasma. Puedo espiar a la gente —explica y se sonroja—. Pero tal vez no debería contar eso en la terapia, ¿verdad? —dice y me río.

—Supongo que depende del terapeuta —digo encogiéndome de hombros—. No lo sé, a mí me suena a que durante el tiempo que estuviste "entre mundos" adquiriste un poco de magia *extra*, ¿sabes? Las culturas antiguas creían que los limbos o zonas "entre mundos" eran algo súper sagrado.

—Sí, puedo imaginarlo —dice Sky.

—Ahora eres casi una sacerdotisa. Podrías decir cosas como "dudo de mi carne y sangre diez veces al día" y la gente diría: "Ah, no te preocupes, Sky habla así porque es sacerdotisa de un templo".

Ambas reímos con ganas hasta que ella se queda en silencio.

—La gente está diciendo sobre mí cosas mucho más hirientes que eso ahora, ¿verdad?

—Bueno, ya conoces a los pueblerinos…

—No importa, sé que así es.

—Sabes que lo único que necesitas hacer es avisarnos a Teal y a mí quién está diciendo estupideces, y nosotras nos haremos cargo —digo y me incorporo hasta apoyarme en la cabecera. Sky se ve triste, así que decido cambiar de tema—. ¿Qué planeas hacer? Me refiero a ahora que tienes un nuevo contrato de vida y todo eso.

—¿Además de escaparme para acompañarte en tus aventuras nocturnas? —pregunta—. Pues tengo una enorme lista en la que he estado trabajando.

—Vaya, cuéntamelo todo.

—No quiero decirte *todo*, pero… —dice sonrojada y dando un suspiro—. Quiero pasar la prueba GED y validar la preparatoria. Echar a andar un negocio. Viajar —explica encogiéndose de hombros—. Pero todo es hipotético.

—Te ayudaré con cualquier cosa, Sky. Con todo. Solo dime qué necesitas —le digo y sonríe.

—Gracias, Sage —dice y mira mi cuello—. Teal me dijo que también hiciste uno para mí.

—¡Oh! Cierto —digo tocando el collar de ágata musgosa sobre mi clavícula—, olvidé dártelo anoche.

—Comprendo, no se suponía que estaría contigo ayer —dice con una gran sonrisa.

Me pongo de pie, tomo mi mochila. Antes de acostarme la dejé tirada frente a la cama.

—Toma —digo. Le entrego el collar y se lo pone de inmediato.

—Espera, ¿para eso viniste a verme?

—Pues, más o menos. También quería pasar un rato en el balcón.

—Demonios. ¡Por supuesto que no, señorita! —digo mientras camino y, al llegar a las puertas estilo francés, me quedo parada frente a ellas con las manos en las caderas—. ¡No tendrás permiso de acercarte a ningún borde por el resto de tu muy, muy larga y saludable vida libre de caídas!

—Ay, Sage, por favor —dice poniendo los ojos en blanco.

—¡No!

Entonces cruza los brazos y se encorva. A pesar de eso, sigue siendo más alta que yo. Me parece increíble que mi hermana, la *chiquita*, mida ahora poco más de cinco pies y once pulgadas. Respiro hondo.

—Mira, Sky, tal vez tú estés lista, pero yo no, todavía no. Quizá no lo entiendas, pero anoche, cuando dijiste que habías salido por la ventana, casi me muero. Tal vez dentro de seis meses estaré más tranquila viéndote escalar montañas y saltar de aviones en paracaídas tanto como gustes, pero en este momento, *mi* pobre corazón no puede aceptar la idea de que te acerques a ningún lugar más alto de cinco pulgadas sobre el suelo.

—¿Qué necesitarías para sentirte tranquila mientras paso algún tiempo en el balcón? —me pregunta mordiéndose el labio inquieta.

—Necesitaría que yo y Teal estuviéramos ahí, junto a ti y sujetándote de las manos.

—De acuerdo —dice encogiéndose de hombros—. Entonces esperaré y dentro de seis meses empezaré a practicar paracaidismo.

—¡Eso fue broma, pequeña perra!

Ambas reímos con ganas. Voy al baño y me lavo la cara con agua fría. Sky se queda detrás de mí, recargada en la puerta abierta.

—Por cierto, tal vez quieras ponerte linda.

—¿Por qué?

—Hay alguien abajo. Esperándote.

Al escucharla me quedo paralizada un momento. Hasta que logro voltear.

—¿Te refieres a Tenn? ¿Tenn está abajo?

Sky me sonríe y se va dando saltitos hasta la puerta.

—¡Creo que tendrás que verlo por ti misma!

Eso significa que sí, ¿verdad? No creo que mi hermana, la sacerdotisa, jugaría de esa manera conmigo. ¿O sí?

Termino rápido de refrescarme y me pongo un poco de brillo de labios y rímel. Pero como no quiero que Tenn note que alguien me avisó y me estoy esforzando demasiado en mi apariencia, decido no vestirme para el día. Solo me quito el viejo y feo pijama y me pongo… ¡un hermoso conjunto para dormir de encaje rosado! El cual nunca uso porque el encaje me corta la piel cuando me acuesto. Vaya, los pijamas no deberían ser "tan rígidos", ¿verdad? Ni siquiera los más sexis, ¿no? En fin, como sea. Estoy demasiado nerviosa para volver a cambiarme.

Bajo por la escalera, el corazón me late al acelerado ritmo que se mueven mis pies, doy vuelta en la esquina y…

Tenn.

Está sentado en la cocina, conversando con Nadia sobre café, supongo, porque veo que le preparó una taza. Ambos voltean a verme cuando entro lento, aunque no con el sigilo que planeaba.

—Eh, ¿hola? —digo y enseguida me dan ganas de abofetearme a mí misma por sonar tan poco *cool*.

Tenn me sonríe con timidez y bebe un sorbo de su café.

—Buenos días, Sage —dice mirando el reloj sobre la estufa—. O, más bien, ¿buenas tardes?

—Buenas tardes —digo asintiendo.

Nos quedamos mirando algunos segundos hasta que Nadia aclara la garganta.

—Pues, yo voy a la tienda a comprar un poco más de queso Pepper Jack. Sky no ha dejado de comer queso asado en toda la semana —dice y, al verla hacerme un guiño, se me enternece el corazón. Sí, es un poco raro, pero ahora Nadia también está en el plan de "mamá cuidadora"—. Sage, envíame un mensaje si necesitas algo. ¡Fue un placer conocerte, Tenn! —agrega y se va.

Entonces aclaro la garganta y tomo mi taza para el café, sí, la del color lila que resplandece en el cielo durante las tormentas eléctricas, la que me hizo una alumna hace tiempo, cuando todavía daba clases. Me la dio a principios de este año, pero siento como si hubiese sido hace cien vidas. La lleno lentamente de café. En realidad no tengo muchas ganas de beberlo porque el estómago me da vueltas, pero servirme me da al menos *algo que hacer* con las manos.

—Te preguntarás por qué estoy aquí —dice con voz profunda, serena, una voz que resuena en la pequeña cocina amarillo girasol.

—Sí, me pasó por la mente —digo encogiéndome de hombros.

Entonces se ríe tanto que ahora su voz resuena en mi vientre. Suena tan parecido a como sonaba antes de que yo arruinara todo, que una chispa de esperanza se enciende en mi pecho.

—Vine a traerte esto —dice y levanta una gran maceta de cerámica que coloca sobre la mesa. La reconozco de inmediato. Es la rosa… la rosa azul. Y se ve *deplorable*.

—Oh, por Dios —exclamo al tiempo que dejo la taza en la mesa y me inclino sobre la planta. Casi todas las hojas están parduzcas y secas, solo a tres les queda algo de verdor—. ¿Qué sucedió?

—Yo… pues —dice frunciendo el ceño—. Es decir, resulta obvio, ¿no? No te hice caso. No te escuché.

Respiro profundo y me siento.

—Le puse fertilizante, usé la tierra más costosa que encontré, la rocié con un asqueroso líquido folicular que me vendieron en la tienda…

—¿A qué olía? —pregunto con un resoplido.

—Literalmente a trasero de pescado.

Me río tanto que estoy a punto de escupir el café. Él solo sonríe, pero me resulta un poco triste verlo.

—Estaba pensando en demasiadas cosas. ¿Te ha pasado? ¿No te ha sucedido que te metes una idea en la cabeza, algo ilógico, y te engañas? ¿Te dices que, si haces todo de la manera correcta, podrás desafiar a la lógica?

Sonrío y bajo la vista. Es decir… Tenn acaba de explicar mi vida entera, el hecho de que traté de engañarlo a pesar de que lo amaba.

—Sí, por supuesto.

—Eso fue lo que me pasó cuando vi esa rosa azul. Mi proceso de pensamiento se convirtió en un tren de ideas desbocado.

Pensé que podría recuperar las tierras de mamá. Creí que había sido bendecido con un milagro. Pero en lugar de eso, recibí una lección —dice y me mira a los ojos—. Y luego, tú trajiste las tierras de mi madre a mi jardín.

Asiento y el llanto me inunda los ojos.

—Era lo mínimo que podía hacer.

—Hiciste algo maravilloso, Sage, hiciste todo lo que pudiste. Gracias —dice y respira muy profundo—. Hoy estuve viendo en YouTube videos sobre cómo coser botones.

—¿Y qué tal te fue? —pregunto. Levanta su brazo y me muestra la muñeca. Ahí está el brazalete de cuero, sujetado con un pequeño botón en forma de seta de ostra—. Se ve bien —digo. Entonces coloca su mano sobre la mía. Inhalo profundo, él mira mis dedos y luego sus ojos ascienden de nuevo hasta encontrarse con los míos—. Lamento haber dicho que tu don y tu sabiduría eran una patraña.

—Oh —susurro—. Está bien, no hay problema.

—No, no está bien y lo siento —dice enrollando la punta de sus dedos en el dorso de mi mano. La piel se me pone de gallina, primero en la muñeca y luego sube por el brazo, hasta la curva de mi cuello, para luego descender por mi columna. De pronto, siento como si me tocara todo el cuerpo, hasta la punta de los pies—. Pero eso no es lo único que he venido a decirte.

—¿No? —pregunto casi sin respirar. Su toque es como un relámpago sobre mi piel, casi drena mi cerebro. Me sorprende haber podido pronunciar una palabra.

—Te he amado desde que tenía dieciséis, Sage. Desde antes de conocer tu nombre. Lo sabes, ¿verdad?

Empiezo a respirar de nuevo, pero ahora, a un ritmo exagerado.

—¿Sí?

—Sí. Y sé que arruiné las cosas entonces, pero fue porque estaba muy nervioso de conocerte.

Me enjugo las lágrimas de las mejillas.

—Yo también estaba muy nerviosa.

—Me molesta mucho no haber visto tu hermoso vestido azul —dice, baja la vista y mira mi pijama de encaje— y no haber olido el perfume de galletas —agrega y me muero de risa al escucharlo—. De hecho, me preguntaba si no podríamos… Comenzar de nuevo —dice estrujando mi mano.

—¿Cómo? ¿Diciendo… "Hola, me llamo Sage…" y así? —pregunto y me muerdo el labio.

—Sí. Diciendo: "Hola, me llamo Tennessee. Creo que hace tiempo nos enviábamos mensajes en AIM".

En mi rostro aparece una sonrisa. Y, poco a poco, se va extendiendo más y más hasta llegar a lo máximo que he sonreído esta semana.

—Ah, de acuerdo. Me llamo Sage. Sí, creo recordarlo. Mi nombre de usuario era Silvergurl. ¿Te suena? ¿Silvergurl con *u*? —digo y ambos reímos.

—Sí, sí, entonces sí eras tú —dice y desliza su mano por mi brazo, me jala un poco hasta que termino sentada en su regazo. Siento la tibieza de su cuerpo y el aroma a cuero y té Earl Grey. Me siento tan bien a su lado que quiero llorar—. Pero nunca me dijiste por qué elegiste ese nombre ni por qué lo escribías con *u*.

—Elegí *silver*, plata, porque me gustaba hacer joyería y Sky me llamaba Silver Girl en ese tiempo. La *u* solo me pareció *cool*.

—Era súper *cool*.

—Ay, por Dios, no, *no* lo era.

—Claro que sí y, tomando en cuenta el *fastidioso* nivel al que *yo* soy *cool*, creo que puedo declarar que la *u* era *cool*. Además rima. Y punto.

—Y punto, ¿eh?

Tenn sonríe y se queda mirando mis labios.

—Y… pun…

Pero lo beso antes de que termine. Es un beso que comienza con suavidad, poco después abro la boca e insto a nuestras lenguas a encontrarse y, sin darme cuenta, de pronto mis manos están debajo de su camisa y las de él aferradas a mis nalgas. Es salvaje, asombroso. Dulce y enloquecedor al mismo tiempo.

—¿Tenn? —digo al tiempo que me separo de él.

—¿Ajá? —pregunta y yo veo su boca roja, casi púrpura. Sus pupilas están tan dilatadas que parecen tinta derramada y hacen que sus increíbles ojos se vean aún más oscuros, más hermosos.

—Sé que preguntaste si podríamos "empezar de nuevo", pero, ¿crees que esta vez podamos saltarnos el protocolo e ir directo al sexo?

Su sonrisa es tan grande que se convierte en el ocaso, en el amanecer, en la luna y en toda la galaxia, y no solo la parte que alcanzamos a ver sobre nosotros con sus estrellas infinitas, sino también la que está debajo, la del micelio, la de las hifas, los hilos infinitos de los hongos que lo conectan todo bajo la tierra. *Todo.*

—Me agrada tu idea —contesta. Entonces me pongo de pie y lo conduzco por las escaleras hacia mi ático. Al llegar, nuestra ropa prácticamente se evapora, y entonces me doy cuenta de que no tengo condones, pero es tanto el frenesí que con nuestras manos, nuestras bocas y nuestras lenguas nos cubrimos hasta que ambos gemimos y temblamos. Y, poco después, estamos listos de nuevo, así que, cubierta solo con una sábana, tengo que meterme a escondidas a la habitación de Teal para robar un condón de su mesa de noche.

Cuando por fin él está dentro de mí, acuna mi rostro.

—Tenn —susurro con los muslos temblorosos—, yo también te amo.

—Lo sé, nena —dice y entonces nos hacemos venir el uno al otro de nuevo. Por la ventana veo las nubes pasar presurosas frente a todas las albahacas, frente a los antiguos y enormes árboles que brillan bajo el sol y se asoman desde el jardín de Nadia en Catalina Street.

Al terminar estamos exhaustos, solo tenemos energía para respirar, para abrazarnos y hablar.

—¿No le dijiste nada a Nate sobre la rosa azul? —le pregunto recargada en su hombro y él niega con la cabeza.

—Dije que encontramos algo muy especial, pero luego pensé bien las cosas y no especifiqué a qué me refería, solo le aseguré que se lo mostraríamos en unos días.

—¿Entonces sigue esperando algo especial?

—Me temo que sí.

Me pongo de pie cubriéndome de nuevo con la sábana.

—¿Recuerdas la primera vez que salimos a recolectar plantas? ¿El día que estuvo ahí el espantoso guardabosques Patrick?

—Claro que recuerdo —dice riendo entre dientes.

Me acerco a la repisa con las albahacas y tomo dos frascos.

—Mira —digo al tiempo que le muestro los lirios de aquella jornada, los lirios que deberían ser color azul bandera, pero en realidad son rosados y tienen el contorno de los pétalos color salmón. He estado trabajando en ellos de vez en cuando y el pequeño rizoma que corté ahora es dos plantas completas y bien formadas. Ambas florecen con gusto y su tono rosado se ve casi blanco bajo la luz del sol que entra por las ventanas. Tenn sonríe.

—Creo que con eso bastará.

—Yo también lo creo —digo y vuelvo a colocar los frascos en su sitio.

—¿Crees que podrás salvar a la rosa azul? —frunce el ceño un poco. Está recargado en un brazo y tiene el edredón extendido sobre el pecho y las caderas, pero sus gruesas piernas están descubiertas.

—Eh… —digo sonrojada. Y es que, ante la presencia de Tenn Reyes desnudo, me distraigo con facilidad—. Lo intentaré. ¿Quieres ayudarme?

—Por supuesto.

Y eso es lo que hacemos. Encontramos el mejor lugar en el jardín de Nadia, plantamos la rosa y añadimos composta en abundancia. Coloco mis manos sobre ella y, gracias a Dios, puedo sentir su conciencia. Aunque débil, hay un latido. No sé si tendré éxito, si siquiera la rosa *desea* lograrlo, pero a veces, cuando trabajas con las plantas, lo mejor y lo único que puedes hacer es esperar.

Entonces ordenamos pizza, Teal vuelve del trabajo y cena con nosotros: en la mesa estamos Nadia, Sky, Tenn y yo. Mientras cenamos no dejo de imaginar lo que pensaría la Sage de quince años de esto, de ver a Tennessee Reyes aquí. A Nadia y mis hermanas. De la manera en que todo tuvo que quebrarse para volver a echar raíces y florecer. Para sanar.

En cuanto terminamos de secar los platos llevo a Tenn a mi ático, no sin antes pasar a robar suministros de la mesa de noche de Teal. Lo hacemos dos veces más y nos quedamos dormidos poco después, envueltos entre las sábanas, envueltos en nuestros propios cuerpos.

En algún momento, como a medianoche, siento que algo punzante me pica en la espalda.

—¡Qué diablos pasa! —gruño.

—Vamos, Sage, hagamos esto para poder ir a dormir, ¿sí? —Abro los ojos y veo ahí a Teal y a Sky—. Vamos —insiste Teal susurrando—. Estoy cansada.

—¡Y yo estoy desnuda!

—Lo sabemos. Tu hombre acaba de rodar y estuvimos a punto de ver su *paquete*.

Reprimo un resoplido.

—Bajen la voz —siseo—, lo van a despertar. Dame ese camisón —le ordeno a Sky. Me lo paso por la cabeza y, una vez vestida, las tres caminamos hasta la puerta—. ¿Qué están haciendo?

—Dijiste que podía ir al balcón si tú y Teal estaban ahí sujetando mis manos —dice Sky levantando la cabeza—. Y en verdad quiero mirar desde ahí —añade suplicando.

—Es medianoche, Sky.

—Pero la luna acaba de salir y quiero verla de cerca, como cuando éramos pequeñas.

Miro a Teal, quien niega con la cabeza.

—Como dije: solo hagámoslo. Entre más pronto acabemos, más pronto estará cada una de vuelta en su tibia cama.

Echo un vistazo detrás de mí y veo que Tenn continúa profundamente dormido.

—De acuerdo.

Al abrir las puertas del balcón se escuchan crujidos espeluznantes y brujeriles. Tomo a Sky de la mano izquierda y Teal la toma de la derecha.

—¿Lista? —pregunto. Ambas asienten.

Las tres damos un solo paso al balcón y entonces digo:

—Con eso es suficiente.

—Sage, pero ni siquiera estamos ahí.

—No me importa, te dije que yo no estaba lista para esto.

—Sky suspira pero después de un rato las tres giramos y nos quedamos contemplando la luna. Está en su fase de cuarto creciente y se ve del color azul de los zafiros de Montana, de las aguamarinas, del ágata de encaje, iluminada desde su interior como una linterna imposible. Como una rosa azul imposible.

El mar se encuentra en algún lugar a la distancia, pero está demasiado oscuro para verlo ahora. El viento nos atraviesa el cuerpo corriendo y me hace temblar.

—Somos las tres mosqueteras, reunidas de nuevo —exclama Sky riendo y Teal resopla.

—Más bien las tres chifladas —dice.

—Ambas se equivocan —afirmo—. *We are witches* —aclaro—. Somos las tres *brujitas* de Nadia.

Y entonces observamos todo lo que nos rodea un momento más antes de volver a la cama. Vemos las nubes que enmarcan a la luna como crema batida sobre pay. Al mar que, aunque distante, sigue ahí con su aire salado. Vemos los árboles y sus siluetas, más negras que la noche, fulgurantes bajo la luz de la luna. El paisaje completo está aquí, Sage, Teal, Sky, mirando al paisaje de aquel lado, la salvia boscosa, el verde azulado del mar, el cielo.

Eso somos. Somos las brujas Flores juntas de nuevo.

Gracias a los dioses ancestrales.

Agradecimientos

Todas las brujas, así como todos los narradores y los poetas, conocen la regla de tres (y no estoy hablando de la operación matemática), ya sea con referencia al ritmo, a los puntos de la trama o a cómo lanzar un hechizo. Por esta razón, me resulta pertinente que *La bruja de las cosas salvajes* le deba su origen a una serie de tres elementos.

Cuando empecé a escribir *La bruja de las cosas salvajes* me estaba recuperando de un severo bloqueo del escritor que había sido devastador porque, hasta ese momento, ni siquiera estaba segura de creer que existiera algo así.

Había escrito dos manuscritos y ambos necesitaban revisiones importantes. Elegí enfocarme en uno para empezar las revisiones, el de romance adulto. Pasé un año borrando, reescribiendo y moviendo capítulos y, a pesar de todo mi esfuerzo, al final seguía teniendo un desastre de libro. Para colmo, me había quedado sin ideas respecto a cómo arreglar el problema.

Elizabeth Bewley, mi maravillosa y paciente agente, me sugirió eliminar algo de grasa de los textos. Me envió algunas notas con sugerencias sobre dónde comenzar.

Dediqué todo un fin de semana a eliminar treinta mil palabras y, al final, se desencadenó un proceso mental que comenzó con preguntas: ¿Me gusta esto? ¿No? Perfecto, ¡a borrarlo! En algún momento me di cuenta de que, la verdad, me gustaba muy poco del libro. De hecho, volví al inicio del documento y, después de revisarlo como por diezmilésima vez, me di cuenta de que casi no me gustaba.

Me senté y me pregunté: "Bien, ¿qué *sí* me gusta de este libro?

Había solo *tres* elementos que me encantaban: la idea de una magia silvestre, el personaje de una mujer mayor con muchos defectos y el personaje que representaba al héroe romántico con todo y sus tatuajes.

Tomé estas tres semillas, las escribí y, después de una temporada completa sin agregar nada, las retomé y me di cuenta de que habían germinado y echado raíces. A partir de esas semillas nació el romance de Sage y Tenn, una historia que me encantaba, palabra por palabra.

Me siento muy agradecida con mucha gente que me ayudó a construir esta encantadora historia de amor.

En primer lugar, mi familia. Gracias por tu dulzura, Ansel, mi más grande amor. Gracias Jordan por siempre leer los primeros borradores sin importar el desastroso estado en que se encuentren. Gracias, mamá y papá, Jessica, Matt, Oliver, Logan, Joey, Aries, Sophia, Daniella, Aria y el pequeño que viene en camino. Gracias a Junio y a Nana en especial, por siempre hablar con las plantas y cantarles, gracias a Polo, descansa en paz, Welito. Gracias a Tina, Tod, Carroll, Ivan, Faith y Robert por siempre estar ahí para nosotros.

Gracias a Elizabeth Bewley, mi agente, por ser la socia más asombrosa y comprensiva que un autor podría desear. Me da mucho gusto que seamos un equipo. Gracias a Kristine Swartz por el entusiasmo que mostraste por este libro desde el principio y por tus acertados comentarios para hacer que la historia de Tenn y Sage fuera lo más hermosa y satisfactoria posible. Gracias a Miranda Hill, quien creyó en mi libro desde la primera lectura o, ¡incluso desde el primer tuit!, y quien ayudó a dar forma a *La bruja de las cosas salvajes* para que llegara a ser su mejor versión posible.

Toda mi gratitud a Amy J. Schneider, Lindsey Tulloch y Christine Legon por todos esos cálculos, notas y sugerencias tan reflexivos y necesarios. ¡Gracias, Mary Baker, por tu conocimiento y tu paciencia con todas mis preguntas! Un agradecimiento emocional tanto a la directora de arte Sarah Oberrender y la artista Carrie May por crear una portada más hermosa de lo que jamás imaginé. Me conmueven de manera especial las hermosas imágenes de las plantas nativas de Virginia, las cuales han sido, de una manera u otra, guías a lo largo de toda la historia y su escritura, así como guías en esta creativa vida cósmica y terrenal.

Gracias a literalmente todos en Berkley. ¿Sería demasiado vergonzoso admitir que lloré cuando descubrí que ustedes serían el hogar de *La bruja de las cosas salvajes*? Me cuesta trabajo creer el tipo de relaciones personales que tiene este libro, me siento honrada de formar parte de esta familia editorial.

Muchas gracias a India Holton y a Brittany Kelly por leer la novela mucho antes de que yo volviera a escudriñarla y a encontrar las tres semillas, cuando todavía era una porquería de primer borrador. Estoy muy agradecida por su tiempo y sus comentarios, y me siento orgullosa y honrada de que ambas sean mis amigas. También agradezco a todos los miembros del colectivo

Las Musas, quienes me ayudaron a encontrar la manera más hermosa y mágica de traducir "*the plant whisperer*". Estoy muy agradecida y honrada de formar parte de esta comunidad sagrada al lado de ustedes.

Un profundo agradecimiento a ti, Christy Shivell, y a tu hermosa y sagrada granja que me inspiró la creación de Cranberry Rose Company ¡e incluso de la imponente y bella espiral de aromáticas construida con bloques de ceniza! Cualquier persona que se encuentre en Appalachia y esté interesada en visitar un hermoso y tranquilo invernadero dedicado a las plantas nativas, a las hierbas curativas y a peculiares reliquias, por favor considere visitar Shy Valley Farm en Fall Branch, Tennessee.

Gracias, Jessica Brody por escribir *Save the Cat! Writes a Novel: The Last Book on Novel Writing You'll Ever Need*, y a Beth Revis por escribir *Paper hearts, Volume 1: Some Writing Advice* y su correspondiente libro de trabajo. Ambos libros fueron el equivalente editorial de los ángeles de la guarda cuando rompí con el bloqueo de escritura y desarrollé y planeé *La bruja de las cosas salvajes* a partir de solo tres semillas.

Gracias a Mary Reynolds, Kate Clearlight y Robin Wall Kimmerer por recordarme lo esencial del trabajo que realizo como protectora de la tierra. Gracias a *Deep-Rooted Wisdom: Skills and Stories from Generations of Gardeners* de Augustus Jenkins Farmer por inspirar los puestos laborales de Tenn y Sage como recolectores de plantas. Gracias a *The Reason for Flowers: Their History, Culture, Biology, and How They Change Our Lives* de Stephen L. Buchmann por enseñarme todo lo que hay que saber respecto a las rosas azules. Y muchas, muchas gracias a Kathy McFarland de Baker Creek Heirloom Seed Company por responder todas mis preguntas sobre cómo se realiza la recolección de semillas.

Gracias a mis espíritus y guardianes, a mis ancestros, tanto en el mundo de las plantas como en la tierra, en todos los lugares y más allá. Todo lo que amo en esta milagrosa tierra y alrededor de ella, todo lo que se entreteje en sus lugares secretos y mágicos existe gracias a ustedes.

Espero que no resulte raro que me agradezca a mí misma. El viaje como autora no ha sido fácil y estoy muy agradecida por no haber renunciado jamás, ni siquiera cuando tenía todas las razones del mundo para hacerlo.

Gracias a los bibliotecarios, libreros y maestros que amaron y apoyaron mi trabajo. Si acaso pueden imaginar al As de copas con su gran copa desbordándose como una enorme y neblinosa catarata, estarán viendo la imagen de la gratitud que les tengo.

Por último, pero por ninguna razón menos importante: gracias a mis lectores. No puedo decirles cuántas veces leer sus amables mensajes y reseñas me ha ayudado justo cuando estaba teniendo un mal día. Les deseo lo mejor de la vida: un jardín lleno de plantas y frutos, un hogar acogedor con, quizás, uno o dos fantasmas, y un altero de libros por leer con historias restauradoras de vida.

La bruja de lo salvaje

GUÍA PARA LOS LECTORES

PREGUNTAS PARA DISCUSIÓN

1. Sage y Tenn se conocieron cuando eran adolescentes a través del servicio de mensajería instantánea (IM) de AOL. ¿De qué manera crees que el anonimato de Sage en Internet sirvió para darle forma a la relación que tuvieron entonces? ¿Eso los unió o los separó más? ¿Alguna vez has tenido una relación anónima en línea?
2. Cuando Nadia ve la albahaca de Sage, le dice: “Pensé que habías renunciado” y a Sage le gustaría preguntarle: ¿Cómo renunciar a algo de lo que estás hecha? ¿Crees que Sage o cualquiera de las otras mujeres de la familia Flores podría en verdad renunciar a sus dones? Si no los tuvieran, ¿su vida sería más sencilla o más difícil?
3. A lo largo de la mayor parte de la historia Teal se muestra muy renuente a arreglar su relación con Sage. ¿A qué crees que se deba esto? ¿Tiene razón Teal en culpar a Sage de lo

que le pasó a Sky? ¿Qué habrían podido hacer distinto para reparar su relación más pronto?

4. Sage sabía que le estaba mintiendo a Tenn. ¿Crees que hizo bien o no al pactar un acuerdo de mala fe con él?
5. Nadia dice que los dones de las mujeres Flores conllevan un castigo. ¿Estás de acuerdo con ella? ¿Por qué sí o por qué no? Si pudieras elegir entre los dones de Sage, Teal o Sky, ¿cuál te gustaría tener?
6. Cuando Sage se enteró de que el fantasma de Sky rompía las tres reglas del estado fantasmal de acuerdo con la abuela Sonya, ¿sospechaste que tal vez no era un fantasma después de todo? ¿Qué anticipaste cuando Sage encontró finalmente a Sky en Cranberry Falls?
7. La recolección de plantas es un oficio centenario. ¿Habías oído hablar de él antes de leer *La bruja de lo salvaje*? ¿Crees que el empleo de Sage y Tenn les va bien, que corresponde a sus características?
8. ¿En qué momento piensas que Sage se enamoró de Tenn por segunda vez? ¿Cuándo crees que Tenn se enamoró de Sage? ¿Qué ves en su futuro? ¿Qué podría suceder una vez que el libro termina?